假如时光倒流，
你没放手

JIA RU SHI GUANG
DAO LIU,
NI MEI FANG SHOU

那时迷离 著

文匯出版社

图书在版编目（CIP）数据

假如时光倒流，你没放手 / 那时迷离著 . -- 上海：文汇出版社，2017.7
　ISBN 978-7-5496-2048-7

Ⅰ.①假… Ⅱ.①那… Ⅲ.①长篇小说－中国－当代 Ⅳ.① I247.5

中国版本图书馆 CIP 数据核字（2017）第 055753 号

假如时光倒流，你没放手

出 版 人 / 桂国强
作　　者 / 那时迷离
责任编辑 / 乐渭琦
封面装帧 / 粉粉猫

出版发行 / 文汇出版社
　　　　　上海市威海路 755 号
　　　　　（邮政编码 200041）
经　　销 / 全国新华书店
印刷装订 / 三河市京兰印务有限公司
版　　次 / 2017 年 7 月第 1 版
印　　次 / 2017 年 7 月第 1 次印刷
开　　本 / 889×1194　1/32
字　　数 / 245 千字
印　　张 / 9.5

ISBN 978-7-5496-2048-7
定　价：39.80 元

目录 CONTENTS

001 ｜｜ 第一章　姑娘，你怎么还没嫁出去

总有一些伤害你的人，把你推向万劫不复，可面对面的时候却依旧恨不起来。他们是命里的劫，也是上天的恩赐。

029 ｜｜ 第二章　如果时光复返，我选择不认识某些渣男

永远别觉得自己多了解一个人，甚至你自己都没有想象中那么了解自己。人性有一万种不确定性，沉默最残忍。

079 ｜｜ 第三章　谢谢你，陪我走完这一程

他醉眼迷离地扶着我的肩，说："写到离别。人在一起就是为了要分开，不是吗？这世上没人会从开始陪你走到最后，其实我想说，谢谢你，陪我走一程。"

108 ｜｜ 第四章　你不过是他流浪的一个地方

"我第一次相信还有爱情的存在，尽管也许那不叫爱情。被虚荣心轻易摧毁的，是爱情吗？但是不管怎么说让我流下了眼泪，那是心灵深处的呼唤！"

139 ｜｜ 第五章　祝你幸福，互不打扰

"范璐说，人生最大的过错是错过。"

"你终于提范璐了？真会给自己找台阶下。陪伴才是最长情的告白吧，不想错过就在一起了？不错啊，所以，这两年你们俩是在一起了吗？"

162 ‖ 第六章　旧爱忘不掉，是新欢不够好吗

> 我怀念以前那份纯真的感情，我怀念我不知道秘密之前的那个肖文。我曾经以为过去的三年是我最难熬的时间，可有些事情一旦揭开真相，接下来的相处才是最要命的。

188 ‖ 第七章　大家都是演技派的影帝啊

> 人生总是很狗血，喜欢你的你不待见，碰见你喜欢的总是上赶着犯贱。好像我们都在进行着这样的死循环。

209 ‖ 第八章　原来你是这样的肖文

> 临走的时候，刘蕊和肖文互相对视了一眼，过去的爱恨情仇都定格在那个眼神里。刘蕊的眼神带着怨恨、鄙视，肖文一触到那个目光，就迅速躲闪。

240 ‖ 第九章　悼念一下我死去的爱情

> 我又恢复单身了，但是我不是因为分手才想要征婚，我只是想认真地开始我以结婚为目的的下一段感情。我希望多年以后我也能笑着对他说，今日嫁得良人，感谢当年不娶之恩。

270 ‖ 第十章　可能这就是青春吧

> 他就这样卡在生死的临界，打出他认为的最后时刻、最重要的几个电话。如果当时我知道会发生那样的意外，就算爬，我也会跟在他身后，就算死，也要死在一起。

第一章
姑娘，你怎么还没嫁出去

总有一些伤害你的人，把你推向万劫不复，可面对面的时候却依旧恨不起来。他们是命里的劫，也是上天的恩赐。

疯子说，被甩这么久了还不找新男友，相当于给前任守寡。

喏，王佑泽，我也给你守满三年了，其中还包括头一年半不相信你玩失踪这个事实，跟个二傻子一样满世界找你。在你走后的第1099天，我发誓我这是最后一次在睡前没出息地叫你的名字，王佑泽，王佑泽，王八蛋。

当初你拍拍屁股走了，我留在了原地，我们这点破事儿为大家茶余饭后的八卦添了一把猛料。作为学校的风云人物，作为被市领导接待过的好人王佑泽，你都能对陌生人热情洋溢，为何唯独对我薄情寡义，留我一个人承受流言蜚语。那是一种比饥饿还难挨的精神折磨。江湖有两种传言，你的那些脑残粉儿说你去了佛罗伦萨进修文学去了，一个我只在书里看过的地方。和我谈恋爱只是为了写作素材。还有一种传言，说是我借你的影响力拿到20万元大学生创业基金以后，就把你蹬了，火速投入官二代的怀抱。

你到底在哪儿，能不能百忙之中抽空儿现身给大伙儿解释一下事实的真相？据说当年两拨传言代表都押宝了，胜负至今未见分晓，所以同学会上仇人相见分外眼红。

不管怎么说,我原以为我们是"毕婚族",没想到是"毕分族"。

虽然你无情,但是我自觉我还是做得有情有义的。我以你的名义按照你的习惯给你资助的山区孩子定期汇款,每年教师节去看望你的恩师顺便打听你的消息。所以如果有《中国好女友》这个节目记得给我报个名,冠军颁奖台词我都想好了。

不知道从什么时候开始起,大家指责一个女孩失败的理由就变成了:她怎么还没嫁出去?

每逢此时,心里仍不免懊恼:你怎么还不回来?

我独自一人走了太久太久的路,这一次真下决心把自己嫁出去了,不等你了,我妈说再耗下去我就成没人要的老姑娘了。我又何尝没有劝过自己,只是一起走过一段路而已,何必把怀念弄得比过程还长。

再想你,我就天打雷劈。

刚发完誓,只听天雷滚滚,一道闪电"咔嚓"一声就拍在了窗帘上,难道这么快就应验了?吓得我往被窝里缩了缩。电视遥控器也找不到了,正在播天气预报,这个城市又到了捞汁的季节,万物皆长毛。经常在雷雨,阵雨,雷阵雨之间随机切换模式。

开电视本来是为了屏蔽隔壁那组声音的,奈何魔音入耳,挥之不去。现场直播那个动静简直了。我跟你说,又压抑又淫荡,此起彼伏。说来也奇怪,怎么耳朵偏不听使唤,脑子里还特别有画面感,活色生香的。

唉,说好的单身公寓呢。

电话响得正是时候。

我开了免提诡秘地说:"肖文,你太有福气了,给你听听这是什么动静。"

话筒里传来肖文的奸笑:"啥动静也敌不过瓢泼大雨啊,跟发了春的寡妇一样拼命发泄啊,哥在高速上往家赶呢。嘿嘿,小白云儿,我就知道你害怕打雷,所以冒着生命危险给你打个电话,我给你讲个笑话解闷儿,行啵。"

我把脑袋从被子里探出来问:"还生命危险?小样儿,你又被你妈迫害了?"

"别老诬陷我妈,我是她亲生的她能那么对我吗?我是说啊,你想象一下我在高速上,在电闪雷鸣下,不顾个人安危给你打这个电话,你就没良心发现感动一下然后要以身相许?"

"你猜我有没有感动?"

"你猜我猜不猜?"

"没工夫废话,你有啥屁快放。"

接着电话信号就不好了,断断续续,滋滋啦啦的。我提炼一下中心思想,肖文大概意思是,他想起一个特别好笑的笑话,不过刚才受到雷公电母的惊吓,一时间想不起来了,他想先找个安全的地方靠边看一眼手机,让我等他一下。

我听见后面"嘀嘀"死命摁喇叭的声音,然后是肖文回骂了一句东北式脏话。他妈妈和姥姥是东北人,在这边生活久了以后,拼命地想融入这座城市,有很多本地朋友,会讲一口地道的粤语。而肖文不知道跟谁学的,却一口东北大糙子味儿。说实话我也喜欢东北话,表达起来直接,酣畅,形象,自带喜感。

肖文说:"那啥,小白云儿,等等啊,哥马上就找到了。"

你有没有碰到那种不会撩妹强撩的经历?

我把心一横,清了清嗓子,打断肖文,说:"阿文啊,别找了,还是我给你讲一个吧。我真感动了,真打算以身相许了,如果明天天晴我们就去把婚纱照拍了吧。"

"嗯,果真是个冷笑话,真特么太冷了,哥跟你说多少遍了,这事儿不能拿来开玩笑,你丫怎么不长记性……"肖文又开始数落我。

以后看见肖文说话后面的省略号就表示被我自动忽略了没用的信息。

"我说认真的,你前段认识的那个唐小姐发展得怎么样了?如果没感觉,就赶紧处理一下善后,明天跟我去拍婚纱照。"

没等肖文反应过来,我就挂了电话,隔壁那惊心动魄的声音已经被哗啦啦的淋浴声替代。看了一下时间,估计是第二回合也结束了。

拉开抽屉,吞了两片舒乐安定蒙头睡觉。

这个药肯定是真的,不一会儿就发挥功效了。我做了一个梦,梦里我跟肖文真结婚了。在教堂,我穿着那件我上大学的时候就心仪的洁白抹胸婚纱。现场来了好多人,有亲戚有朋友有同事,有肖文单位的领导,大家都在说着笑着祝福着,只有一双冷冷的忧郁的眼睛,看得人心发虚,发毛。

只有我知道,那是谁的。妈蛋的,明明是你对不起我,为毛我活得不安生?这将来肯定也死不瞑目。

然后我在梦魇中惊醒,枕头湿了一片,眼睛酸胀,有点儿涩。一看时间凌晨四点半。

摸出手机,给范璐发短信:"学姐,你曾经说要给我当伴娘的话还算数吗?"

没想到她很快就回了:"当初,我说的是你们俩。如果你是和别人,我没兴趣。你终于要一错再错了?"

我早知道范璐不待见肖文,我们注定不会得到她的祝福,到底还是自讨没趣。

我赌气打下一行字:凭什么我要为他守身如玉?没有他我还当尼姑去啊。想想又删了,又不关范璐什么事儿。转念问她:"你也失眠?"

她回:"改稿子呢,还没睡。"

第二天一大早,拉开窗帘,一轮红日朝气蓬勃的,雨后的树叶油光闪亮,湛蓝的天空万里无云,怎么看都不像有雨的样子,真是个适合拍婚纱照的好日子。老天爷一定是开了天眼,听见肖文的祷告了。

既然老天爷都这么配合,看来,天意如此,就这么愉快地决定了吧。

肖文昨天半夜发短信给我说他等我说这句话已经快海枯石烂了。这是他的原话。

他还说你千万别冲动,我不勉强你,我还会边练爱边等。

没错,是练习的练,真不要脸。

现在他就在楼下,兴致勃勃地跟着一个晨练的老太太耍剑呢。我磨蹭着洗漱更衣,然后伸个懒腰下楼。没想到接连几个惊喜把我砸晕了。

看来真是有备而来。

戴金丝边眼镜的肖文,西装革履,头发抓得像要参加奥斯卡颁奖典礼。这精神头儿衬得崭新的红色宝马光彩照人。

"呦,你这几个意思,多少钱租的?"我打趣道。

"什么玩意儿。我爸说了,这就是专门给我们老肖家儿媳妇准备的,也就是说这以后就是你的座驾了。"

我咬牙切齿揶揄道:"哎哟喂,有个当官的爹就是好,因为你们这样的儿子多了才滋生了蛀虫,助长了贪污腐败之风。"

肖文讪讪地回道:"别得了便宜卖乖哈。你瞧瞧自己这两眼放绿光,爱不释手的那样儿。"

我摇摇头说:"那我也不要,不符合我这低调的作风。再说,我这还没过门儿呢,如果我要了,你妈得用什么样的小眼神秒杀我还不知道呢,以后在你家哪里还有地位噢。"

肖文说:"那给你留着,早晚是你的。"

"以前也没听你提过你们家买车了啊。"

肖文推推眼镜讪笑:"以前你不是没同意嫁给我嘛。我妈连婚房都给我准备好了,洞房那天你肯定就知道了。"

这就是肖文,不见兔子不撒鹰。这也不是特意给我准备的,是板上钉钉的肖家儿媳妇才有的殊荣。

这还不算,后备厢塞得满满的都是鲜艳欲滴的红玫瑰,后视镜上用红线挂着一枚耀眼的某品牌定制钻戒,目测也价值不菲。

我跳上驾驶座发动了车子,一踩油门,就不由得感慨:"啧啧,跟官二代谈恋爱的感觉真好。特么的我怎么没有早点儿想明白?"

我一点也不清高,还特别现实地享受这种有钱能使鬼推磨的感觉,简直受宠若惊。

可是一想到跟自己感觉像亲哥哥一样的人睡一张床上,一睡一辈子,就有乱伦的罪恶感。且附带赠送的是家里还有一个看我哪儿哪儿都不顺眼的恶婆婆,跟武则天一样耀武扬威,指望她儿媳妇三从四德,给她端茶倒水,洗脚按摩,我就猛咽口水,我亲娘也没有从我这儿享受过这个礼遇。

关键是我在肖文车上看到过他们全家的体检表,他妈除了脚上有个鸡眼,什么毛病没有,至少还可以健在三十年。我都有预感如果跟她在同一个屋檐下生活,我肯定先驾崩。

一路上肖文靠在副驾驶上休息,说他一夜都没睡,连夜跟我们市最大最贵的婚纱影楼预约加钱插队拍外景。

我问肖文:"你还真当回事了,如果今天下雨,或者刮龙卷风呢?"

"下雨就拍雨景,刮风就拍风景,不怕。"

"你妈同意了?会不会到我们家撒泼,说我把你拐走了?"

"先把生米做成熟饭,她应该会同意的吧!"

"你问我,我问谁啊,要不我打个电话请示一下你妈?"我佯装拿起手机。

"别,别,千万别,多一事不如少一事,你就别成心添乱了啊,姑奶奶。"

肖文全家都怕他妈,这个我是知道的。他妈不喜欢我,我也知道。

我们家和肖文家同住化工大院,并且在同一层楼。只是他家属于南北通透的端头房,面积比我家大两倍。确切地说,是我妈和我后爸以及我后爸和他前妻生的儿子的家。我工作稳定以后就搬出来了,很少回去。

到了影楼门口,左右两排帅哥美女齐刷刷敬礼,端茶倒水。尽管我有很深的黑眼圈,化妆师还是妙手回春,所以我对她的化妆技术赞不绝口。镜子里的小女人妆容妖娆好看,婚纱洁白飘逸。化妆师被我表扬得不好意思了,赶紧夸回来,说我什么天生丽质,美人坯子。

如果不堵车五十分钟就可以到度假区,根据行程安排,估计两小时就解决问题。那么按照既定计划接下来就可以下米煮饭了,如果运气好的话,再等上个把月,就可以奉子成婚了。

我想今天老天爷敢跟天气预报对着干,那铁定是天公作美要成全我们。婚纱照一拍,就基本铁板钉钉了。

天时地利,人没和。

我也不想这样的,可是有些事就是偏偏这么凑巧。

摄影车路过维多利亚广场,因为前方车祸路被堵死了,我百无聊赖把头伸出窗外透气,发现广场巨幅海报在宣传80后新晋作家的新书签售会。这并不稀奇,这种活动每周末都在这里进行,广场电子屏上现场直播着签售会的盛况,人头攒动,热闹非凡。

没有早一秒,也没有晚一分,你肯定以为我在编故事对不对?我看到了一个熟悉得不能再熟悉的名字,当场犹如晴天霹雳,脑子里"轰"的一声,七窍生烟。

跟歌里唱的那样,没有一点防备,没有一丝顾虑,你就这样出现我面前……

如果说名字相同是巧合,那么屏幕上看到的一张我在梦里千刀万剐多次的脸又该怎么解释?我涂满香奈儿口红的嘴一下子变成了O形。

那张陈世美的脸,居然挂着浅浅的淡定自若的笑容。那双昨晚还来骚扰我的眼睛,此刻就在摄像机前低眉浅笑。

那叫一个春风得意。

怎么今天的签售会,他是主角?上学的时候他确实文采出众,赫赫有名的才子,广播站男主播,文学社社长,集各种光环于一身。发表的豆腐块儿都能编成一本小册子,我还经常去图书馆偷有他文章的杂志。但是有朝一日能成为当红作家还能整个签售会,一本书里统共八个故事就有两个被知名影视公司相中即将被改编成影视剧这个事儿我还从没有想过。在这个网络信息发达的时代,我居然跟山顶洞人一样,不知道有这么个作家。嗨,我怎么能忘了他的笔名呢,言尽。

初相识问过他,是一言难尽的言尽吗?

他说,不是,是知无不言言无不尽的言尽。

此刻,呼吸都乱了频率,我傻愣愣地看着屏幕上发生的一切。

现在进行到互动环节,主持人问:"你在书的封面上写着,这是这些年的爱、恨、悲伤、欢欣、疼痛、相聚、别离,是所有旧时光燃烧后的灰烬,是给自己的礼物,当然,它也属于你。读者们都在猜测你说的这个'你',是特指某个人还是泛指广大粉丝呢?想好再回答。别伤了粉丝的心哦。"

我把头靠在车门上仔细盯着大屏幕,跟个等待开奖的二逼似的,张着嘴瞪着眼睛,屏住呼吸。

"特指。"还是那个清冽干净的声音透过麦克风传出来,像泉水叮咚作响,"我想问大家,你有爱人吗,爱而不得的人?"

那一刻现场真安静,好像全世界都失声了。

他说:"那个人抱起来很温暖,啰唆起来很烦,在身边有点儿讨厌,可是这几年我却甚是想念。"

全场掌声雷动。

对,这就是那个说话很文艺腔儿的人,我想我从一开始喜欢他大抵就是他的与众不同。

主持人接着问:为什么第一站就把《遗忘旧时光》这本书签售会选

择在这座城市呢?

"因为,"他略微沉思,低浅吟道:"这是我书里,梦里出现频率最多的地方。我在这里度过了最美好的四年时光,我从没有想过遗忘,也不敢遗忘……"

不知道为什么,听到这句,我的鼻子开始发酸,膝盖发软,胸口疼得翻江倒海,浑身像筛糠一样发抖,电子屏在我眼前360度旋转,加速旋转。

怎么会是他,怎么会是他?这不会是肖文想在我嫁他之前了我一个心愿又给我安排的一大惊喜吧!

肖文曾经对我说,如果我非要你嫁我,你也不会拒绝对吧,我们也不至于拖到现在,但是我要你心甘情愿地,自己说出来。你心里住着一个人,我在等你彻底忘了他。每当有人提起他,你瞅你那样儿,都不会笑了。

我马上纠正他说,你搞错了,是恨着一个人。

我侧头看了看我旁边的肖文,他握着我的一只手,戴着耳机闭着眼睛跟着音乐打着节拍,嘴里哼着曲调,心情很好的样子。尽管手心里全是黏糊糊的汗,还非要秀恩爱给旁边的摄影师看。还好他暂时还没有发现我的异样。

我苦寻三年的人——王佑泽,就在我昨晚刚发誓忘了他的时候,就这样猝不及防地现身了。

真特么的不是时候。

我该怎么形容我们之间的关系呢?显然我很不情愿用"前男友"这个词,因为他并没有亲口跟我说分手。而他刚才那番饱含深情的话分明带着回味留恋,可是三年前为什么又一声不吭地走掉?

就是这个问题困扰着我,好好的一个花季少女愣是把自己整得疑似更年期提前,终日与失眠和焦虑斗智斗勇。

这几年我无数次期待重逢，我对着镜子反复练习，我烂熟于心背诵的台词又一次涌到了嗓子眼儿。

当年为了我，你都愿意倾其所有，甚至弃自己生命于不顾，到底是哪件事让你开始对我失望，慢慢积累到一声不响地离开我，残忍到三年后的今天，我还是这么一根筋和自己过不去？

说直白点儿，就是没明白为啥被甩了。我并不是一个文艺腔调的人，只是我要问的对象比较喜欢这种文艺范儿的表达方式。

我确认他毫无征兆走之前是爱我的，我有信为证。内容我都会背了。

这封信我保存完好，是王佑泽大四那年冬天放寒假在家里写给我的，每一字每一句我都能想象他握笔写字的样子。

"云昔，我是一个不善言辞的人，或许文字更能表达我的内心。你带给我的一切都是那么美好，我从没有那么迫切地想和一个人在一起。我坚定，笃信，我们一定会在一起，一定。执子之手，与子偕老。"

"云昔，你还记得吗？有一次我们一起爬山，路过寺庙，你说我们每人许一个愿望。你告诉我你许的是，咫尺天涯，只求闭眼可见。你一直问我许的什么，跟你有没有关系。我现在告诉你吧，我对佛说，今生一定要有云昔在身边。"

不敢再背了，我怕自己会失态。

我一度以为等我一毕业我们就要结婚的，我天真地做好了同甘共苦一起创业打拼的准备，我也曾傻傻地以为这辈子我们谁也离不开谁的，可是为什么你招呼都不打一个，像个屁一样凭空消失了？

大家评评理，为了留下他跟我在一个城市，我费尽心思排除万难陪他创业。事业刚有起色，眼看就可以谈婚论嫁了，这个节骨眼儿他失踪了，杳无音信，一走三年。我们不存在门当户对的问题，也没有第三者插足的迹象，所以他走得很突然，很蹊跷。

疯子又说了，唯一的解释就是借毕业之名过河拆桥，远走高飞了。

我！绝！对！不！能！接！受！

以我过去的暴脾气，在今天这种情况下看到他，真想来砸场子。我曾经诅咒他天桥下讨饭，大街上卖报纸发传单，然后我趾高气扬地经过，啧啧两声，还不给钱。

心里的伤疤本以为都结痂了，此刻为什么还撕扯着疼？放心，我不会死缠烂打，那样有损我的人格，我只想问问他：为什么？

这算不算强迫症？一个姑娘为了弄清被抛弃的原因，一直瞎琢磨，三年多耿耿于怀。

只管回答就好，亲口说出来，从此相忘江湖，我嫁我的肖文哥，你娶你的文艺妹。

我晃着肖文的胳膊，尽量语气平缓："阿文，我好渴啊，我要喝水。"

肖文睁开眼睛架上眼镜说："大小姐，姑奶奶，你刚才在影楼喝了两瓶鲜橙多三盒苹果醋，你这肚子能装多少啊？你这是拍婚纱照头一回，不是比我还紧张吧？网上说缓解这种婚前紧张有五种办法……"

我摇着他的胳膊："嗯……嗯……好不好嘛……"

肖文最受不了我撒娇，然后他就屁颠屁颠下车去路边超市买水去了。

支开肖文，我边推车门边对化妆师说，我有事儿要离开一下，都别拦着我。然后顾不得白纱胜雪，一阵风一样提着裙摆成功翻越了栏杆。化妆师在后面大声地问：哎，谢小姐，你干吗去啊？等下交通就疏通好了，车就走了啊。好多司机都伸出脑袋看着我的头纱在风里乱舞。

我一手护着胸口一手提着裙摆怎么看都不像来砸场子的，倒像是私奔来欢天喜地赴情人约会的。

我害怕被肖文发现跟了来，如果那样，后果将不堪设想。于是就一路小跑挤到观光梯里，上六楼。脑子里曾浮现了各种和王佑泽再见的场景。在校友会上，在大街上，在餐厅里，在商场里，在书店里，在地铁上，唯独没有一个是接近这种需要仰视的场所。

出了电梯门,我朝人群拥挤的会场中心走去,每一步都像踩在棉花上,呼吸也不是那么顺畅。

我是不是该借个狼牙棒,冲到人群里先当头一棒,然后大喊负心汉,既成全了我报仇雪恨的心愿,也能上个明天新闻的头条啥的。

杀他个措手不及让他当众丢丑,大快人心当然好,但是尚存的理智告诉我,今天场面太大了,不要轻举妄动,注意素质。

可能是我还没想好在这么多读者面前成为新闻女主角,可能是电梯太快没足够时间措辞,可能是内心还是维护他的,不想给他带来不好的影响,还有一种最可能,我一见他就已经原谅他了?

哲人说,总有一些有意或无意伤害你的人,把你推向万劫不复的深渊,可面对面的时候却依旧恨不起来。他们是命里的劫,也是上天的恩赐。王佑泽到底是什么,我不想定义了,先看看情况再说。

我在人头攒动的柜台前花39.8元买了一本他的书。我没心思捧场,我只是好奇这么厚的一本书里面都写了什么玩意儿。排队等签名的少说也有几百号人。我甚至特别腹黑地希望根本没有那么火爆,都是托儿,都是假象。

他写的这本书,短篇小说合集《遗忘旧时光》,这么文艺的名字,跟他这个人还挺配的。

周遭很喧闹,我听见那些读者在三三两两低声交流着。队伍排得很长,倘若换了别人,打死我也不会来。你说我一个奔三的大龄女青年跟一群小清新瞎凑什么热闹。关键是我这身打扮也太隆重,太另类了。

我后面的女孩儿还踩到我婚纱裙摆了,然后抱歉地让开,帮我拍拍灰。她笑着告诉我说,后面很多人都很好奇,我是不是资深铁杆粉丝,是不是想要以身相许,是不是想炒作自己。

我想了一下苦笑着说,本来呢,今天是我大喜的日子,可是我太想见见偶像了，否则都不能安心嫁人。于是这个消息一传十十传百，我就插队到前面了，并且迅速成为话题焦点。我低着头躲避着摄像机和现场报道的记者。

那个时间等了多久，我都忘记了，总之很漫长，在油锅里反复煎炸的感觉，外糊里焦。那些粉丝都在花痴状地说，好帅啊，好喜欢，好崇拜啊。

坦白讲，我也曾经花痴过，所以我并不敢嘲笑她们。他确实有这样的魅力。

我站的那个位置，已经可以看到他了。头发还是短碎，白色棉布衬衣，还是以前那个风度翩翩、淡定自如的样子。签完字双手把书递给对方，笑容和煦明媚，能把读者的心融化。

前面的队伍好像都被打上了马赛克，只有他才高清无码。时光匆匆，画面回到了三四年前的岁月，那时的他，那时的我，那时的怦然心动，那时的星光流转，那时的低回羞涩，那时的眉眼。而此刻在我看来不过是一个过分彬彬有礼的人，肆无忌惮地装正人君子。真是岂有此理。

我攥紧拳头，强迫自己冷静，甚至还挤出一点儿僵硬的笑堆在脸上，我又不是没人要，干吗把自己搞得期期艾艾的跟个怨妇一样。

轮到我了。他抬头看向我，完美的正面容颜，星星般明亮的眼眸里闪过探寻的目光。旁边的工作人员咳嗽了一声，他回过神来，程序化地抬笔，修长的右手中指关节严重变形，握笔的位置凹陷进去一块。我离他只有一张桌子的距离，闻到空气中有淡淡的舒肤佳的味道。

我有预感他已经认出我了，穿这么招摇的婚纱来参加签售会简直是雷人。

我就开始抖抖抖抖抖，身体不受控制的那种抖。

手起笔落，他的名字就出现在扉页。不是刚才给别人签的那种龙飞凤舞，而是很苍劲有力的小楷，一笔一画，像他以前遣词造句那样认真。虽然有电脑，他应该还是习惯用笔写字吧。他说他喜欢看手稿，有存在感。

那年停电，烛光中我坐在他旁边帮他校稿，心疼地说，你握笔的时候可不可以不要那么用力啊？

他没有像刚才那样快速合上书双手递给我，他的目光停在了我腕上那串琥珀手链上。那是他用稿费送我的第一个生日礼物，就像他的书名一样，都变成旧时光了。对不起啊，手链的线断了一次，在大街上，我跟肖文打闹，一挥手就断了，本来18颗珠子，有一颗掉进下水道了，然后我宁愿缺着，也没有补那一颗，所以看起来小了一圈，刚好我也瘦了一些。你看看，今天拍婚纱照这么重要的场合我都要戴着，尽管化妆师说跟我的婚纱不太搭配，建议我取下来，我固执地没有接受她的建议。

注意，注意，他终于又艰难地抬头了，四目对视，还是那张淡定自若的脸，眉宇间透着一言难尽，黑亮的眸子里波光潋滟。

看起来那么疏离，清冷，孤傲，没有一丁点儿有愧于我或者尴尬的意思。

我有一次问他，同学们都在讨论你很高冷啊，拒人于千里之外啊，你怎么看？

他笑了笑说，哪里是高冷，只是有时候反应慢而已。

现在站着他面前故作镇定的我，如果没有浓妆的掩盖，看起来应该很凄凉吧。假装坚强，堆积的骄傲坍塌了，只是一瞬间，我的眼睛就不由自主地游移到别处，没有久别重逢耀眼的光圈，有的只是瞬间隔世离空的晕眩。

他缓缓地把书翻到了第23页，摊开。我愣住了，刚想张口问为什么，就像被按了暂停键，时间都停住了。

23？我不禁喃喃自语。

我想起来了，23是我的学号，也是我的幸运数字。以前我逼着王佑泽陪我一起上课的时候，为了打发无聊，我发明了一个互动游戏。随手抓起一本书，指定某一页，然后我们会随意在词语下面标上数字，然后递给对方，对方必须把这些乱七八糟的字词组成通顺的句子。

这些字在王佑泽的排序下会变得饶有趣味。有时候像是一句小诗，生命就像一条无言的大河时而平静时而淘气。有时候是想问我的一个问题，我有没有出现在你昨天的梦里？当然也有运气不佳，碰上那一页刚好字就很少的时候，组合出来的句子很另类，比如，我想睡斑马，或者斑马想睡我。

那次他害我出丑了，因为我看到这句没来由的话再也没憋住，都快笑得岔气了。当时上的是《古汉语文学赏析》，魏老头本来在讲台上激昂澎湃，情绪饱满，沉醉其中，突然有个豪放的女声肆无忌惮地大笑且绕梁不绝，让他不明就理，继而恼羞成怒。

他双手杵在讲台上，愤愤地说，"这位同学你给我……"

他还没说完我就站起来了。老规矩，他处罚学生就是让你站在众目睽睽之下接受犀利的语言羞辱。好在我们坐在了学渣娱乐区，不那么引人注目。

哦，是这样的，在我们学校论坛上也有高校教室位置分布图。前面五排是学霸区，中间五排是VIP（贵宾）休息区，后面五排是VIP棋牌娱乐区，左边靠窗是高级阳光SPA专区，右边靠走廊是高级避暑观光专区。

我们俩那时候刚确定关系，是我硬拉王佑泽来我们班培养感情的。魏老头好像没打算在我身上浪费时间，而且心情很好的样子，白了我一眼："下次注意啊，刚才问的这个问题你会回答吗？"

我压根儿没听课，一脸茫然地看着王佑泽。他正在书的空白处写着答案，无奈他写字太慢了。

魏老头说："那我找个同学来回答吧，23号。"

连续喊了两遍，又看看花名册，说，"23号谢云昔来了没有？"

我一脸黑线地抬头咬咬嘴唇说："是我。"

班里哄堂大笑。他没好气地摇摇头，说："那么，班长，班长起来回答问题吧。"班里娱乐气氛再次被推向高潮，把睡觉的，观光的，打牌的，谈情说爱的都给惊动了。

因为我就是我们班班长。

那天吃晚饭的时候，王佑泽打趣说："别绷着一张苦瓜脸，现在就去买彩票，买23注。以后玩游戏就选23页。我们把23号定为你的幸运数字吧。"

这种场合想起这些一点儿意思都没有，只能说明我记性不错，思维跳跃，联想丰富。眼睛里噙着泪不停地打转转，我用意念拼命控制才没有失态，我还勾勾嘴角变态地笑了笑。

他刚才抬头凝视的样子貌似有淡淡的忧伤、浓烈的思念啊。当然了，这是我自己意淫的。岁月竟然没有在他脸上留下任何痕迹，只是黑了一点儿，这个小麦色刚刚好，看起来更 Man，不似从前那种病态的苍白。我们就好像昨天还见过面，一点儿没变呵。那我失眠引起的黑眼圈、法令纹、眼袋谁赔？

"为什么？"我听见自己憋出内伤才憋出来的这三个字。我的声音很小，小到只有他和身边的工作人员能听见。

他没有回答我，我听见一声轻轻的嘘气。这个人有个习惯，以前不管我怎么气他，都不温不火，不解释不澄清，看不出任何情绪，却有本事把你气得火冒八丈，今天他又这么做了。人群里有点骚动，因为我停留在他们偶像面前的时间太长了。

你特么的倒是快告诉我为什么玩失踪啊。

时间一点一滴过去了，他沉默着，负隅顽抗着。

今天这种场合，显然得不到答案了，我也算看明白了，纵使我再辗转难眠，花三个小时重新打扮成他喜欢的清纯的模样，再拼命信守我们曾经的狗屁誓言，我们终究也渐行渐远了。

他在第23页右下角缓缓写了一串数字,11位数,1开头,中间有个9写得像7,他又重新描了一下。傻子都看出来了是电话号码。后面排队的人群异常躁动,旁边的工作人员一边看时间一边小声在他耳边说着什么。他点点头合上书。

然后就端着书,用深邃无辜的眼眸看着我。

记者已然捕捉到异样的气息,马上逮住机会把话筒对着我提问:这位小姐,您今天的打扮还真特别,是结婚还是CosPlay?

"您也觉得我穿的这款婚纱很好看吗?"我回答记者,眼睛却是看着我对面那个端书的人。后半句没说出口的台词是:不就是以前在橱窗里我多瞟了几眼你许诺将来要买下来送我的那个款式吗?

我忍着泪带着笑,抓起裙摆特别妖娆地转了个圈儿。

他本来就想忘记旧时光,我还这么大张旗鼓地提醒他,再记得清楚一些吧,是不是很有意思?用现在的话说,来呀,互相伤害啊。

"姑娘,今天要结婚?"他蹙着眉头轻缓地问。

这在旁人听来,就好像是对热心小粉丝的关爱或者调侃,我听见这个称呼骨头都酥了。这是他曾经的专用称呼,每次他叫我姑娘,我不知道有多欢喜。

他说,姑娘你懂我。

他说,姑娘你们老师没教你"的得地"的用法吗?

她说,姑娘家家少说不文明的话。

他说,姑娘,我说什么你都相信,真傻。

他还说,傻姑娘,毕业就能把我们分开?这辈子我们都会在一起,所以别胡思乱想了。

排在我后面的女生叽叽喳喳地插嘴说:"姐姐绝对是骨灰级粉丝哦,

为了来签名都逃婚了哦。多浪漫啊。"

如果真是这样，多吓人呀。身后还有起哄、鼓倒掌的。

我尽量用欣喜的语气逼近他，笑里藏刀，回答道："是啊，新郎叫——肖文。"

听到这个名字，我觉得多少可以打击到他吧，这搁在过去可是他的劲敌啊，论家底，拼实力，肖文绝对比他有优势。

王佑泽的神情有点儿复杂，嘴角勾起一抹若有若无的冷笑，让人寒到骨子里似的，幽寒的双眸里，讳莫如深。这意味深长的表情里，我能不能自恋地理解为失落？

你看，你看，你到底是败给竞争对手了，这么好的事业和女人你统统放弃了，太没有眼光了。我不禁有一丝快感。

沉默半天，王佑泽缓缓地开口："姑娘，急吗？不急，等我。"

这是什么意思？是等你开完签售会，还是结婚的事儿等你批准？还是等你来当新郎？

你妈蛋，我苦寻三年，不见踪影，我这刚一下决心嫁给肖文你就马不停蹄出场了，还让我等你，你倒是早一点儿，哪怕早一天好不好啊。

话说回来，就算我愿意等你，又能怎样？当初你放手了，如今也不会吃回头草了吧，否则，回广州，也没有主动联系我啊。

呸，渣男！

记者又问："言尽先生，这位读者是您的旧相识吗？"

他收回目光，耸耸肩，面部表情恢复到习惯性的冷漠，吐出三个字："不认识。"

好一个"不认识"，瞎了你的狗眼，你不认识姑奶奶，瞧你那虚伪的样儿吧。我看了一眼伸长脖子扎好马步等爆炸新闻的记者，准备张开的嘴巴又闭上了。

我忍，毕竟这种事情不宜宣扬，有损我的名声。谁叫咱素质高呢？

再放你一马。

接下来他一个字都没跟我说，我想的那些对白都浪费了，不禁让我有点儿惋惜。至少痛痛快快地把话说清楚，吵一架也好。

这一面，心里的痛也没有少一丝一毫。

这世上的痛苦大多无解，于是拿一把自我安慰的草药敷在伤口上止疼。我曾落泪到泣不成声，但年龄带着尊严和体面叫我闭嘴。

我提着婚纱裙摆拿着书从人声鼎沸的会场往外走。很多人在交头接耳，在评头论足，在窃笑。

笑屁啊，你们被甩了还能笑成这样给我看看！那个八卦的女记者又追上来了，问我们以前认识吗，是老朋友吗，有私交吗？我摆摆手一句话都没有跟她讲。

阳光打在脸上，留下一个看似骄傲的背影。我等在电梯口看着楼下熙熙攘攘的人群。心一动，泪千行。玻璃上，我看到自己的妆，花了。

从我认识你的那一年开始算起，我所有的眼泪都送给你了，今天也不例外，只是我再也不会当你的面了，这几年的委屈，懦弱，坚强，勇敢都在今天的泪里流干流尽。

你知道吗？这几年如果没有疯子，我也不知道我们当时的一起创业打拼能不能坚持到现在。你不知道吧，我们都有属于自己的加工厂了，规模不大，也就 200 来人吧。

还有，这几年如果没有肖文在身边，我都不知道能不能熬过来。他打着友情的幌子，默默地承受着你带给我，我再转嫁给他的折磨。

我擦了擦眼睛挤出一丝笑，快步向路边跑去。我怕哪怕晚一秒肖文就对我失望透顶，再也不想理我了。

车子靠在路边，一车人都睡着了，肖文站在车门旁，面无表情。

他扶了扶眼镜，黯然销魂地说："亲爱的，你看啊，事情是这样的，我就买瓶水的工夫，你就不见了，今天这么大的事情你这样任性好吗？"

"不好。对不起。"我眯着眼睛抱歉地挤了一个难看的笑脸,把书别在了身后。

他虽然生气,但还是压着火气把矿泉水拧开盖递给我:"你是去商场走秀了吗?我记得好像没收婚纱赞助费啊。咱商量一下,以后不带这样玩的。手里拿的啥?"

"没什么,我回去解释。走吧。"我躲闪着把书放到后排座位上。肖文把悬在半空的手缩回去抓抓耳朵。

化妆师:"谢小姐,你到底干什么去了,也不带电话,肖先生都快责怪死我们了。"

摄影师:"是啊,你们这也太随性了,耽误我们一下午时间谁负责啊。"

司机:"肖先生你也是,都说自己知道女朋友去干吗了,也不去找。"

一众人等看我上车纷纷群起而攻之。

"行了你们,损失我来负责,客户就是上帝,我媳妇去商场找找感觉不行啊?现在去拍。超过了时间加钱。"肖文满脸的不悦,把火气撒在他们身上。

"肖先生这么爽快,那自然没问题。不过现在都几点了,赶到那边光线都不够了。可能晚上还有大雨,哪里还可以拍啊,只能改时间了。"摄影师抖了抖手表解释道。

于是我们打道回府了。一路上肖文还跟摄影师谈笑风生的,我以为就这么糊弄过去了,到了影楼,换上我们自己的车,我主动请缨当驾驶员。

"见着旧情人了?啥感觉啊,分享一下呗。"

"你在说什么啊?"我假装诧异地问。

"没想到啊!上学的时候就觉得这小子有这么一天,没想到这么快。"肖文讪讪地说。

我的心"咯噔"一下,原来他知道了,他只是爱面子没有当一车人的面让我难堪而已。

我讨好地说:"我,我只是好奇上去看看而已。你也可以啊,别忘了,你也曾经是我们学校文学社的骨干成员,不是也在校刊上发表过很多东西的吗?"

"那还不是我死缠烂打你才给我排上去的。我进文学社完全是冲你,我最讨厌煽情、无病呻吟了。我记得我们系主任说在虚伪的人面前说假话简直就是强奸自己的舌头,现在倒好,我还靠给领导写报告、会议材料吃饭了,时间久了就无所谓强奸这回事,麻木了。"

平时肖文开车都会絮絮叨叨地说很多他们单位的事情,哪个领导又要下台了,哪天他又要出差公干了,其实就是吃喝拿玩。我在他婆婆妈妈的唠叨下已经对公务员这回事儿彻底失去了兴趣,所以我庆幸我的选择多么明智,就是像现在这样,当个自由自在的小老板,守着我们不管再难也要创业到底的誓言。

今天,他沉默异常。

离我的住所还有 500 米的地方,车追尾了。

这是我拿驾照四年以来第一次追尾,追的还是一辆路虎。对方凶神恶煞地从车里下来了,车身都颤了颤。也是,这么宽的马路,还不是下班高峰期,大周末的,车速不超过 80 码。视野范围内,统共加上对向车也不超过十辆。肖文把手搭在门把手上,波澜不惊地看了我一眼,示意我解锁,然后下去处理这场意外事故。

一阵凉风吹进来。

不严重,赔钱了事,末了肖文给对方递了一根烟,自己也点了一根,他蹲在马路牙子上抽完了那根烟,走到车跟前敲了敲驾驶窗:"你下来,我开。"

这是暴风雨来临的节奏。果然,屁股刚在副驾驶位置上落定,肖文就说:"谢云昔,你今天实在过分了啊。"

我记得肖文以前跟我说当他连名带姓叫我的时候,肯定是真生气了。

"赔了多少钱,我明天拿给你。"

"是钱的事情吗?"

"你是想说王佑泽吧,真是意外。意外的相遇,意外的车祸。"

"就这么简单?你是第一天开车的新手吗?你有追过这么蠢的尾吗?你敢说你忘了他吗?"肖文一拍方向盘,懊恼地问。

"我这么记仇的人,我怎么能忘。我恨他,恨得要死。"

肖文一怔,半响冒出一句:"见鬼,我刚才好像也闯红灯了。"

到公寓楼下,肖文打开后备厢,一手提购物袋,阴沉着脸伸手揽住我的腰,这一次我没有躲闪。

开门以后,他站在门口说:"进去吧,我回家了,晚上加班给副局写报告,我给你新买的睡衣在宝姿那个袋子里。"

"我旧的那件呢?"

"扔了。"他用手撑着门框盯着我,轻描淡写地回答。

"扔了?谁让你扔的,谁给你权利扔的?"我赶紧去翻垃圾桶,"扔哪里了?"

肖文一脸沉静地看着我如小丑一样暴跳如雷的表演,淡淡地指指卧室说:"衣柜最底下一层,都破洞外加褪色了。你看看你,一件破睡衣而已。我只是测试你潜意识里到底是有多在意。"

"对不起。"

"我们高中四年,大学四年,毕业又快三年了,整整十一年,都不如你们在一起的两三年?"

是的你没听错,他高中是上了四年。他学理科的,账算得特别清楚,又要提为我留级的事情了。说是这么多年,他身边也一直没有断过女朋友,只是最后都没有走到结婚那一步,现在倒好,都算在了我的头上。

我低头像犯错的小孩:"对不起,阿文哥。"

我生性并不懦弱,我说对不起也是发自内心的。这三年,我最痛苦无助的时候,只要我一个电话,他不管在哪里,都会想方设法找到我,陪在我身边。喝多了吐他一身的时候都有过，肖文说他帮我洗换下来的衣服，眉头都没皱一下。

他走了两步，又折过头来，径直走到沙发上，一屁股坐下，赌气地说："我今晚不走了。"

"不行，我说不行就不行。不是说好了，等我们拍完婚纱照才可以住一起的？"我双手抱胸抗议道。

他从屁兜里掏出一根烟点上，在垃圾桶边磕了一下，慢悠悠地说："我只是第二次测试你而已。抽完这根烟就走。"

又是测试，除了啰唆这是肖文的第二个毛病。

肖文三口抽完，边走边嘱咐我："晚上一定要锁好门窗，睡前记得泡泡脚，洗完澡就马上上床，不要熬夜，手机不要放枕头边……"

我头点得像小鸡啄米："嗯，记住了，记住了。那个，车保险杠要修，你开我的回去吧，我反正明天有时间。"

"算了，我去修。"他顿了一下，"云儿啊，这么多年我没要求过你什么，你能答应我别联系他不？"

我没有回答。我可以答应，但是我不喜欢肖文的小心眼儿的样子。

"能还是不能，给句痛快话，那小子到底给你灌了什么迷魂汤？我说你到底……"

电梯"叮"的一声，轿门打开了，我如释重负地跟他说再见。他已经进去了，我才想起那本书还在车的后排座位上。

楼下那个落寞高大的男人，步履有点凌乱。他应该又点了一支烟，烟头忽明忽灭。为了不再刺激他，我不能追下去拿了。

回到屋里，有淡淡的橘子香水的味道，是我喜欢的。地板拖得雪亮，屋子收拾得很干净，有些东西我自己找不到都要给肖文打电话。

肖文有很多甜言蜜语，也绝对是行动派。他会定期安排小时工来我的公寓帮我收拾卫生。冰箱塞满各种食物，我的车子保险定期保养他都会做得井井有条。周末偶尔会到公司来帮忙。

　　他的所作所为我都看在眼里记在心里，都默默地给他点过赞加过分了。他没有处女朋友的空当期也会经常来公寓坐坐，我也会脱了高跟鞋换上家居服下厨做点儿精致的小菜，两人喝点儿小酒，但是我们绝不乱性。

　　这是我们关系维持到现在的重要原因。

　　我们暧暧昧昧这么多年，上演了多次真真假假、分分合合的类似爱情的故事。只有这一次我是认真的，爱谁谁，找个知根知底的不累心。感谢上天有眼，让肖文这个质量这么好的备胎一直留到现在。

　　我曾经特别严肃地问，肖文，我采访你一下，你这几年经手的美眉也集齐十二星座了吧，为什么都没成？

　　他举了一个例子。

　　他说，某天突然想吃烤玉米，可是夜深了没地方买，于是他吃了薯片吃了锅巴吃了火腿肠，然后发现还是想吃烤玉米，然后他又起来喝了啤酒吃了花生米结果还是惦记烤玉米。他才知道胃里那么多东西却没有什么可以替代烤玉米。

　　他说，云儿，你知道吗，你就是那个烤玉米啊，你丫咋就不明白呢？

　　他说话的时候，像泄气了的轮胎，我突然觉得有点儿伤感。

　　其实，在爱情里，再美也美不过想象。如果他真的吃到烤玉米以后，肯定不这么想了。但是我仍然愿意把自己烤一烤。

　　我在书上看到一句话，说一只动物爱上另外一只，这不奇怪。但是当这只动物不爱另外一只时，绝不会还暧昧着，这种恶心的事情只有人类才干得出来，我感觉自己被扇了一个响亮的耳光。

　　这么多年，我也累了，谁愿意没事老玩猫捉耗子的游戏呢。

　　肖文这算脾气好的了，我也基本想通了。尽管他有点儿碎碎念，小心眼儿，尽管我从没有对他有怦然心动的感觉，可是这又有什么关系呢？这世上有多少人能嫁给爱情？

生活远比我们想象的要复杂，有个人默默地对你好超过十年，这已经是我听过最动人的爱情故事了。人生好像没有多少个十年。

所以在昨天雷电交加的夜晚，我想象着肖文冒着被雷击的危险，哆嗦着给我打电话硬要给我讲笑话，我其实早被感动了。这只是一个突破口，一下子就感情泛滥了，然后我就决定跟他结婚了。

肖文从来不主动提，就是因为他知道我放不下王佑泽。

我们高中一直到大学都是同学，大学几年最经常说的话就是，小白云儿啊，那小子到底给你灌了什么迷魂汤？

他说的那小子就是王佑泽。

其实肖文他妈也常戳着他的脑壳说，谢云昔那小妖精到底给你灌了什么迷魂汤？

肖文他妈一直认为肖文放弃读北理工，我是始作俑者，所以对我恨之入骨。经常当着街坊四邻的面散播谣言，说我勾引他的天才儿子。我们同住一个化工大院，我后爸刘健，跟肖文他妈是同一个单位的，而且是她的领导，可是她根本不把我后爸老刘（是后爸，没错，我后面有空儿再交代这个事儿，不能跑题，先说肖文他妈）放在眼里。每当她在院子里指桑骂槐的时候，我妈就推开窗户，把沙发垫地毯垫都拿出来使劲抖，抖得她一头灰才善罢甘休。我妈的性格就是那种你大年三十敢撕我家对联，我大年初一就敢在你家门口烧纸。

上高中的时候，我妈从没有问过关于我和肖文的事情，对我中上游晃荡的成绩也持宽容态度。我不知道是她根本不关心还是这就是她的教育策略，反正青春期的叛逆在我身上是不存在的，我可以为所欲为，基本就是放养状态。好在我很自律，从不跟坏孩子一起玩儿。

肖文为了我还留了一级。本来他高三第一年，轻松地考取了北理工。拿到录取通知书那个暑假他来找我，可惜我没考上心仪的学校，复读一年，再参加高三补习。

他问我明年会不会考北理工，我摇摇头说，你脚指头想想也知道答案，我理科那么差。

他说，哪怕是北京也行啊，在一个城市我能经常看到你。我笑了笑说，随缘吧哥。一副终于摆脱掉包袱的奸笑。他说他心里没底，跑回家跟他妈说他不想上北理工，想再读一年考清华。他妈陡然觉得儿子太长脸争气了，虽然风险很大，还是怕耽误孩子的将来，咬牙同意了。

枯燥的高四因为有肖文陪伴也过得不赖，很多同学都说我和肖文是一对儿。一起来学校，一起上晚自习然后再一起回家。我从不狡辩，似乎也不排斥，因为我在人堆里根本不显眼。文科成绩很好，但是被理科拖了后腿，所以一直处于高不成低不就的状态，就没有什么突出的，如果有，就是发育比较提前的胸部，这在当时就是我的苦恼。不敢穿紧身衣服，宽大的校服就经常套在我身上，甩着两个大袖子在学校里晃荡。

人家漂亮的班花校花都有十几个甚至几十个追随者，别提多拉风了。而肖文就是唯一一个上天派来拯救我的，长得很斯文，因为近视，戴瓶底厚的近视眼镜，而且他绝对是学霸啊。据说我们学校很多女孩暗恋他，偷偷给他写信，有一次送来的信胶水都没干，被我一把抢过来，里面有几片大白花叶子。我问肖文这是什么花，真香，肖文叹口气说，校门口的广玉兰都被这些娘们儿偷光了。

信里写的自然很抒情含蓄，你们自己想吧，像刚成熟的山楂，酸甜涩苦都有，饱含相思之苦。我还在下了晚自习的路上，声情并茂地背诵了一段给肖文听。我语文好，有过目不忘的记忆，肖文却认为我吃醋了，到楼下锁好车。他说，云昔，我保证以后谁给我写信我都不收了。然后用下巴点点我的后车筐说，拿回去插瓶子里好好养啊。

我用脚掀开车筐盖，脚指头踢到筐沿，疼死了。我特别担心从里面蹦出癞蛤蟆啊、蛇啊、乌龟啊一类的东西。

肖文摇摇头说:"你以为谁都跟你一样啊,爱搞恶作剧。"

三朵含苞欲放的广玉兰静静地并排躺在车筐里。

肖文有次喝着奶茶突然沮丧地问:"你到底什么时候同意跟我好啊?"

我咬着吸管学着电视剧里的角色开玩笑地问肖文:"你喜欢我什么啊?我看我能改吗。"

"对,就这劲儿劲儿的、大大咧咧的、没心没肺的样子,不跟其他小女孩儿一样动不动就撒娇发脾气让人受不了。就算被你拒绝也没心理负担,还能做哥们儿。"

"那就先做哥们儿吧。"我看见肖文的眼神像烟花一样落寞坠落,坠落在深不见底的夜里。

肖文其实人挺好的,风趣幽默,怕他妈,太公子哥气,还有啰唆。

比如你想喝酸奶,让他去买。他就边走边自言自语:不知道有没有你喜欢的口味,不知道是不是新鲜日期的,不知道是不是冰过的,你胃不好不能喝冷的。有时候听他唠叨这些,我已经自己跑到小卖部买回来了。

肖文说,这么啰唆是因为他坚信久伴必会生情,深爱才会多言。

当然,不是因为他啰唆我不喜欢他,我那时候谁也不喜欢,男生在我眼里都是一个模子刻出来的。有时候课间兴致来了还会跟男生掰手腕,那时候如果我知道有女汉子这个词,肯定也会被人这么叫的。本想直接拒绝他,可是我又担心失去唯一一个拥护者,你看我十六七岁的时候就这么多心眼儿。于是我安慰肖文说,现在是早恋,等我们都考上大学以后再说吧。

我不敢明目张胆和肖文早恋,还有一个原因是我过不了他妈那一关。

复读了一年的肖文却让人大跌眼镜,他不仅没出省,连市都没出,就在家门口跟我读了一样的二本。我学文,他学理。这让肖文他妈怒火丛生。在亲戚朋友面前都已经夸下海口了,结果儿子这般不争气,一分析原因，就都怪罪在我头上了，天天没事儿就找我妈单挑，玩找碴儿。还好我妈也不是善茬，几个回合下来不分胜负。她还经常在厂里给老刘制造麻烦，老刘本来不想掺和女人之间的纠葛，多老实忠厚的一个人，愣是被肖文他妈气得上火，痔疮经常犯。

两家大人彻底撕破脸皮结下梁子。

上大学以后，肖文看我特别喜欢看小说，爱写一些无病呻吟的小诗，就怂恿我参加了文学社的考试，没想到居然顺利通过了。这家伙不知道走了什么后门，也屁颠屁颠地跟了进来。

这个决定让肖文认为，就是我和他悲剧的开始。

他后来无数次后悔，他认为我如果没有参加文学社，就不会认识品学兼优的社长王佑泽，就不会发现原来他写得一手好文章，更不会知道他还有一副热心肠，更加不会跟他情投意合暗渡陈仓，更更加不可能发生后来创业那些事。那么我们俩就可以像之前那样一直相安无事地好下去。

我们三个之所以发生那么多纠葛，我想错就错在我对肖文没感觉却一直暧昧着。其实长大后我也后悔过，明知道他有情我无意为什么还要走那么近，让肖文接收到那么多错误的信号，在一次次失望中独自体会心酸，以至于偏离应该走的轨道，成为彼此青春时光里最大的遗憾。

用一句歌词概括就是，得不到的永远在骚动，被偏爱的有恃无恐。

第二章
如果时光复返，我选择不认识某些渣男

永远别觉得自己多了解一个人，甚至你自己都没有想象中那么了解自己。人性有一万种不确定性，沉默最残忍。

又是一夜浅眠。每天早上七点半准时醒来，从来没有用过闹钟。

每次来得早，把车开到办公室的地下停车场，我都心惊胆战的。保安都没上班，顶灯又那么昏暗，好多扑棱蛾子在灯罩上不怕死地往上撞。高跟鞋叩击着地面，每一步都有回声。我生怕从哪个角落蹿出一个孤魂野鬼或者拦道抢劫的，我害怕这种意外的死。不过相比被王佑泽抛下的第一年，那种寂寞空虚冷的煎熬，我倒是宁愿现在被解决在这里。直到进了电梯有监控的区域，才稍稍松了一口气。

办公室门没有反锁，我不禁皱眉，昨晚谁那么粗心。

技术部灯是亮的，门虚掩着。我放好电脑包，推门而入。

"表嫂，今天怎么这么早？"冯重阳每天对着三台显示屏工作，只是用眼角瞟了我一眼。真是拼命三郎啊，昨晚加班到九点，今儿早上这么早又出现在公司里了。

"你敢不敢正经一点儿，办公室里别表嫂表嫂的。我还没跟肖文怎么着呢。"

"切，分手后那么久还不找新男朋友，就相当于给前任守寡。你还

是从了我表哥吧。"

现在出场的就是我的好搭档,我们公司创始人之一疯子同志,本名冯重阳。丫工作之外彻头彻尾就是一个流氓,到处撩骚。冯总冯总地叫久了,就变成疯子了。这也符合他的个性,他加起班来很疯狂,通宵达旦两三天不合眼,玩儿起来就更疯了,一个礼拜不见人影。

我第一次见到疯子,就觉得这是一个极品色男,绝对要远离的那种。那天他帮摄影社团发宣传单,凡是经过他身边的女孩儿,他都把单子强行塞人家怀里,嘴里念念有词:"美女,麻烦您帮忙扔一下,谢谢。"

校庆结束,团委派他负责大小活动上的宣传照,然后送到文学社办公室由校报编辑选照片。名义上是社团合作,实际上是为了混迹在美女如云的文学社泡文艺妹。

"同学请教一下,有个成语是说相互勾结干坏事的那个叫什么?突然忘记了。"

人家女孩眨着扑簌簌的大眼睛告诉他:"你是想说狼狈为奸吧。"

然后这个骚货在纸上写好递给人家看:"哦,对,狼被围奸。"还假装无辜地说:"妹子文采好,帮我看看,是这样写吗?"

用现在的话说,就是太污了。给人家姑娘弄了一个大红脸。

疯子是学计算机的,会设计网页,懂黑客技术还玩单反,属于全能型复合人才。有段时间我沉溺在跟王佑泽的"你侬我侬忒煞情多"里,就没怎么关注肖文的动态了,具体他怎么勾搭上的疯子我就不知道了,经常见俩人一起鬼混。混熟以后索性搬到一个宿舍了,因为肖文家底雄厚,也还算出手阔绰,所以就成天一起混吃混喝,最后为了巩固关系俩人还结拜了,疯子认肖文作表哥。他的任务就是在肖文追我的道路上助他一臂之力,叫表嫂其实是半开玩笑的。

这种情场上的浪子,在我看来绝对不靠谱儿。当初创业我私下强烈反对,但是肖文说必须拉兄弟一把。其实就是想在我们团队里安插一个眼线，随时监督我和王佑泽的感情进展。不过当时也急缺人才，于是他就侥幸留下来了，现在是我们团队的技术总监、首席摄影师。没想到在创业的路上这个最不靠谱儿的人陪我走到现在。

疯子活动了一下手指关节，伸个懒腰说："老谢，我颈椎病又犯了，这得算工伤啊。"

"算，算，不就是足疗卡到期了嘛，通知财务给续上。奇怪，你怎么这么早？"

"太阳西边出来了，你今儿也够早。我们的网站服务器被攻击了，妈的，窝火，收到短信提醒我就来会会这妖孽。你呢？"

我揉着太阳穴："一如既往地失眠了。"

疯子边往洗手间走边说："我洗把脸去。"

我实在忍不住了，指着他拿的毛巾说："等等，你这个，我怎么记得你好像之前加班的时候也擦过脚啊。"

"嗨，都是身上的肉，哪里分高低贵贱！哈哈。"

直接无言以对，快步朝自己办公室走去。

疯子在后面说："等会儿，秋冬新上的八款服装照片已经拍好了，知道你比较重视，要亲自过目，就差细节图了，下班之前我让小李发给你检阅。"

"你自己先检阅清楚了。嘿嘿。"

我说这话是有根据的，他有一次把硬盘给助理小李修片，结果你猜怎么着？小李复制完一打开赶紧问疯子："师傅，确定要修这些吗？咱啥时候换风格了？改得这么奔放？"

疯子跷着二郎腿说："修你的，哪儿那么多废话，都敢质疑师傅的审美了。"

小李过了三分钟，流着鼻血说："师傅，你快来吧，我修不下去了。"

疯子凑到电脑跟前一看，靠，女朋友人体写真忘删了。360度没有死角啊,那叫一个视觉刺激。

后来,我们去快乐海鲜酒楼大宰疯子一顿算封口费,这事儿才算过去。

推开办公室的门,桌上放着新印的吊牌小样。我们的吊牌与众不同的地方就是一首小诗,这些小诗都出自王佑泽之手。

> 端一把老藤椅
> 沏一杯清茶
> 摊开一本精致的小说
> 就这样
> 让午后的阳光慵懒地靠在我身上
> 墙角的老钟,嘀嗒嘀嗒
> 仿佛时间也随它,渐渐老去
> 就像我的棉麻时尚
> 一抹流苏,一点绣花
> 成就我的简雅

这是我们原创棉麻民族风服饰品牌"慢时尚"的品牌释义。王佑泽在操场的草坪上走了两圈想出来的,我拿着纸笔负责记录,写好后想都没想,脱口而出:"这文案真好。"

那天我站在夕阳下穿着一条波西米亚长裙,他把我的手揣进他兜里说:"不管我做什么,姑娘你都说好,真好。"

后来我们的客户跟我说,那些小诗真美啊,每次在我们网店买了衣服都会首先看吊牌,然后小心翼翼地取下来当书签用。

每当这时候,我都觉得这么几年我执着地坚守我们最初的创业梦想,特别有意义。

这间办公室设在商住两用楼里,当时创业的时候不足80平方米,一室一厅。逐渐扩大规模以后,去年我又把隔壁的两套房子也租了下来,打通后有300多平方米,重新装修才像个办公室的样子,分设计部、电商运营部、招商部、技术部、财务部、生产部,麻雀虽小五脏俱全。房东几次涨价,疯子多次鼓动我搬到高档写字楼里,我都没有同意。王佑泽不辞而别后,公司在我和疯子、肖文的努力下有条不紊地运营着。

让我觉得好笑的是,有段时间肖文他妈居然隔三岔五就来公司视察,那感觉就像王母娘娘驾到,对文件怎么摆放、桌脚擦不干净、卫生间太乱、开太多灯浪费电等问题一一摆到台面上来,做出批示,要求及时整改,好像这公司是她家的,她才是王母娘娘,肖文就跟个小太监一样跑前跑后,卑躬屈膝。

每当她来之前,肖文先来通风报信,说他妈更年期闲不住,让我们多担待。于是我们就各自躲在电脑前或者摄影棚里搞得很忙碌的样子。时间久了肖文他妈并没有觉得没趣,反而一直保持高涨的热情,慢慢地我们也就习惯了,一段时间不来我们还惦记了,就问肖文,王母娘娘咋还没来?也该来玩找碴儿了吧,快回去禀报一声,我们也好列队欢迎。

肖文哭笑不得地说他妈在为他的终身大事忙活,最近没空了。

难怪,找碴儿这些弱智游戏跟肖文的终身大事比起来,果然显得微不足道了。肖文在他妈的狂轰乱炸下,就来找我诉苦,求我收了他,或者当他的名义上的挡箭牌也行。可是我根本无能为力,我跟肖文他妈实在是太没有缘分了,每次被肖文拉去他家吃饭都是大眼瞪小眼,互相没话说。我刚想表示一点礼貌,没聊两句她就戳我痛处,说老刘刚跟你妈掐完架,还不回去劝劝?

肖文在她的威逼利诱之下相亲N次,也谈过几次恋爱,一到结婚关口就无疾而终。姑娘们都应该挺喜欢官二代的吧,都说是肖文眼光高。

肖文他爸在教育局当科长快退休了,退休之前还不忘走动关系给肖文在区政府谋了一份金饭碗的差事。

肖文一开始是死活不同意的,后来听说他妈气出心脏病了,住院几天,差点儿那啥。亲戚们轮番劝说肖文,终于说动了他,乖乖地去政府上班了。

他也提了两个条件,一是不能干涉我们俩,不管是友情也好,爱情也罢,关系怎么发展,都请他妈不要发表意见。二是任何时候再不能逼婚。

他好像还说,如果不能跟自己爱的女人结婚,他宁愿去五台山当和尚。

肖文他妈显然被他这句话吓到了,表面上是同意了。我偶尔回家看我妈,院子里碰见肖文他妈,我都点头笑笑,她看我的那个眼神还是那种"你咋还没嫁出去你都成精了啊"的表情。

好像我愿意当剩女似的。

她一直认为,我跟所有其他姑娘一样都硬着头皮想挤进他们家,当他们家儿媳妇,然后听候她的使唤,听她讲三从四德,大小事都得上纲上线。女人最好不要出去上班,白天要买菜做饭,刷锅洗碗,拖地洗衣,晚上还得给他们家族传宗接代,反正风头不能盖过自己男人。

这是后来肖文学给我听的。因为知道这些,每次他带姑娘回家,说又被她妈看上了,我都在心里默默地给人姑娘投上同情的一票。

后来跟那些女孩为何分手这个事情,肖文没提我也没问。

QQ上肖文问:"小白云儿啊,要变天了,你带外套没有,用不用我下班送来?"

我回了一条:"谢谢雷锋同志,我倒是不冷,如果你来,顺便帮我把昨天那本书一起带来呗。"

然后,就没有然后了。

外面已经传来指纹打卡的声音了,我也开始紧张忙碌地处理邮件,查看报表。

心事重重地过了一天。

下班约了疯子一起吃饭，刚在何家院子坐定，菜还没上，就听见娇滴滴地喊"老公"的声音。头皮一阵发麻。

来的就是疯子的现任女朋友，王嘉妮。90后、模特，削肩细腰一脸傲娇。化妆技术了得，素颜没见过，总觉得骨子里透着风尘气息，好像别人一开价马上能躺倒的那种外围女。疯子明骚，嘉妮风骚，他俩凑在一起，一对骚包。

疯子曾带我去看过她的T台走秀，相当于内衣秀，白花花的大腿在眼前晃啊晃，在场的男士都看得血脉贲张的，手机都恨不得伸到她们乳沟里去拍照。不知道是不是我思想太传统保守，就愁眉苦脸地问疯子，你该如何驾驭她啊？疯子说能追到就不错了，还想驾驭？作为男人唯一能做的就是惯着！

我求饶地看着疯子，那眼神的意思就是我先走吧。一个逗逼就已经让人崩溃了，我今天的智商实在难以应付两个。外套才披在肩上，嘉妮就已经扑到了疯子的怀里。一声阿云姐喊得我浑身麻酥酥的，不陪到底我都不好意思下次跟他们一起吃饭。

跟她吃饭没有什么食欲。

倒不是我俩有什么深仇大恨，而是她根本不是来吃饭的。丹凤眼一挑，环顾一下饭店大堂，说环境一般哦。伸出白皙细滑的手，指着红烧牛腩还有辣子鸡说，哎哟看起来很油哦。然后抓起手机就拍照了。这才刚开始流行微博啊，都还在测试阶段，人家这才是时尚达人。

没过一分钟上她的微博准就能看到这样一条博文：伦家怎么吃都不胖怎么办。旁边还有一张俯拍的锥子脸，这P图技术也了不得，巴掌大的脸眼睛占了一半，让人想起葫芦娃里的蛇精，引来一票群众围观。发完图就端着脸跟圣母玛利亚一样看着满嘴冒油的我和疯子。

疯子的确属于怎么吃都不胖的那种异类，我是属于喝凉水都长肉的这种人类。我举着筷子夹了块鸡腿肉刚想往嘴里送，只听王嘉妮说这一盘肉至少是500多卡路里呢，你让体重逼近三位数的我情何以堪，如何下得去筷子。今天心情着实不好，怎么就不能让我大快朵颐一顿？我在心里诅咒我对面的疯子，该死的家伙这么没眼力见儿，一天不见小情人儿能死啊。本来打算跟他认认真真聊聊天谈谈人生的计划也泡汤了。

为了让嘉妮住嘴，他一溜烟儿出去对面超市买了一盒冠益乳。日期是最新鲜的，盒身已经用面巾纸仔细擦过了，盖也拧开了，双手奉上，这就是给嘉妮准备晚餐的三部曲。

可能每个人表达爱的方式都不同吧，疯子只是擅长"贱"而已。用肖文的话说，这是卤水点豆腐，一物降一物。

后来通过和嘉妮的相处，我发现，人的眼睛有时候会被外表迷惑，我为第一印象对她的不公正描述表示正式道歉。其实她的"作"也就只对疯子这样，大多数时候，谈吐啊见识啊三观啊思想成熟度啊，还是比较靠谱的。她自己说一开始是为了吸引我的注意，T台走多了，比较享受成为中心人物的感觉。她承认有表演的成分，而且用力过猛。好在我是一个很随和好相处的人，渐渐地知道了彼此的脾气秉性，也就成为无话不说的好朋友了。

跟嘉妮做朋友还有一个好处，嘉妮愿意给我们公司当免费模特，而且拍出来还挺有味道。疯子说当时挑服装模特，他一眼就相中这个女孩。在他的镜头里一笑一颦既有古典美人的韵味，又符合当下时尚的气质，而且结合得相当完美，她配合拍出来的照片才能凸显他的摄影水平，那才叫艺术。其实他找这么多借口，就是为了泡妞。

疯子通常开场白都伴随着他摆弄单反的姿势，故意显得很专业的样子，右边松着胯，着力点放在左腿上，然后问人家女孩家乡是哪里的。人家不管说哪里他都说好巧啊，老乡呢。然后假模假样地胡侃一通当地的特产学两句方言加以佐证，顺便夸那里出美女云云。当时嘉妮笑嘻嘻打断他说，你想泡我是吧，别费唾沫星子了，我从了。

大家集体投票最不看好的俩人，居然一年多还没腻味够，并仍然保持热恋时的激情，堪称极品。

本来是我精心预谋为留王佑泽不离开广州，有事情做，才想创业的，现在倒好便宜他俩了。

我正考虑用什么理由走人，嘉妮接了个电话，好像是他们老板又接了一个走秀的活儿，让她去试镜。这妞也是相当敬业的，扭着胯就急匆匆走了。疯子本来要去送，嘉妮说他们老板顺路来接。

"疯子，别玩手机了，听我说一事儿。"

"说你的。"

"那个，我跟你说的这个事儿呢，你绝对不能跟肖文说。"

疯子按耐不住一颗骚动的心，俩眼球直直地射来八卦的目光，这意味着保不齐他会泄密，所以我得说得含蓄一点儿。

"那个，那个，王佑泽，你还记得吧？"我垂着眼帘假装漫不经心地说。

"开玩笑！你前男友，大才子，大主播，大善人，我又不搞基，我记着他干吗？"

"他回广州了。"

"知道。"

"你怎么知道的？为什么不告诉我？"我瞪着眼问他。

"肖文告诉我的。昨天晚上他约我去江边酒吧喝酒了，醉得一塌糊涂，还是我送他回去的。你说你也是，都过去几年了，怎么就还没忘掉呢？是，我承认当时在学校的时候你们很好，很和谐很般配，可毕竟是他甩了你，这是事实。"

"可是我想不通。"我用筷子杵着一块红烧肉，好像把它捣得稀巴烂才肯善罢甘休。

"这有什么想不通的,作为男人,我深有体会。不爱了,玩腻了,索性借毕业之名过河拆桥了。千万别去问为什么,那样只会伤到自己。"

"可是我潜意识里还是不相信他是这种人,我想听他亲口解释给我听我才死心。再说他跟你可不同。"

"我不屑于跟这种人相同,我不喜欢人家姑娘了,我好歹给个交代。他倒好,招呼都不打,无情无义,简直的,我跟你说,人神共愤哪。"

"你再一次充当了肖文的说客,你赢了。"

"其实我跟你说啊,我表哥人真挺好的,也被你这几年折磨得欲仙欲死了。你再不下定决心,我可收了他啊。我男女通吃,我跟你说,让你们女人少一个优良品种的选择机会。"

顺着他眼神看的方向,邻桌俩男的一杯奶茶,一根吸管,你吸一口我吸一口,脸贴着脸,手拉着手,别提多那啥了。

这就是没正形的疯子,狗嘴吐不出象牙。

末了,他不忘敲打我:"老谢,平心而论,你为王佑泽做的事情还不够吗?你为他受的伤还少啊?"说着气愤地把金卡拍在桌上,招呼服务员结账。

这动作,真潇洒,这表情,真仗义。

刚准备撤了,回家洗澡补补觉,肖文打电话给我,想约我谈谈,让我在餐厅等他。我还没来得及问什么事儿,他就挂电话了。

窗外下起了稀疏的小雨,不远处的广场上,音乐喷泉已经提前停了,人们都加快了匆匆赶路的步伐。

一阵凉风吹进来,周身一丝丝的寒意,服务员给我换了一杯热柠檬水,顺便帮忙把窗户关了。

已经过了用餐的高峰期,钢琴曲《致爱丽丝》回荡在大厅里显得特别空灵。这首曲子太熟了,以前学校每天广播站晚间节目的开始曲目,伴随着的就是那个让人心动不已的声音。

我想问问，各位看官，你会不会突然想起某个人，一阵傻笑，然后一阵心酸？

其实，每一段记忆都有一个密码，时间，人物，地点，一旦吻合，无论相隔多久，那个模糊的人都会立刻清晰。

过去的是时间，过不去的是我们的心。

我们认识，本身就具有戏剧性。

大学的时候，别人的男神都在操场上，而我的梦中情人，在校广播站里。确切地说我迷恋上了一个男生的声音，这让我当时一想起来小心脏就怦怦直跳，格外激动。

我是在听校园广播的时候知道怦然心动的感觉的。我喜欢他干净清澈富有磁性的声音，像泉水叮咚作响，悠远流长。那种对异性的钦慕让我特别欣慰，原来我是一个正常的女生。此前我从未对任何男生有过任何异样的感觉，曾经这让我一度迷茫。

校广播一周听下来我就摸着规律了，每周四有个节目叫"漫步书林"，读一些老掉牙的文摘故事，很多同学都觉得应该放在午夜，很催眠。可是我听得津津有味，播音员那种叮咚叮咚的如泉水般的声音，能激发起我每个脑细胞都全神贯注。我养成了一个习惯，每周四在吃晚饭的时间一边在宿舍泡面一边听广播，竖起耳朵细细地品味，那才是我的饕餮盛宴。

每次播音结束就听见他说，今天的《漫步书林》就到这里了，本次编辑××，播音王佑泽。

从此我就记住了这个名字，王佑泽，王佑泽。连名字都这么合我心意，至少不是随意取的那种王伟，王刚，王亮，王大虎，等等。

我都能想象他有干净的面庞，一口洁白的牙齿才能配得上这么好听的声音。

每所大学里都有很多社团，可是我都不感兴趣，唯独对播音一往情深,可惜是需要考试的,我的普通话带着浓浓的南方口音,根本挤不进去。

我从没想过直接跑去跟王佑泽表白,那是没脑子的女生干的事儿,只会自取其辱。我觉得这事儿得智取,让对方看到内在也许还有胜算。如何智取呢?我的方案是,尽可能让自己发出更耀眼一点的光芒,万一他主动发现了我这颗闪闪发光的大珍珠了呢!

我也有意无意地从四面八方捕捉关于他的情况。我的室友刘蕊,跟其他班八卦分子走得比较近,外号"包打听"。她帮我打听到,王佑泽高我们一届,文学院中文系的,长相不详,据说很高冷,喜欢独来独往。喜欢他的女孩儿一波一波的,但从没见他跟哪个女孩儿走近过。

那些咬牙切齿说他"屌"的女生肯定都被他拒绝过,既然都有前辈前仆后继了,谁还直接去碰鼻子灰啊。

我上高中的时候作文还不错,于是,在每个睡不着的深夜,我就寄相思于文字,开着小台灯躲在被窝里写一些情意绵绵的散文啊小诗啊,向校刊校报投稿,没想到的是基本上十有八九能中,而且有时候还是在特别醒目的位置,真是有心栽花花不开,无心插柳柳成荫。这大大激发了我的兴趣,然后一发不可收拾地爱上了这样抒发情感的方式。

肖文不明所以,看我写得不亦乐乎,怂恿我加入文学社。闲着也是闲着,我就进去了。

文学社里,刚开始进去的新人没什么事儿干,就连集体活动都很少,倒是有个QQ群,平时有什么活动就发布在群里,群主就是社长,QQ名字叫言尽,听说特别有才,也是校刊的主编,为人很低调。和我一起加入文学社的新同学都没见过他,只是陆续在图书馆里发现他在很多省级以上期刊杂志都发表过的小说。当时这个发现让我很是崇拜,开始到处收藏有他发表过文字的杂志。

榜样的力量促使我更加卖力地朝文学梦靠近,我想等我也这么优秀了,王佑泽总该注意到我了吧。

没想到，过了两天，社长通过群加了我的QQ，说看见我投稿很积极，文笔也不错，有篇散文有些地方需要修改一下，然后可以推荐到《白桦林》杂志投稿。

我就心花怒放地问："社长大人，是哪篇啊？"

"呃，是《泉水叮咚》"

我的脸蓦地红了，与其说那是篇散文，不如说是委婉的情书。我用w代替了王佑泽的名字。我在文里说，默默地喜欢一个人就好像是一个人的独舞，尽管我不会跳舞，但我已经尝到孤独的滋味。猜测，欣喜，欢愉，忧愁充斥我生活的每一秒，不知不觉间，竟已然成为诗人。

凭我提到的线索，加上王佑泽又是学校这么一个风云人物，我想社长应该也知道吧。好在他根本没打听我写的是谁。他指导我修改那篇散文以后，居然真的发表了。我的处女作啊，真是太有成就感了，从此更加积极。

我和社长的联系基本都是在网上。这其实挺好，让我发表言论时特别天马行空，毫无顾忌。

我喜欢跟社长聊天是我觉得他从不八卦，不管闲事，很坦诚，也很幽默。比如我抑制不住跟他倾诉王佑泽，他只是默默地倾听，从不追问嘲讽揶揄。前几年看王家卫的电影里说，每个人都有心事，找个树洞当成泄漏口，有什么心事都可以对树洞说。毫无疑问，社长就是我那个时段的那个树洞。

每到周四钢琴曲一响起，王佑泽一开始讲话，我都会心情大好，也会提前在网上给社长留言，叫他不必等我上网，因为我要听广播，没空儿。然后就回宿舍打开水泡面，在氤氲的热气里一边吃面一边猜测王佑泽主持节目时候的心情。节目快结束的时候我的面差不多就吃完了，飞快地跑到梧桐树下仰望着广播站，然后看从里面走出来的男生，猜测哪个是王佑泽。

后来逐渐发展到我一天不上网跟社长八卦王佑泽我都觉得那天白活了,浑身没劲儿,就像窃贼得到赃物要找一个信得过的人偷偷分享一下。

我们也会聊古板的教授,聊大学生活糗事,聊社会主义和谐社会,聊人生感悟,慢慢地我和社长就成了熟悉的陌生人。

有时候他会发他刚写的文章给我看,然后我也会煞有其事地谈一下我的见解,有时候刚好参透他的心思,他就会高兴地说,姑娘,你懂我。

有一天,我在他空间看见他写的文字,大意是,汽车行驶在高速公路上,窗外,冬日慵懒的阳光毫不吝啬地抚摩着被风吹倒的荒草,抚摩着独自矗立的电线杆,空虚而贫瘠的村庄,山顶上向阳的坟墓。流动的风景,暖色调,让人昏昏欲睡,一切都像是一场幻觉。

一段环境描写都带着宿命的味道,看得人心里揪着疼,我说:"社长大人,你受卡夫卡、村上春树影响太深了,让人心疼。好像你看到的都是世界的阴面。"

他也不争辩,发来一个笑脸,接着问:"那你觉得,阳面是什么样的?"

我马上开始对他安利我的男神:"比如王佑泽啊,我觉得他看到的肯定是世界的阳面。你听他的声音积极阳光,好像蝴蝶掠过水面,好像鸟儿在枝头欢唱,好像泉水叮咚叮咚,总之太美好了。你该多听听他的节目,熏陶熏陶。"

"像泉水叮咚叮咚?呵呵,你想象力真丰富。那么你暗恋的王同学,你选择一直暗恋下去?"

"不然呢?按照你的逻辑,鸡蛋好吃就一定要把下蛋的那只母鸡找到?"

他回过来一堆省略号,表示无语。

这是社长言尽第一次跟我谈王佑泽,还好就点到为止,没有让我尴尬。

社长第二天在QQ上对我说,看我暗恋得这么辛苦,决定助我一臂之力,给我分到广播站采编组实习。刚好有老编辑毕业位置空缺了,这样就有机会去广播站认识我的男神王佑泽。

我简直心花怒放,社长大人都这么愿意帮我,我觉得离男神的距离又近了一步。我都这么处心积虑了,再不上位,天理难容。

采编组组长是范璐,第一天编完稿件,她来大姨妈肚子疼,让我把采编好的内容送到播音室给王佑泽。

我一下子从椅子上弹起来,幸福来得太突然:"给,给谁?"

她其实挺淑女的,被我吓得一口热水喷出来:"那么激动做什么?王佑泽啊,你不会也是他的小粉丝吧。"

反正他也不认识我,这也正好是我近距离一睹男神真面目的绝佳机会,我就假装勉为其难地接受了这个艰巨而光荣的任务。

播音室在文学院四楼,每上一个台阶我的心跳都乱一次阵脚。那时候我已经不像高中那会儿动如脱兔了,经过岁月的洗礼折磨,更多的时候变得静如处子。

到播音室门口,我刚抬手敲门,门就开了,里面有三四个人在摆弄播音设备。

开门的是一个男生,他看见我手里的稿件,伸手想接过去。

我呆呆地问:"我找王佑泽,请问王佑泽在吗?"

这个名字我在心里已经默念几千遍了,说出来的时候非常不争气,声音发抖。

"我就是。"他点了一下头,扬着嘴角笑了一下,阳光打在他明媚的脸上,我的心跳特别没出息地加快了节奏。听他这么一说,我又仔细地打量了他一下。

清瘦单薄的少年模样,高我半头的样子,米色的线衣里是一件格纹棉衬衫,休闲裤腿挽起两圈,脚上是一双纯白球鞋。很文艺范儿,很赏心悦目。

男神的长相还蛮舒服的。

我"哦"了一声，没有多加研究，就把稿件塞进他手里，转身疾步离去。下楼的时候我脑子像放电影一样拼命地把我刚才见到的样子，跟我想象中的王佑泽合并在一起，这个承载我想念爱慕后来又让我愤恨失落的人。

从那以后我就包揽了给播音室送稿件的活儿，不管刮风下雨乐此不疲，慢慢跟王佑泽也熟络起来，偶尔在其他地方见面也会点头打个招呼，只是我觉得他看我的眼神怪怪的，似笑非笑的样子，好像憋着坏笑，有天大的阴谋。

那个年代还不流行女追男，尤其是如果没追上，是一件太丢面子、没自尊的事情，这种消息一传出去，整个学院都能轰动。而且我也要顾及肖文的感受，所以不敢放肆，只是偷偷意淫一下。

好歹我也是享誉中文系鼎鼎有名的才女，而且还是一班之长啊。

说起班长，还真不是我自己出风头要当的，纯粹机缘巧合。

刚入学的第五天，我们隔壁宿舍发生了一起失窃案件。我们班的小雪准备充值饭卡的几百块钱放在柜子里，忘记锁门，下楼接个电话屁大的工夫钱就不见了。

当时宿舍其他几个人都在，都交代了自己在干别的事情，有洗衣服的，有上厕所的，有看书的，反正都没碰过小雪的柜子。系主任也被惊动了。那个瘦瘦的女人一手捂着肚子一手端着中药，气愤地说带过这么多班从没见过贼的样子，你们简直逆天了。然后就要搜柜子翻床铺。因为我们宿舍刚好对门，所以连同我在内的三个姐妹也成了嫌疑犯。

一切都被翻得乱七八糟毫无头绪的时候，我突然想到一个办法，于是我跟小雪耳语了几句，就义正词严地说，我们已经找到线索了，小雪丢的1000块钱也已经知道是谁拿的了，如果今天晚上没有还回去，明天早上就送保卫科去。1000块钱不是大数字，但是人品污点可是一辈子，自己考虑清楚。

当时刘媛一下子坐不住了，说不是528块钱吗？怎么变成1000了？

这下彻底暴露了，因为小雪根本还没来及说自己丢的具体数字是多少。原来是刘媛洗衣服回来发现小雪不在，柜子半开着，顺手就把钱拿走放进湿衣服口袋挂在阳台上了。如果硬搜，是绝对不会考虑湿衣服的。

因为这件事，大家对我的印象特别深刻，加上班上男生的数目以个位数为单位，而且质量歪瓜裂枣，所以全票通过，推选我当班长。

我想我那时真笨，如果我随便打听一下，就能知道王佑泽跟言尽是同一个人的事实。可是本来就有同学时不时凑一起八卦我暗恋王佑泽的事儿，我可不愿意亲自推波助澜。还有就是我对自己掌握的信息，谜一般的自信，根本不可能相信这两个领域里这么拔尖儿的人会是同一个人。

我知道真相已经是一个月以后的事情。

2003年，卫生部通报广东省发现第一例非典确诊病例，规定像学校这种人员集中的场所，必须早发现早报告早隔离早治疗。学校领导相当重视，进入一级戒备的时候，很不凑巧，我的扁桃体发炎引起低烧。辅导员忧心忡忡地说，关键时刻，这可不是闹着玩儿的。既然你家在本市就配合一下，请假回家观察吧，没事了再来学校。

我很不情愿地回家了，我后爸老刘简单地问了情况，同样忧心忡忡地把一包药放在我面前，很委婉地说："阿云啊，你还是回学校吧，你弟弟马上要中考了，这个节骨眼儿，你说要是有个什么差错……"

我抽噎着敲开肖文的门，他什么也没问，就都清楚了。他把我抱上自行车后座刚准备走，他妈就像母夜叉一样带着一身醋味，蒙着大口罩白手套追出来，揪住车把，泼妇骂街一样嘟囔。大概意思是，万一得的是非典呢？这可不是闹着玩儿的。你妈我，把你养了这么多年，你为了这小妖精要去送死吗？你如果想气死你妈，你今天就跟她走，走了就别回来了。她红着眼睛的样子很是可怕，我也是第一次见到。肖文的啰唆，绝对遗传他妈的。

肖文那天就一动不动站在原地，我虚弱地在后座上看着肖文已经发育宽阔挺拔的后背。大概过了一分钟之久,他才慢慢地回头,纠结地看了我一眼,那一眼更多的写着对他妈的妥协。我默默地移下车,双脚像踩在棉花上一样,深一脚浅一脚朝大门去了。

就是那一天,在我心里,肖文就已经不是我的靠山了。在生命面前,在生死关头,他最爱的人绝对不是我。或者说在我和他妈之间,他选择了他妈。平日里他待我千般好万般爱,只这一次,我明白在危险面前,他更爱自己。

诚然,我们没有资格要求别人在生死攸关之际还去无病呻吟所谓的爱情。爱自己是没错的,何况是思想还不成熟的少年,他妈舐犊情深更无可厚非。只是作为一个心思缜密的女孩子,每次想起来,就像心爱的白衬衣上最显眼的污点,还是有些遗憾,可能这也是我纠结这么多年的原因。

那天很应景,下了公交车已经是烟雨蒙蒙了。我把背包顶在头上,走到学校门口,站岗的保安都戴上了白口罩和手套。学生会干部告诉我,学校限制发烧咳嗽感冒人员进出,大门已经被纪律部的把守。我接受了校医的体检,结果显示我已经烧到38度了,我反复解释我不是非典,我没有接触过可疑人员,我只是扁桃体发炎引起的发烧,我每隔一两个月都会烧一次,我不咳嗽也不胸闷,但是他们都不相信我,让我提供医院证明或者退烧再进入学校。

我哭丧着脸在门口拿IC卡给刘蕊打了个电话,让她帮我想办法。她气喘吁吁地跑过来,隔着大铁门嘘寒问暖,委婉地告诉我,"连体婴儿"里的小美介意我发烧,所以她也爱莫能助。

那天我感觉自己被全世界抛弃了。

我一边骂娘一边朝校门口不远处的社区医院移步。那时候还没有全国大面积爆发疫情,所以学校虽然形式上弄得很紧张,实际上也没有太多人把这个事儿当成天大的事儿。心疼着兜里本来就不多的银子,还是决定输液,至少好得快一点。输液的时候碰到邻班的班长戴琳,获准出来为班级采购板蓝根。

戴琳好打抱不平,了解了情况,愤愤道:"那些个学生会干部,真是拿着鸡毛当令箭,好讨厌。哪有那么容易就得非典?"

我有气无力地答:"可不就是嘛,我输完液还不知道去哪儿呢。"

戴琳感慨道:"谢云昔,你真是个倒霉蛋,怎么就这种时候生病呢?"

我说:"哎,上周我们社长要求一周之内必须把最新一期的校刊排版出来,40多篇文章要校对啊,我们几个都是新人又不懂反抗,所以只能加班加点,熬夜多了抵抗力下降了呗,加上着急就上火了。"

"还好我没入文学社,你们社长真是变态。"

"呵呵,变态?嗯,变态!"我也只当捡了个乐子,笑得鼻涕泡都出来了。笑着笑着又觉得自己很可怜,就着喷嚏,眼泪也跟着出来了。

"是吗?"

突如其来的声音,加入了我们的谈话,我还没注意,我身后居然还有个人。他戴着纯白的大口罩,浅蓝色的帽衫,深色牛仔裤,淡淡的眼眸里寒光点点。糟糕,这声音,虽然沙哑,可是我听出来了,是王佑泽!心跳加速,懊恼我这种状态也太 low 了,怎么能在这里碰见他呢。在我印象里电视剧中的那些男神都是不吃饭不吐痰不上厕所的,眼下这个,怎么还亲自来买药呢,也太接地气了。

触到他的目光,心跳加速,我又没说他的坏话,怎么他也喜欢八卦吗?他会不会认识言尽?然后要转告他吧。为了打破尴尬,我迟疑地寒暄道:"主,主播,你,也生,生病了?"

"没,买几盒金嗓子。"他微眯着眼睛看了看输液瓶,"我还说今天你怎么没来送稿子。"

戴琳买完药,挤眉弄眼地打完招呼,先走了。

我擦了擦眼睛,说:"哦,我发烧了,今天学姐有安排人送吧?忘记跟她请假了。"

王佑泽气定神闲地问:"是熬夜加班引起的免疫力下降啊?还是刚才跟医生说吃宵夜上火……"

我囧。

还好,他站了一会儿就走了,我这才松了一口气,换了一个舒服的姿势。

输完液,医院也快下班了。站在廊檐上看着越下越大的雨,思考着接下来怎么办呢?网吧?太吵,住宾馆?太贵。去亲爸家?太远,睡大街?太扯。

绝望之际,我感觉有人拍我的肩膀,头顶上也没飘雨了。我一侧身,就看见撑着黑色雨伞的王佑泽,我哭成花猫一样的脸印在他清澈的眼神里。

他缓缓地说:"想什么呢?喊几声都没听见。走吧。"

"你,你不是早走了吗?怎么又回来了?"我吃惊地问。

"去邮局办点儿事,路过这里。"这一次距离很近,他高挺的鼻梁,乌黑深邃的眼眸,泛着迷人的光泽。

我支吾道:"你先走吧,我发烧呢,刚才医生也不肯给我开证明,门口的学生会干部说……"

他打断我的话,递过来一包尚有余温的纸巾,不容我解释完:"走吧。"

邪了门了,那些纪律部的干部这次没有任何阻难,还毕恭毕敬地跟他打招呼。他们小声地交流了几句,王佑泽不知道说了什么,他们都起哄一般笑起来,然后王佑泽也扯着嘴角笑笑,拍了拍笑得最凶的那个傻×肩膀,我们就堂而皇之地进去了。

我离他很远,他说:"你躲什么,要不然伞给你,你还病着。"

我问:"你不怕我万一得的是非典吗?"

"不。"

我当时没有力气追问是不怕,还是不会得非典。反正那天他说的每句话我都牢牢地记在了心里,对于一个救命恩人我是百分百心存感激的。

我走得很慢,因为我不知道可以去哪里。刘蕊都说了,有人不欢迎我这时候回宿舍。

王佑泽停下脚步,侧目看我,说:"突然想起来,有篇明天要播的稿子要修改一下措辞,不如你帮个忙吧。"

我欣喜地点头:"好,我愿意的。"

他带我朝文学院教学楼走去,上四楼,从兜里摸出一把钥匙打开播音室的门。穿过那些机器、桌椅,他推开一格柜子,竟然有个暗门,里面有个独立的空间,大约有十多平方米,被布置成了宿舍,靠窗的位置放了一张床,床上是干净的蓝棉布床单和被罩。窗外,就是一池碧绿的湖水。湖岸是百年的梧桐林,树叶在窗外沙沙作响,这风景还真不错。床头的玻璃书柜里,陈列着各式各样的书。一台老式电脑主机嗡嗡地响着,那把雨伞被他随手挂在窗台上。真是怪了,时至今日我都记得那间宿舍每件物品的摆设,还有那把还在滴水的黑雨伞。

"要修改的稿子呢?"

王佑泽摇头说:"不急。"然后,倒了一杯热水放在桌上。

我赶紧翻包找到药,一口气吞下。

他说:"吃了药,捂上被子出出汗就好一些,你睡会儿吧。"

我看了看床有点儿为难,意思是我们好像也不熟啊,这样好吗。

他大概明白了我的意思,就从书架上抽走了一本书,退到门口说,我就在外面这间屋子,你有什么事情说一声,我都听得见的。

吃完药我倒是真的困了,头疼得要炸要炸的,然后就迷迷糊糊地睡着了,还做了一个梦,梦里我掉水里了,很冷的水,然后胸口很闷,我大声地呼喊,肖文,救我,肖文,救我。

肖文愣愣地站在岸边没有任何行动,我慢慢地感觉到窒息,放弃了求救挣扎,然后我就死了,我的灵魂悬在半空,俯视我自己慢慢地从水里漂起来,就像睡着了一样。我被这个诡异的梦吓醒了,一身冷汗。出汗以后感觉轻松一点,鼻子也通气了。天已经完全黑了,我坐起来,黑咕隆咚地就撞在了椅子上。

这时灯就亮了。

白晃晃的有点儿刺眼。清醒以后的我有点儿不自在。还跟做梦一样跟一个并不熟的,而且一直暗恋的男神待在一起几个小时。

"有没有好一点儿?"不播音的时候,他的声线有点儿低沉,慵懒,不管怎样都好听。

"好多了,谢谢你啊王佑泽。"

他点点头,侧影在灯光下谜一样地清秀,好看。

"哦,对了,你知道我叫什么名字吗?"我有点儿犯二地问,我心里确实没底。

"谢云昔你也太没自信了,更何况……"

"那就好,那就好。你也喜欢看书呀!"我走到书柜前,惊喜地发现那些书也都是我喜欢的,有韩寒的,郭敬明的,安妮宝贝的,卡夫卡的,杜拉斯的,村上春树的。还有一本《圣经》。

"晚上失眠的时候看。"

"你不觉得你看的这些书,越看越失眠吗?"

他勾着嘴角,笑了,眼睛都笑弯了,睫毛那么长,皮肤那么白,真好看。

"你还喜欢看杂志啊,你的这些杂志我也都有收藏哎,早知道你有,我就不必花钱去买了。"那是我第一次发现我跟我心里的男神有这么多共同爱好,那种欣喜是没办法用语言形容的。

"过期杂志,有什么好收藏的?"

"我告诉你一个秘密啊,这些杂志里大部分都有我们学校文学社社长言尽写的小说,所以我觉得很有收藏价值。"

"你觉得那个'变态'写得好？"他饶有兴致地把手插进裤兜里问。

我就知道他又打趣我和戴琳的吐槽了，所以我得为我们社长正正名，万一他俩是好基友呢。"下午是开玩笑的。他写得当然好。他是我们学校的骄傲，也是我们学习的榜样啊，以后说不定能成大作家呢。"

他笑了一下，说："也许吧。说说你吧，怎么会想到用泉水叮咚形容一个人的声音？"

"啊，那个……那个。"我的脸一下子就又开始发烧了，"嗯还不错，就是小时候姥姥家住在山脚下，每天早上醒来鼻子里闻到的都是米饭的香味儿，眼睛里看到的都是姥姥和蔼的笑容，耳朵里听见的就是后山的泉水流淌的声音，让我特别心安，好像回到了小时候。"

"呵呵。我把青春耗在暗恋里，从没对你说起。今天给你个机会，说吧。"

他半眯着眼笑，我知道他是觉得我紧张，开玩笑的，只是我却被这个冷笑话弄得更紧张了。

"这，这，你，你先告诉我，这会成为一个疑似非典病人的遗言吗？"

他不屑地扫了我一眼："胡说。"

我不想在这个问题上纠缠了，继而转移话题说："你今天出去做什么，为什么你能出入自由？"

"去邮局取汇款。门口站岗那些人都认识。"

"你跟他们说了什么？他们笑成那样？"

"现在不适合告诉你，怕吓着你，以后吧。"说完他也抿嘴笑了一下，莫名其妙啊。

后来我再次逼问过他这个问题。他告诉我他对纪律部的人说，我是他女朋友，感冒是他传染的。果然不适合当时告诉我，果真会吓到我！

我的目光落在桌角的一摞汇款单上，旁边还有两沓信件，我随手翻了翻，一沓来自杂志社，一沓来自五湖四海的人。

收件人都整齐划一地写着：言尽。

我抬头惊愕地看着他。愣了有一分钟之久，凌乱着。

然后我像戏剧表演专业毕业的，后退两步猛地张大嘴，下巴都快拖地上了："呀，莫非你就是网上跟我说话的那个言尽？一言难尽那个言尽！"

我靠！那一刻，我懊恼得想撞墙。敢情，我一直在跟我的男神上网聊天意淫他自己啊！

我有被蒙在鼓里受尽调戏的感觉，这个人太坏了，享受着我的崇拜，还接受我的倾诉，居然还一本正经安慰我，不告诉我就是本尊的事实！

"呵，是我，是知无不言言无不尽的言尽。"他狡黠地眨眨眼，地上投着他亦正亦邪的影子。

"天哪，我……我之前还……还一直，原来是，是你的……笔名啊。"我简直是语无伦次，表达得糟糕透了。

王佑泽一副"你被捉弄了吧"的表情走到我跟前，把杯子里的冷水倒掉，换上热的，嘱咐了我一句"多喝热水"，然后就若无其事地走了。

他出去后，我呆呆地在脑子里转换着，网上知道我秘密的言尽，文字里安静颓废的言尽，有着泉水叮咚响一样声音的播音员王佑泽，刚才还和我开玩笑的王佑泽，就这样突然合体为一，这个突然揭晓的谜底让我好生惊讶惊喜惊奇。

鉴于他乐于救人的精神，我原谅他。心里还有点儿像吃了沾着蜂蜜的浆果，从嘴里一直甜到脚指头。

晚上我住在了播音室，王佑泽去了男生宿舍。一个晚上我都兴奋得没睡着，空气里都是消毒水和熏醋的味道。

我想象着他躺在这个床上午休的姿势，在电脑前打出那些唯美文字的样子，还有他在窗前的沙发上看书做笔记的影子。

第二天早上八点，他提着早点来了。

天不如人意，我的病情非但没有好转，因为一夜没休息还严重了。烧是退了，可是症状转移了，上吐下泻。

吐就吐吧，还吐在了王佑泽的鞋子上。本来旁边就是垃圾桶，正常人看到别人吐都会退后吧，他偏偏凑到我跟前，递纸巾给我，结果悲催的一幕就发生了，早上喝的藕粉呈喷射状和他的鞋子亲密接触了，把我自己都给恶心到了。

他去洗手间简单清洗了一下，跟没事儿一样走出来，拉开窗帘说："今天阳光真好。"

以后我们每一次面对尴尬，冷场，需要互相打岔的台词就是——今天阳光真好。

我忍住反胃说："王佑泽，我听见广播了，学校成立隔离区了，我看我还是去那里待着吧。我不想给你添麻烦了，我怕万一真的是非典……"

"就待在这里。你加班熬夜累的，我这个'变态'社长，不管说不过去。"他的口吻没有任何商量的余地。温柔的霸道，话里话外透着王佑泽式冷冷的幽默。

"我知道不是非典，可是感冒也会传染呢。哎，说起来我们还真的不太熟，我怎么好意思继续连累你呢？"

"不熟？你跟王佑泽不熟我同意，你跟言尽也不熟？你在网上说过的话你都忘记了？你说苟富贵勿相忘，你说有难同当有福同享，你说看我写伤感的文字也会难过。我每次去开投稿箱都会先找你写的稿子，每天上网都会等你的QQ头像亮起来然后听你喋喋不休地说话，每周二周四都会早早地在播音室等你来送稿件，每周四播音完都能看到有个刚吃完泡面的傻丫头等在梧桐树下。谢云昔，你要好起来，你会好起来的。"

"我知道我会好，但是我还是去隔离区观察吧，毕竟有医生，我之前扁桃体发炎，吃两天药就好了，这一次，不知道怎么回事。"

他抬手放在我肩上："不能去隔离区，在那里压力太大，昨天有个法律系的同学第一天进去就已经崩溃了，学校安排了心理疏导。你不是已经退烧了？会没事的。"

"你确定吗？我怕传染你，这可是关乎生命的大事。"

"呵，要传染早传染了。"他看着窗外，喃喃自语道，"你还记得我有篇文章里说，生命是什么呢？在我眼里生命的开始不过是一场早已写好的结束。每个人都是带线的玩偶，向着命运写好的结局一路狂奔，直到——穷途末路。"

他说话的时候语速很慢，是个很内敛的人，任何时候都感觉气定神闲，淡定自若的样子。

我还在消化着这么长的一段话，他就递过来一本书——安冬·德·圣艾修伯里的《小王子》。

这本书在西方的阅览率仅次于《圣经》。这是一本童话，也可以说不是一本童话；是一个寓言，也可以说不是一个寓言。小王子是一个忧郁的小人儿，他来自一个很小很小的星球，在那儿什么都好小好小，小王子很容易忧伤，他小小的生命柔情善感……

我还在猜测他送这本书的目的。

"前天开会你没来，这个道具是之前准备的，也没意义了，不过还是得给你。"

"道具？"我吐吐舌头问，"什么道具啊？"

他笑了笑没有说话。

翻开，扉页上写的是：赠谢云昔，书山有路勤为径，文海无涯苦作舟。落款是团委。

这本书我如获至宝地收藏着，后来过了很久，我研究了那个笔迹，发现是王佑泽的字。

我后来问过他书是不是他买的，他承认了。他说，那天我是为了正式认识你才召开的会议，特意买的书，找个由头表彰了几位为校刊做出突出贡献的同学,不过买书的钱真是团委出的。

我装傻地追问:"为什么要认识我啊,还那么隆重?"

他嘴角噙着一抹笑意,一本正经地说:"你的偶像都这么主动了,你还矜持,得了便宜确定要继续卖乖吗?"

我是不是应该感谢那场意外的发烧,让我得到含金量这么高的信息,我的暗恋岁月结束在那个晚上。

那晚,无处安放我的激动情绪,我说:"去湖边走走吗?我已经退烧了,有点儿闷。"

那时候已经接近凌晨,宿舍已经熄灯,教学区寂静无人,窗外的湖特别宁静。

他点点头,给我穿上他的外套,系上围巾,开始了我们第一次非正式约会。

夜晚的校园真安静啊,湖面上倒映着路灯昏黄的影子,空气特别清新,偶尔有一两只鸟从梧桐树林穿过,几片树叶落下来。

"这情景跟你想象中的一样吗?"他用清冽的声线低低地问。

"你说这湖里有多少鱼?"我歪着头故意打岔。

"我替王佑泽跟你说一声对不起,让你饱受相思之苦长达数月之久。"

"不客气,我会再接再厉的。"顺着他的话,我也半开玩笑地说。

"你就从没有喜欢过言尽社长?"

"明明是一个人,我知道你为什么分得这么清楚,因为王佑泽只是外在的你,而言尽是内心真实的你。"

"对,所以说,姑娘,你懂我。"

他讲话的样子温文尔雅,慢条斯理,不急不躁,好像胜券在握,似笑非笑地看得你不知所措。尤其是他叫我姑娘的时候,真是爱死了那种感觉。

好吧,这是我最后一次强调他说话的样子,你们别嫌我啰唆,是真的很踏实很平静。

那天晚上我们绕着湖边走了多少圈我都记不清了,我还意犹未尽,就被他勒令回去休息。

我在播音室住了四天,完全恢复正常。

那几天他也没去上课,除了指导学弟播音,其他时间都会陪我安静地上网或者看书,中午打来饭一起吃。我们并排坐在凳子上晒太阳,房间里放着钢琴曲。通常外面播音间有人的时候我都不会讲话,我也担心给他带来不必要的麻烦。

我打算回宿舍前,刚好周四轮到他播音。为了满足我的好奇心,他把其他闲杂人等都清退了,我就坐在他左手边,看他在话筒前认真专注的样子,脸上始终带着浅浅的安逸的笑。

那天朗诵的散文名字我不记得了,但是有一段话我印象很深刻,尤其配上他干净清澈的嗓音播出来,我当时真是陶醉了。就算放到现在,我们虽然有深仇大恨,客观来讲,不影响我迷恋他的声音。

一生至少该有一次,为了某个人而忘了自己,不求有结果,不求同行,不求曾经拥有,甚至不求你爱我,只求在我最美的年华里,遇见你。

"嘀嘀——"

窗外的喇叭声打断我的回忆,是肖文已经到了。

他开车技术真好,这没多大会儿工夫呢。我站起来朝他招了招手。

他显然没把我说的话当回事儿,两手空空走到我面前,把手搭在我肩膀上看了一会儿说:"黑眼圈这么重,昨天晚上又没睡好啊。你失眠的问题还挺严重,我带你去医院好好检查一下吧。"

"你直接说我变丑了多好,呵呵。我让你带的书呢?"

肖文投来哀怨、严肃、失落、伤心、仇恨的眼光。

我承认我又良心受到谴责了。我怎么这么沉不住气呢,自己找个借口去车里看看不就完了吗？一点儿不铺垫，太伤人了。

于是我赶紧采取补救措施："那个，阿文哥你吃饭了没有？要不然我再陪你吃一点儿。这里菜还不错。"

"吃了，我姥姥最近住我们家养病，我得天天回去陪她老人家吃饭。疯子呢？你不是说跟疯子一起吃饭吗？"

"他先走了。"

"是和他吗？你别瞒我。疯子好像不喜欢湘菜吧？"

"如果你不相信，可以打电话跟他求证一下。我有必要骗你吗？我最讨厌你试探我。"

"好吧，好吧，我的错。我不该一来就跟你争执。我今天来，只是想尽快把咱俩的事情定下来。我姥姥的身体一天不如一天，她怕她等不了抱重外孙子那天了，你说咋办？"

"哦。"我扒拉着手机。

"你能不能热情洋溢一点儿？刚才虽然闹了一点儿不愉快，但是我已经跟你道歉了。"

"哦，我倒是没问题，可是你妈那里呢，怎么办？"我喝了一口冷透了的柠檬水问道。

"这个我会想办法，关键是你不要勉强，不要敷衍。婚纱照没拍成，我没说什么吧，我已经够大度了吧。我等了你这么多年，你不忍心让我继续再等吧。很多等待消磨了时光，消磨了激情，消磨了冲动，云儿啊，你，真的无动于衷吗，啊？"

肖文说这些话的时候，让我想起了咆哮哥马景涛。只是他隐忍着情绪，不够激烈。他夹着烟的手有点儿抖，烟灰都散落在桌上，然后特别强迫症地用纸巾擦干净。

"我答应你的，我不会改变主意，你相信我好吗？只是，我需要一点儿时间。"

"时间，又是时间，多久？又十一年吗？"至于肖文说这句话时候的表情你们自己去想象有多么无奈。

我很想纠正一下，我们只是认识了十多年，他虽然说一直在等我、追我，但这并不妨碍他一直有女朋友，有空档期的时候都罕见，通常都是找到下家才甩的上家，比如得到我的口头承诺后，秒甩唐小姐。

"哦，不，一个月。就一个月好吧。有个事情，我还是想问清楚。"

"问清楚，问谁，问什么？哥抽空儿替你问！"肖文的情绪莫名地变得激动。

"我……"我一时语塞。

"答应我不要见他，答应我。这是我第一次正式请求你，你得答应我。"肖文拉过我的手紧紧地叠在一起，特别用力，神色紧张。

"阿文，你轻点儿，弄疼我了。"

"我一想到你们见面的场景我就来气。你知道的，我从上高中就发誓将来要娶你当媳妇，我还从来没有想得到什么而得不到的。小时候我想要遥控飞机就有遥控飞机，上学的时候想得第一就得第一，想考哪所大学就能考哪所大学，我就是想大学里跟你出双入对，可是谁知道王佑泽那个王八蛋插了一杠子，我一直都很讨厌他的存在。俗话说干啥不讲究个先来后到？"

这一点上我不敢苟同。先来后到适合很多事情，唯独不适合男女之间奇妙的感情。我心里这样想，可是不想抬杠。

"阿文，每个人都有过往，就像人会肚子饿，脸会长皱纹，年纪大了会生老病死一样顺其自然。我真的想好跟你在一起了，我知道我的要求有点儿过分，我只想给我过去几年的感情画个完整的句号，心无杂念地跟你在一起，所以我还是要弄清楚有些事比较好。"

"这……你……好……行吧，但是……我有个要求啊，我要陪你一起去，好歹我也是你未来老公，能有效防止死灰复燃，我的这个要求不过分吧?"

谈到这里基本会议就算圆满结束了,我们双方也都各让了一步。肖文开车跟在我的车后面,送我到公寓门口。我摇下车玻璃,伸出一只手。

肖文转身去了车上把书递到我手上,意味深长地看着我。

我还是没忍住,当场就翻看了一下,第23页缺角了,果然被肖文撕掉了,接过书的时候我就猜到了。

这感觉好像赃物被人发现并且又偷走了,你也不好说什么。肖文是个心思缜密的人,有时候我会觉得他深藏不露,很有想法就是不告诉你。

我心里有点儿失落,但是我没有表现出来,怔怔地看着缺了角的这页。肖文的小家子气让我顿时对他的愧疚减三分,转念一想,他是因为在乎我,又喜上眉梢。

第23页是一幅唯美的插图,深蓝色的天幕星星点点,形单影只的一个人抬头仰望茫茫的星空。

还有一句话:世间空旷无垠,等待时间把我们拉近。

脑袋瞬间被放空。

"云儿啊,看你这反应,接下来我该说点儿什么好呢?"

"改天说吧。"我解开安全带拉好手刹准备下车。

"等等。"肖文又开始犯小心眼儿病了,"你打算什么时候去给你上段感情收尸?"

"我还没想好。"

"电话号码在我这里,你定好时间告诉我,我来联系。"

肖文说完,探头过来,勾住我的脖子,索吻。我偏过头嘟囔了一句时间不早了,路上小心点儿。我从后视镜里看见肖文把车门关得很大声,鸣着笛倒车走了。

坐在车里,把座椅调整到最舒适的角度,手里摩挲着书,开了CD听音乐。

心里百转千回，那些过去的片段乱七八糟地在脑子里浮现。其实11位数字我基本都记下了，只是倒数第二位有点儿模糊了，好像是6，又好像是9，再或者是0。

我做了一个大胆的决定。

我拿起手机凭直觉开始打电话。

先打给了6。响了7声。

接电话的是个女的，电话刚响就听见婴儿的啼哭声，话筒里接着传来哄孩子的声音，还有一个男的操着一口河南口音抱怨：让嫩白接，嫩非要接，给俺孩儿都吵醒了。

接着我又打给了9，电话响了两声。

我还没有思想准备，对方就接起来，很标准的普通话："你好，请问有什么可以帮您？"一听声音就不对，但是我还是很客气地问，您能帮什么呢？他说各种证件、信用卡套现、银行无抵押贷款、追债、保姆保洁都可以一站式办理，方便快捷，服务周到，价格低廉，量大从优。我说还有其他业务吗？小伙子实在是敬业，说，个性化服务当然也是可以的，美女您看你需要点儿什么呢？我说你刚才叫我什么？他马上提高音量说，美女，您看我能为您提供点儿什么服务？我说你服务挺好，我等下会按1给你一个优秀的评价，然后我就挂了。

这一通扯皮，挂了电话，感觉心跳没有那么快了，心率也稍微整齐了一点儿。

于是，我走下车，沿着湖边溜达，带着最后一线希望拨了0。

啊，彩铃居然是《烟花烫》。

这回肯定对了。我们唯一共同喜欢的歌星就是张国荣。王佑泽喜欢听张国荣唱的歌，看他演的电影。他说，哥哥的眼睛里写满心事。他说，哥哥去世的时候，自己颓废很久。这首歌就是曾一鸣为纪念张国荣而创作的。

"给我个信仰,永把当年情不忘……"

狗屁,还不是忘了。

电话接通了,没人说话。干脆我也不说,就这样耗着,仔细听对方的动静。

良久。这个良久有多久,大概也就十几秒,只是心情比较焦虑所以感觉比较久。

"是你吗?"我们异口同声地问对方。

就是他了。

只是他的口气要谦逊平和,我明显要气势汹汹一些。

他的声音从话筒里传过来,还是慢条斯理的样子,好像随时做好了接电话的准备,而且是熟知多年的朋友的电话,接了就好,无所谓聊天内容。其实电话接通的那一刻,在我心里干涸了几年的泉眼又开始流淌了,无比欢快。

"怎么不说话?"这跟排练好了一样,又一次同时问对方。

"如果我说,我在等你电话你相信吗?"他的声音从话筒里传出来有点儿慵懒沧桑的感觉。

"言尽先生,别来无恙。我在你的旧时光里就只是一个字母 x 对吗?"

"呵,嫌少我可以专门为你写一本。"

"谁稀罕啊。我一个说忘就能忘的人,说抛弃就可以抛弃的人,有什么可值得写的?"你瞧瞧我这张得理不饶人的嘴巴。

"这么晚还没休息吗?"他寒暄道。

"还早,再说,工作太忙了,我从来没在十二点前睡过。"

"以前,你不是最讨厌我熬夜吗?怎么……"

我把电话换到右耳朵边上:"以前是以前,现在是现在,我讨厌你熬夜你还不是会通宵写小说?我讨厌被甩,还不是一样被甩?这个世界上哪里有什么是不变的。熬夜说明工作忙,不依赖别人,靠自己打拼事业我光荣。"

他特别俗套地说:"看来生意不错,我很欣慰。"

"那是自然,除了逃兵,剩下的人都在,而且今年有望赚得盆满钵满。"我特意强调了"逃兵"两个字。不晓得他什么表情,因为他没有说话。

"还有啊,回来早不如回来巧,刚好可以赶上吃喜糖。"我补充这句话的时候声音有点儿颤抖,夜风有点儿凉。

"和肖文?"

"不然和你吗?"

"我一直以为你们一毕业就已经结婚了。"

我暗自腹诽,我还以为你会吃醋,说两句酸溜溜的话咧,原来是希望我们早点儿结婚。好啊,看来,我一定要尽快满足你这个愿望才行啊!

"云昔,你还好吧?"

"那天你不是看见了吗?好得很,太好了,真他妈的好。"

"好就好,早点儿休息。"

我们差点儿就在这样诡异的较劲氛围里互道晚安说再见了,可是我心里还有很多疑问没有问,比如他们都说你去佛罗伦萨了是真的吗?你在那边这几年还好吗?你还走吗?你不觉得你欠我一个解释吗?

"等等……你是不是太不地道了,就这么把我打发了?不是知无不言言无不尽吗?你倒是给个解释啊。"我的内心比我的言辞咆哮得更激烈。

"你想知道?明天吧,明天中午十二点学校湖边见,一起去看看刘妈,她生病了。"

刘妈是王佑泽的班主任,也是我们那一届文学社社员的恩师。那几年刘老师用课余时间义务帮我们审稿、辅导、理写作思路、推荐到杂志社,所以我也有幸发表一些散文、小说,因而被很多校友冠名才女的称号。刘妈生活上也无微不至地关怀着我们,经常邀请我、范璐、王佑泽几个人去她家吃饭,简直比我们亲妈都亲,所以我们都叫她刘妈。尤其是她对王佑泽特别地优待,我想王佑泽能有今天的成绩跟刘妈有直接关系。说起来刘妈是个苦命的人,在儿子六岁的时候痛失爱人,这么多年一个人把儿子拉扯大,非常不容易。我毕业后每隔一个月都会去刘妈家坐坐,帮忙打扫打扫卫生,陪她说说话,帮她从网上淘一些书籍和生活用品。

看望刘妈,这个理由我拒绝不了。

打电话的时候我一直蹲在路灯下看着自己蜷缩在一起的影子。手机电量已经不足了,一直都是报警的嘀嘀声,打断了那个叫回忆的东西,提醒我不要缅怀过去了,回不去了。终于,手机电量耗尽自动关机。

时间有时候过得快,有时候过得慢,这取决于你是在厕所里面还是等在外面。挂了电话,等待明天到来,就有点儿像排队等厕所时的心情一样焦虑。

等过了明天心里的一块石头放下了,我就安心了。我如是安慰自己。

关于这次见面要不要告诉肖文,我心里有两个小人儿一直在打架。一个说告诉吧,最好让肖文也来,王佑泽不是甩了你吗?就专门秀恩爱。你看看现在我事业小有成就,爱情也顺风顺水,当年你错过的,却是别人的至宝。一个说不能告诉,肖文本来就小心眼儿爱吃醋,这次见面纯属意外,见完拉倒以后你走你的阳关道我过我的独木桥。

最后我听取了第二个小人的意见,很客观很中肯,贴合我的心意,值得表扬。

第二天到底还是来了,还好没约在第二年。

一夜没睡被窝都是凉的,这不是关键,关键是黑眼圈都接近熊猫眼了。我洗了个冷水澡,干脆画了个小烟熏妆,手机备忘录里日程排得特别满,我紧锣密鼓地赶到办公室处理一下紧急又比较重要的事情。

临出门前碰到很棘手的一件事情,一个很有想法很有灵性的设计师突然要离职,理由是太累了想回老家休息。他在前几天公司聚餐上还带头宣誓要与公司共进退,今天却态度很坚决地要离职,这个噩耗一下子影响了我的心情。

我花了一个小时和他谈心，最后成功打开他的心扉。他不是非走不可，而是异地恋的女友闹着要分手。事业和爱情产生冲突的时候，他有点儿迷茫。于是我就人生观事业观感情观跟他做了我的分析和分享，最后留下问题给他独自思考，他表示再考虑考虑接女朋友来本市一起发展。

我这么守时的一个人就这样迟到了两个多小时，赶到学校已经接近三点。这期间没有接到一个催促电话，倒是收到两条短信，都是王佑泽发的，第一条说，我到了，等你。第二条说，慢点儿，不着急。

我的脾气不着急才怪。停好车，我提着裙子撒开脚丫子直奔湖边。我怎么能挑了一条被他赞美过的裙子呢？哎。

我们刚开始做服装的时候，好多学妹来应聘模特，王佑泽总是说气质稍欠神韵不够，然后撺掇我自己上。他说，云昔你穿棉布裙子白球鞋的样子真像仙女下凡。我挽着他的手兴奋得两眼冒光，真的吗，真的吗？疯子在背后举着相机幽幽地来了一句，嗨，情人眼里出西施原来就是这么回事啊。

这几年我的梦里总是有学校的影子，还是三维立体的，每个角落都特别清晰，跟情景再现一样。有时候记不清了我还会问疯子，某条路上那个碑上刻的名人名言是什么来着。有时候强迫症犯了就会亲自来看看。

刚想打电话给王佑泽，手机没拿稳就摔下台阶，后盖，电池电话卡都出来了。

下到台阶最后一层，就迎面撞上他。在盛夏热得离开空调一头汗的天气里，他穿着浅蓝色的棉布衬衫，袖扣都没忘扣上，一丝不苟的风格一点儿都没变。他静静地盯着我看了一会儿，最终视线落在我五马分尸的电话上。

他弯腰去捡手机零部件。以前他就总说我在马路上走，像头被圈养久了刚放出来的毛驴，拉都拉不住，毛毛躁躁的。

"住手,我自己捡。"我拉着脸丝毫不领情。

"你还在用这个手机?"他一边测试开机一边锁着眉头问。

"业务多,这只是其中之一,这几天我就打算扔了换新的。"我漫不经心地回答。

是啊,这个手机用了好几年了,盖都磨花了。我有三个手机,哪个都比这个好,但是这个,是习惯了用顺了手的东西,或者说有特别的意义。这一摔还摔出了这手机的由来。

2005年,我上大三,想买部手机。白天王佑泽非常忙,经常被校领导喊去修改发言稿,要不就是编辑部或者广播站各种琐事缠身,每天都要到很晚才有空儿。除了上网,他也会每天用广播站的电话打到我们宿舍,我打多久室友盯多久,像监视劳改犯一样,弄得我都不好意思说话了。

我俩一起去商场看过摩托罗拉新出的一款翻盖彩屏手机。我翻来覆去地摩挲,爱不释手,但一看价钱就立马放下了。那时候我攒的钱只够买一个,可是我想买俩一模一样的,再选两个情侣号给王佑泽一个惊喜。吃了半个月的方便面,接了两份家教的活儿,我终于凑到了足够的钱,赶在五一劳动节促销活动那天一大早就跑去买了回来。

那天晚上王佑泽骑自行车带我去外面改善伙食。我们要去火车站附近的一家西餐厅吃比萨。

可能是心情好,饿得快,还没到地方我就嚷嚷上了。王佑泽让我把手伸进他兜里,摸出来几块巧克力。当时不知道怎么想的没舍得吃,就揣进裤兜,后来焐化了,形状变得很难看,一直放在我的枕头底下。

那天我坐在他自行车后座上,一路不停地说话,跟他说我们眼前路过的风景,说我从小到大碰到的趣事,说我不招继父的待见,说我辅导的那个小孩有多调皮,他会特别配合地呵呵笑两声,然后突然加速吓得我赶紧抱住他的腰。对于这座我生活多年的城市第一次觉得有了色彩和生命力。

有说有笑很快就到了吃饭的地方,对于王佑泽熬夜写稿子换来的稿费我根本不舍得花,所以一直拦着让他别乱花钱。可是他根本不听我的,点了一大堆我以前提过的爱吃的东西。

因为高兴,我们喝了一瓶红酒,然后趁着彼此高兴我就把裹上彩纸的礼物拿出来放在桌上。王佑泽有点儿诧异地问我:"在你们广东,有五一劳动节互相送礼物的习惯?"

我摇摇头,一脸茫然地说:"没有啊,我一直想送一件礼物给你,刚好今天碰上了。"

"我们这么默契?呵呵,我也有礼物送给你。"他眯笑眯笑的样子略显羞涩。

说着从包里拿出两个手机盒。

他说:"电池已经充满电了,号码也按照你的心愿选的是情侣号。来看看。"然后按下开机键,就响起 hellomoto 的声音。

我哭笑不得地坐在那里,看着他拿走我面前的礼物盒,边拆边说:"谢谢,我第一次这么正式地收礼物。"

接着就有好戏看了。在那个手机还很奢侈的年代,接电话都 5 毛钱一分钟,有两个土豪吃着牛排,摆弄着四个一模一样的、很时髦的摩托罗拉彩屏手机。

这让我想起了很老很老的一个故事——欧亨利的小说《麦琪的礼物》,说的是外国一个老头儿为了给老太婆买梳子,把手表卖了;然后老太婆为了给老头儿买表链把头发卖了。

回忆起来这一幕,觉得多少有点儿甜蜜又感伤。

后来那几部手机我咬牙都留了下来,没有拿去退掉。日积月累里面储存满了短信,一条都没舍得删。直到智能手机普及的今天,我还保留着那些外表漆都掉得不成样子的古董。

开机,居然还能正常工作。屏保是张雪景照片,是他拍的。在他老家的院子里，我们一起堆的雪人，胡萝卜做的鼻子，头发是破拖把，脖子上围着他妈妈的旧围巾，头上戴着葫芦做成的帽子。

我叹口气，给刘妈打电话，告诉她我们来看她，不凑巧的是她不在家。我还以为王佑泽提前联系好了呢，白浪费精神。

王佑泽提议既然来了，随便走走。我想，这样也好，找个安静的地方了结一段江湖恩怨。

沿着人工湖沉默地走，广播室的音乐响起，一抬头就看到四楼校广播站后窗蓝色的窗帘在风中飞舞，这么多年都没有换过，那间屋子还住着新的师妹或者师弟吗？

他停下来，顺着我的目光也看过去："铁打的广播站，流水的播音员。如果没有换节目，今天应该是《嘉宾有约》。"

嘉宾有约？我想起来了，他还作为嘉宾被采访过呢。我发烧好了以后，也不知道算不算正式在一起了，一开始不太好意思去广播站找他，偶尔有事才去，所以大家都不知情。有一天被几个女主播堵在直播间，虎视眈眈逼问我是不是想追王佑泽，是不是想跟他搞对象。我吭哧瘪肚正拼命解释呢，他突然推门而入说，姑娘，你承认吧，我不介意。

当我厚着脸皮赖在广播站，用尽伎俩追上王佑泽的消息传遍文学院楼的时候，我只能哭笑不得。

那周我无意间看见一份播音稿，是《嘉宾有约》最新一期准备播出的台词。他是被采访对象，里面居然提问他感情的问题。

我看着稿子，紧张地问他："这，这，感情问题部分能不能回避啊？"

他说："回避不了，都是事先设计好的，我只能如实回答。"

"那答案是什么，你先说说。你的答案将决定我接下来的日子绝食与否，所以你要慎重噢。"

"那请问姑娘，标准答案是什么呢？"他偏过头，一本正经地问我。

"我帮你想好了啊，你这么说，我的女朋友叫谢云昔，我很喜欢她。

我玩命追的她。成吗？"

"这样子啊，我这么说了，有什么好处吗？"

"我陪你去逛街，陪你去游泳馆游泳，我唯一拿得出手的爱好就是这两个了。"

他哭笑不得地问："姑娘，你说清楚这到底是谁陪谁？"

"我不管，"我撒娇道，"反正你得按照我说的来，行不行？你脸皮这么薄，你确定你到时候会这么说吗？"

"看心情。"

"看什么心情，看你大爷！你画押，到时候不能翻供，翻供就分手。"

他无可奈何地笑。

为了避免王佑泽忘记台词，我隔几分钟就不放心地提问一下："请问王主播，你们谁追的谁啊？"

《嘉宾有约》如期播出了，果然被女主持人特别八卦地问："江湖盛传一向孤傲的王主播恋爱了，有这回事吗？"

我当时正在图书馆靠窗的位置，假装捧一本书。听到这里，赶紧竖起了耳朵。

"是。"

主持人提高嗓门儿问："那么，根据您一贯这么低调的作风，请问是谁追的谁呢？"

"呃，当我发现我在她面前变成话痨的时候，我就知道自己喜欢上她了。"

"那么她是谁呢？"

"谢云昔，我喜欢霸道的时候张牙舞爪的你，我喜欢害羞的时候孩子气的你。总之，每一个你。你满意吗？"

哎哟哟，听说那天全校师生，凡是能听到广播的地方，都停下了当时正进行的动作，好像被施了魔法，个个嘴巴张得能塞鸡蛋。还有人怀疑这是不是王佑泽本人,这是这么霸气侧漏,一向低调冷淡的人说出来的话,表出来的白吗?

我不知道当时他是迫于我平时的淫威才承认的,还是发自内心的,反正这句没有考虑后果高调的告白让"谢云昔"三个字一下子就火遍了各个学院。

满意,满意,我特么太满意了。

天旋地转的幸福眩晕感来得如此猛烈,让我小小的虚荣心一顿骄傲。

鉴于王佑泽同志的优秀表现,我已经敢于在校园里明目张胆地秀恩爱了。

为了兑现诺言,真的拉着他一起去游泳了,那天还闹了个笑话。

我跟王佑泽换好泳衣边走边说话,快到浅水池的时候,他弯腰捡帽子。我眼花缭乱地看谁的泳衣更open,身材更火辣,顺手拉起一个臂弯,走了几步才反应过来,怎么这么肉乎?侧目一看,我居然拉着一个胖老头儿。胖老头儿是经管学院的副主任,他笑眯眯地看着我,王佑泽在后面第一次开怀大笑。我恼羞成怒,折回去踢了他一脚,谁知他一脸黑线地问:"我还想问你呢,怎么,我刚走慢两步就下岗啦?"

可见他还是有冷幽默细胞的。

想到这段,我没忍住,莫名笑出声来。

王佑泽喃喃自语:"时光一去不复返。"

我冷不丁接了一句:"如果复返,我选择不认识某些渣男。"

他也不生气,继而面无表情地问:"你和肖文怎么现在才……"

"你管得着吗?我们多谈几年恋爱多浪漫啊。"我气不打一处来,噌的一下就点着火了,瞪着这个看起来温良的男人吼道。

"这几年,都还好吧?"

"好得很,你昨天电话里已经问过了。你要搞清楚,我们不是来叙旧的,你好歹也给我个提问的机会。别特么废话,说吧,为什么走?又为什么回来?"

"这个问题……都过去就不翻旧账了吧,你现在过得幸福就行了。很多事情没有对错,没有为什么。"

真特么官方的回答。

我知道他不想说的话,我问不出来的。调整好呼吸,我说:"既然如此,我就不浪费时间了,公司很忙,先走了。"

"不介意一起吃顿饭吧?一顿饭而已,好聚好散。"

好聚好散?当初你怎么不说这句话?你以为我会阻难你出国?你以为我会耽误你前途?你混蛋!王佑泽,你真是一个混蛋!!

怎么,他的表情看起来那么无辜,眼神冷峻而落寞。算了,算了,穷寇莫追。

生气归生气,吃顿饭也没什么大不了的,万一他提供了什么有用信息呢!我耐着性子跟随他朝校外走去。

他抬手看了一下表,问我:"想吃什么?"

我看了一下四周,说:"伟子饭店。"

他缓缓地说:"这么多年了不知道拆了没有。"

我回答道:"没有。"

我们要去的是学校后面山坡下的伟子饭店。听着名字挺豪气,当时就是一间破棚子搭的简易餐馆。现在装修了,环境也还是马马虎虎,但是味道超好,价格公道,一到周末都需要排大长队。对于当时是学生身份的我们来说,这比起食堂的饭菜已经算非常棒的改善伙食了。

我想我选这个地方,一定是抱着折磨他的目的。遗忘旧时光?如果没有失忆,看你怎么忘。

第一次来吃饭的情景还历历在目,当时肖文也在。

那是我的稿件第二次发表,王佑泽说要请我们宿舍的姐妹吃饭,一是庆祝一下,我朝文坛迈出了实力的一步;二是拜托姐妹们多照顾我。

我们几个嬉笑着朝学校北门走去,在大门口的超市碰见刚买完烟的肖文。本来就要擦肩而过了,他意味深长地回头看了一眼我跟王佑泽十指相扣的手。那是我们高调秀恩爱的开始,我还没有正式介绍王佑泽和他认识,不知道为什么就是有点儿心虚、尴尬。肖文喉结动了一下没说话。

刘蕊走过去,碰碰他说:"给我支烟呗。"那时候刘蕊就很喜欢肖文,觉得他长得高大帅气,又出手阔绰,经常往我们宿舍送零食。她觉得如今这么好的男人都绝种了,肖文独一份,而我又和王佑泽好上了,于是主动请缨拿下肖文。

他把一整盒烟都塞到刘蕊手里,连同打火机。眼睛都没有眨一下还是面无表情地看着我们。

我放开王佑泽的手,走到肖文跟前,笑了一下说:"我们出去吃饭,你要不要去啊?"

本来就是寒暄一下,没想到他把外套搭在肩膀上,说:"去呗,闲着也是闲着,干吗不去。"

听到这句我瞬间石化了,心里懊恼自己干吗多这个嘴。

我们当时去的就是伟子饭店。当时以我们的经济能力,能来伟子饭店改善伙食已经很不错了。但是肖文不这么想,他可以经常回家吃好吃的,他妈最疼他这个儿子,想吃天上龙肉也得想办法给他弄去。

我们六个人坐在小板凳上,面前是一张油腻腻的长条桌。俩男的分别坐在两端,我和刘蕊坐一边,对面是我们宿舍的"连体婴儿"。

我们宿舍虽然是四人间,有俩特别投机的,跟连体婴儿一样,白天从来都是神龙见首不见尾,晚上熄灯前后才手拉手地回来爬到上铺去睡觉,宿舍里跟没这俩人似的。

肖文显然对王佑泽选择的请客地点不满意。非要去对面的大饭店,但是我们几个女生一致反对,觉得这里的菜好吃实惠,他也不好说什么。

他点了这里最贵的几个菜，满满当当一桌子，小火锅也煮好了，热气腾腾的。

肖文叫了10瓶啤酒，用起子一瓶瓶打开，摆开一醉方休的架势。我叮嘱我旁边的刘蕊看好肖文，又招呼对面的"连体婴儿"千万别客气。

王佑泽还是镇定自若地看着肖文一通忙活，一脸"看你表演"的表情，然后礼貌地给每个人敬酒，谢谢大家关照我。

刘蕊陪着肖文喝酒。两人一边抽烟一边头凑在一起说话。

最后一个敬的是肖文，王佑泽还站了起来，跟刘蕊换了位置，说："小女生都不胜酒力，就我陪你喝吧。"

"大主播，呵呵，还是少喝一点儿吧，等下嗓子出问题了，不能泉水叮咚了，谢云昔岂不是要找我拼命？"

"肖文，吃饭都堵不上你的嘴。"我阴着脸故作生气状。叫他来真是个错误，我真是给自己找了个大麻烦。

事实上那天晚上肖文接下来什么出格的事情都没做，他可能是怕我真的生气，只是不停地跟王佑泽碰杯喝酒，他就希望把王佑泽灌醉出他洋相。我心里暗暗捏了一把汗。

早晚温差大，太阳落下去，月亮升起来了，菜都冷了，"连体婴儿"吃饱表示要回去睡觉了，刘蕊回男生宿舍给肖文取外套。

他叮嘱刘蕊，帮我也带件厚衣服来。我不自然地看了一眼王佑泽，这真是很微妙很畸形的关系，我都快窒息了，一直用手肘碰王佑泽希望快点儿结束。

然后肖文又发挥了唐僧精神，借着酒劲儿啰啰唆唆说，我跟小白云儿从高中到现在你算算，得有好几年了吧，一块儿上学一块儿放学，我为了她还专门留了一级，这个学校都不在我计划范围内，但是云儿喜欢这里，不愿意去北京我没办法。她就是偶尔有点儿小性子，看着大大咧咧心思细腻着呢。她喜欢百合花，不爱吃香菜，讨厌男生劈腿，最害怕被人抛弃，冬天手冷，来大姨妈的时候小脸惨白……

"越说越没谱儿了。"我打断肖文，内心无比复杂，也充满对过去几年的感慨。

"好，好，我喝多了。反正呢，总之呢，你要对她好，不好哥都不答应。"

王佑泽还是眉宇间带着笑意陪肖文把最后一口酒也干了，说："肖文，你说的我都知道了，以后就不劳烦你挂心了，我会照顾好她。"

"别说一套做一套啊。本来我们计划好好的，我们毕业就结婚的，没想到你插了一杠子，真不知道你给她灌了什么迷魂汤啊，哈哈。"

王佑泽嘘了一口气，回头看看我，好像询问是不是有这档子事儿。我百口莫辩，我什么时候跟他计划好的？鉴于肖文都快醉得不省人事了，我也不好发作。

肖文反复说，你们一定要好好的，不用管我。最后还语无伦次地唱了起来："把我的悲伤留给自己，你的美丽让你带走，从此以后我再没有快乐起来的理由……"

看到此情此景眼泪都快掉下来了，那一刻我心里特别复杂。

结合后来我知道的那些事儿，我断定这是肖文使的苦肉计，目的就是挑拨离间我跟王佑泽。

好在王佑泽没有放在心上，有时候我真想住在他心里去看看为什么他那么宅心仁厚，宽容大度。这次吃饭以后他也没有问过我关于我跟肖文的事情，好像从不关心，或者他认为我自己会交代一二，但是我总是找不到合适的机会说起，最后也就罢了。

我们从没有吵过架，哪怕是我挑起火，也能在他静默柔和的眼神里化解掉，所以我们的感情一直很平淡顺利，没有那么多轰轰烈烈天崩地裂要死要活的故事。

我曾经抱怨过于平淡的生活，可最后就连失去也无声无息，真平淡啊！窗外起重机巨大的轰鸣声震得耳膜疼，所以吃饭的时候，我们都很沉默。还不是饭点,整个厅里就我们俩,所以气氛有点儿冷清。

"现在拆的是什么地方?"他看着外面的一片废墟,若有所思地问。

我没有理会,但是我知道。北站新村嘛,一个老小区,有我最美好回忆的一部分。大四那年,王佑泽辞去了文学社社长和播音员的工作,在这里租了一居室专心写小说,我呢经常来帮他收拾屋子做做饭。这里见证了我们的爱情其实是经得起柴米油盐的考验的,我的初吻就在那里。

第一道菜上桌了,番茄炒鸡蛋。

他应该是故意点这道菜的吧。我在出租屋时为了给他一个惊喜,准备的第一顿饭,却让一个番茄引发了血案。那把刀真快啊,一刀下去,番茄滚到水池里,我的左手食指中指无名指齐刷刷张开小嘴往外喷血。我心想糟糕了,这菜才炒一半啊,惊喜没了变惊吓了。

那天他从学校回来,看我戴着橡胶手套表情怪异,便要帮我取下来。我躲闪着,最后拗不过他,还是打开了。我的指头上,一排白色的创可贴透着殷红的血迹。

他皱着眉头:"我就知道有事儿,姑娘怎么会这么笨?"

我咧咧嘴说:"良心卖家,削肉如泥,我试验过了,这把刀是正品啊。还真锋利,必须好评,以后杀鸡剁骨头就不用愁了。"

他二话没说,下楼去了。上来的时候气喘吁吁,额头沁出汗珠,手里拿着一个药店的袋子,里面有纱布,双氧水,棉球,镊子,消炎药。最近的药店走路要15分钟,以他这么快的速度应该也适用于百米冲刺的。这跟他的慢性子太不符了。

我安静地坐在沙发上,看他半蹲在我面前帮我消炎、裹纱布,疼得龇牙咧嘴,然后大颗大颗的泪滴在他手上。

"姑娘,以后你想吃什么告诉我,我来做。"平生第一次深刻地感觉到被疼惜,被重视,我心里想真值啊!

折腾完这一切,我精心准备的晚餐处女作品已经冷透了。鸡蛋煎糊了,像个皱巴老太太的脸;番茄像一块撕碎的红抹布,让人产生不了任何食欲;土豆丝也蜷缩在一起,远看还以为盘子中间扣了一块方便面饼;米饭有点儿夹生。

我嘟着嘴不好意思地说,"阿泽,要不然咱们出去吃吧。"

佑泽摸着我的头看着桌子上的菜说:"这个番茄炒鸡蛋必须吃,饱含姑娘的心血。"

他给每一盘冷菜都取了一个好听的名字,然后都吃得底朝天。如果那时候有智能手机,他可能还会拍照,然后取名叫珍惜。吃完饭我们窝在沙发里听音乐,时间就像停滞了一样,微醺的醉意。

然后我们就接吻了。那个吻软绵悠长,这是我的初吻,跟我想象中的有点儿出入。原来接吻是这样的,如此温柔、茂盛、宽厚。

天知道,我当时是多么愿意跟这个温暖如春的男人永远待在一起。

"姑娘,菜上齐了。"他打断我的回忆。

食之无味。他也吃得很慢,我印象里就没有看过他着急忙慌的样子。可是我是个急性子,以前每次一起吃饭,刚坐下没五分钟我的餐盘已经空了,而王佑泽才刚喝完汤。他的性子慢在吃饭上体现得尤为突出,我俩在一起吃饭好比龟兔赛跑。跟他在一起待久了,我发现我的吃饭速度不自觉就变慢了。

然而有一次社里有讲座,需要布置文学院小礼堂,王佑泽负责总指挥。盒饭送来的时候都已经冷透了。我赶紧回食堂重新打了饭菜给他送到礼堂,刚进去就听一个同学说:"社长已经吃完了。那动作干净利索,简直狼吞虎咽。"

我打趣说:"切,你说反话的吧。他那个性子慢得要死,狼吞虎咽简直跟他不沾边。"

谁知那同学站起来反驳我:"我又不是第一次认识他,我们一起工作快三年了,当然知道啦。每次都这样。"

其实后来我见过他给新编辑培训校刊排版,严肃认真,雷厉风行,说话干脆利落。我求证过性子慢这个问题,他的官方解释是,他只是跟我在一起慢,慢是因为他希望跟我多待一会儿。

现在倒好,不是慢,直接不动筷子,看着我吃。爱看看吧,我就是要没心没肺地全吃光,饿死你,气死你。

吃到最后我都不好意思了,低头说:"你还有些手稿和书在我家,你现在成名了,那些手稿都值钱了,还好我有先见之明,收藏了。想要就花钱买回去吧。"

他笑了一下,淡淡地说:"那你继续收藏吧,千万别出手,等我死了价值更高。"

一点儿也不好笑。

"你不打算说点儿什么吗?我很忙的,吃完饭我就走了。"我停下筷子,戳着饭粒儿。

"为了不影响你食欲,还是不说了。"

我无奈地摇摇头:"你知道被抛弃对我来说意味着什么?"

问完,我响亮地打了一个喷嚏。

"老板,请把空调温度调高一点儿。"他的语速很慢,自然、娴熟地从包里把牛仔薄外套拿出来递给我。

我伸手挡开:"别打岔行吗,在说被抛弃的事儿。"

王佑泽被我提高八度的嗓音惊得一怔,半响开口:"你说。"

我给他说一件我小时候的事情。

6岁那年,我跟我爸爸一起去木材厂进货。那天物料行的老板请他吃晚饭,工人都下班了,我爸让我待在门口看着那些木材,他说回来给我带好吃的。时间过了很久,久到月牙儿都变得清冷了,那些木材上开始积上了薄薄的霜,他也没有回来。我蜷缩在塑料棚里,风四下灌进来,远处有一群野狗在咆哮。又冷又饿,我想我是被我爸忘记了,心里产生了从没有过的恐惧,也许会被坏人带走,或者冻死在这里。后半夜几乎绝望之际,听见三轮车的声音,被人抱起,那个温暖的怀抱来自我妈妈。

尽管后来我爸一再解释,他不是故意的,还发誓再不喝酒了,保证以后不离不弃,但他还是在我初二那年,把我连同我的妈妈一起抛弃了。尽管后来我妈为了我能有个看似完整的家庭,给我找了后爸,我的心里一直有阴影,对被抛弃有种绝望的宿命感,所以才耿耿于怀。

"那种半夜突然醒来,感觉全世界就只剩下自己的那种惊慌恐惧,让我特别没有安全感,你明白吗?"

他清澈的眼神里写有无奈,眉宇间一丝忧郁。

"我不知道你心里有这么大的阴影,也不知道我的离开给你造成这么大的伤害。当时确实是无奈之举,到目前为止我都没办法评判到底是对是错,如果你站在我的位置大概也会这么选择。至少,创业成功,我很欣慰。我能为你做的只有这些。"他说话的时候两次停下来叹气。

为我?说得真好听,真会扯蛋。

呸!渣男。

"算了,有些东西强求不来。"看着他那么难受的表情我又补了一句,"还好,我挺过来了。我还得谢你,让我找到如意郎君,虽说不是大富大贵,至少衣食无忧。"

他:"……"

停车场。

"用我送你吗?"我也就是客气客气,让他看看,我也是有车的人。

"不用。"他一抬手,我旁边的路虎前后灯都亮了。

"呵,你的书都这么值钱了?"我揶揄道。

"我堂姐的。她去上海培训半年，房子暂时闲置，所以我住在泓景花园。"

我心里还是有疙瘩，不吐不快："你不想跟我一样变成世俗的商人才走的对不对？我那么狂热地追求所谓的事业反倒是弄巧成拙了，想当然地以为你会感激我，真是他妈的太幼稚了。我一直以为我是为了你啊，为了我们不分开有份事业才游说疯子跟肖文创业的。"

他投来一个"曾经沧海难为水"的眼神。

心里的魔鬼小小狰狞了一下，永远别觉得自己多了解一个人，甚至你自己都没有想象中那么了解自己。人性有一万种不确定性，沉默最残忍。心就像在绞肉机狂绞一样，后背一阵发凉。

告别王佑泽后，车行至路口，一眼瞥见他的车就停在旁边一条掉头车道上，和我一起等红灯，眼似双丝网，中有千千结。绿灯亮起，我踩下油门，那辆车瞬间被淹没在滚滚车流里。这多像人生，短暂相聚，又匆匆赶路，只是每个人方向和信念不同，于是再无交集。

"再见。"走之前他淡淡地说。

我对着他的身影清晰地说："但愿这辈子再也不见。"

第三章
谢谢你,陪我走完这一程

他醉眼迷离地扶着我的肩,说:"写到离别。人在一起就是为了要分开,不是吗?这世上没有人会从开始陪你走到最后,其实我想说,谢谢你,陪我走这一程。"

疯子在我们尴尬的冷场气氛中打来电话。他扯着公鸭嗓子阴阳怪气地问:"表嫂,你在哪儿呀?"

"约会呀。"我擦了一下眼角,尽量让语气平和。

"具体点儿呀。"

"干吗呀,问那么仔细,你要来当灯泡呀。"

"表哥还在政府衙门上班呢,你跟谁约会呀,好歹报个地名儿让我们去捉个奸,解解闷儿呀。"他在电话里哧哧地笑。

"滚蛋。一天到晚没正形。"

"是不是在咱们学校门口停车场呀,跟一个旧情人呀。"电话里疯子得意洋洋,我回头四处张望,说得我毛骨悚然。

"你,你……你不会跟踪我吧,公司那么忙你真有闲心。"

"切,戳中要害了吧。晚上没有下半场就快乐海鲜见,我得报仇哇。七点等不到你,我就喊我表哥来买单了。哦耶。"

挂了电话我眺望了一下四周,并没有发现什么可疑的行踪,满脑子都是此地不宜久留的信号。

已经晚上6点多了,下班的晚高峰,马路上的车多得像多米诺骨牌,7点半,还是准时赶到了快乐海鲜城。

疯子确认我人和钱包一起到了以后,就对着点餐单毫不客气地下手了。听完服务员报菜单,疯子打了一个响指:"没错,快点上吧,主随客便,随便吃点儿。"

"你这也太随便了啊,两千大洋都挡不住。你个败家子啊,真是交友不慎啊。"

"嘿嘿,趁还没上菜,闲着也是闲着,赶紧招吧。"疯子搓了一把脸,嘴巴咧得老大,如果没有耳朵挡着都挂到后脑勺了,"我洗耳恭听。"

"我就纳闷儿了,你先说说你是怎么知道的?"

"嘉妮打电话告诉我的。她今天路过学校帮我还助学贷款,我靠,我都忘了还欠学校钱了,呵呵。她说在停车场碰见你和王佑泽。你说这不是添乱吗?真是怕什么来什么,你还让肖文活不?好不容易才把你追到手,你这又跟前男友勾搭上了。嘉妮说那个含情脉脉啊,大有死灰复燃之势。我看你是成心的。"

我白了疯子一眼:"你丫批斗够了吗?我只是跟他把话说清楚,问个明白,以后不见面就是了。"

"那你问明白了吗?他怎么说?我也纳闷儿了,他能解释个什么新鲜花花儿来。哥们我也学学经验。"

我耸耸肩:"还特么真是我自己自作多情,不识趣。"

疯子说:"念你初犯我就不告诉表哥了,先给你个黄牌警告,如果下次再闯红灯绝不轻饶。"

"欢迎人民群众监督。我也该大彻大悟了。这个事儿到此为止,你回去跟嘉妮也说一下,别嘴上没个把门的,回头传到肖文那里去,我跟你俩急。"

疯子朝我抛了个媚眼儿:"放心,我来之前就跟她嘱咐过了,这事儿她听我的。"

现在剧情就很简单了,从此我和王佑泽就泾渭分明了,一个大龄女青年承蒙肖文不弃就嫁了吧。

周末意外地接到范璐的电话,她要来广州。

我去机场接她。这是文学社里手把手教我校报排版的师傅,大学里最谈得来的学姐,也是王佑泽的同班同学。仔细一算,我们有两年多没见了,但是一直有电话联系。毕业后范璐一路过关斩将挤进五百强企业,刚过实习期又莫名放弃,跑到山区去支教体验生活。这样做的副作用就是:她的皮肤已不似当年的白皙,变得粗糙敏感;颧骨上添了几颗调皮的雀斑;从前红润饱满的嘴唇因为山里风沙大,常年脱皮,嘴角结了血痂;好在身材没变,还是小家碧玉的样子,棉T配长裙,衬托得纤细柔弱。她本来就是又认真又有毅力的女孩。

选了一家西餐厅,边吃边聊。

我心疼地说:"学姐,你都回城好几个月了吧,怎么皮肤还没变过来。啊……你的脖子怎么了?"

范璐摸着自己脖子上铜钱大的伤疤,淡淡地说:"没什么大惊小怪的,我肚子上还有呢,给孩子用铁罐煎药喷到身上了。"

我瞪大眼睛,感叹道:"你简直是在用生命支教啊。太伟大太高尚了。"

范璐刚去的时候,我们经常通电话,她说那里环境确实太恶劣了,孩子们太可怜了。刚开始去各种不适应,山里的蚊子长得像苍蝇一样大,夏天连个电蚊拍都买不到,冬天寒风刺骨的,西北风穿过树林拍在窗子上鬼哭狼嚎的,脸都皲了,却不舍得买护肤品,钱都给孩子们买棉衣御寒了。她经常躲在四处透风的房间里蒙着被子哭，有时候醒来嘴里都是沙子，然后就特别想家。

范璐慢慢地用调羹搅拌着咖啡，眼神飘向别处："云昔，如果是你，你会愿意在那种地方待上两年吗？"

我吐吐舌头："说实在的，我还没高尚到那种地步。"

范璐撇撇嘴轻哼一声："谁比谁高尚啊。我一开始的想法跟你一样，去了以后还是咬牙坚持了下来。其实孩子们真的挺可爱的，山里的孩子更纯真。噢，对了，他们有带小礼物给你，谢谢你这活雷锋，这几年一直捐资助学。"

我歪着头，玩弄着吸管："跟你亲自深入基层比简直不值一提啊。我会更努力赚钱，尽可能帮孩子们改善条件。既然你早后悔了，为什么不早点儿回来？什么力量让你坚持下去的？"

"不，我一点儿也不后悔。在那里的这两年让我琢磨明白一些事情，有些人不是你努力，不是你品格高尚就可以得到的。这个世界就是这么不公平，有些人什么都不用做，就可以拥有锦绣前程，还能被人念念不忘。"

"什么……什么意思？品德高尚的人，说话都这么高深莫测？我怎么听着你这话这么讽刺？有些人是哪些人？"我拨了一下刘海儿故意装迷茫地问道。

她看了我一眼，岔开话题："随便说着玩的。我下学期要在杭州市一所中学当语文老师了。"

"这美差不错，适合你，工资也不低吧，一年还有寒暑假，我记得那会儿你教我做编辑的时候，文采就相当出众，前途一片光明啊，至少稳定，哪儿像我们啊，干着卖白菜的活儿，操着卖白粉的心。"

"呵。"范璐慢条斯理的这个叹词让我心生困惑。除了见面的欣喜以外，我明显感觉范璐看我的时候欲言又止，漫不经心，时不时飘过来一个意味深长的眼神儿。几年前躺一个被窝里吟诗作对，谈古论今，憧憬未来的学姐不见了。

我挤出一丝笑，找着话题："我要结婚了，求祝福。"

范璐迟疑着，带着遗憾或者我没有琢磨透的口吻："跟肖文是吧？你终于还是做了这样的……选择。他怎么办？想当初，他对你那样好，谁不认为你们是一对璧人。你还记得我们在文学社的日子吗？"

在奶茶的氤氲气息里，范璐猝不及防地提起那段遥远的往事，还有那个曾经的他。我以为只有我自己耿耿于怀。岁月最终粗糙了眼睛，生活无情砥砺了人心。

我黯然道："年少时候的爱是奋不顾身，现在的我只追求平淡一生。我再也不会那么单纯，那么用力地爱一个人了。眼看就到甩货的年纪了，随便找个差不多的凑合一下得了。"

她冷声："还真够随便的。官二代，政府公务员，独生子，家里有钱有势。"

我自嘲："你还真会贴标签。到今天这地步，是造化弄人，是我能左右的吗？难道我找个叫花子才说明是真爱？"

"是啊，女孩子为自己多考虑一点是应该的。你没有错，高高兴兴地准备当你的新娘子吧。"

我咬住吸管，仔细打量范璐带有寒意的眼神，总觉得她今天很不寻常，好像对我很不满，又为了某种顾虑没有捅破。眼前晃过从电视上看到的那种破瓦房搭建的四面漏风的学堂，鼻涕拖得老长的孩子，范璐正在黑板上奋笔疾书。一时间不知道说些什么。

沉默了一会儿，我说："他，他回来了。"

范璐抬头："知道。你们见过面了？"

"嗯。"我摆弄着手机，"他现在真的靠写字吃饭了。这几天上网一查，还不止出了一本书。也真是奇怪，当初消失，谁也不知道他去哪儿了，这才回来几天,大伙儿怎么都知道了?"

范璐低下头去沉默了一会儿,乌黑的头发挡在脸的两侧,再抬起来的时候已经眼圈泛红。

"怎么了嘛?璐璐,我……我说错话了吗?"我一愣,赶紧拿出纸巾递过去。

"他都为你做了这么多,你也还是要选择嫁给别人?这公平吗?"

我慌忙解释:"我哪有选择的余地。我知道你们是同班同学,你替他打抱不平,可又不是我甩了他。"我没装糊涂,范璐今天莫名其妙的,搞得我一头雾水。我也知道范璐的心思,一直都很喜欢王佑泽,但是她哭什么,我却不清楚。按理说,我和肖文结婚,她更有机会接近王佑泽才对。

"小妮子,几年不见,变化是真大,多了几分干练,俨然一个女强人了。创业这条路真没白走。我有时候真佩服你,知道自己要什么。你也真是拿得起放得下。"

"急死我了,你有话直说,不带这么拐弯抹角的。你以前不这样。你不能因为喜欢他,就偏向他,净针对我吧。"我耸耸肩,有点生气了。

她电话响了,站起来走到窗前去接,然后走过来低头收拾东西,看都没看我一眼:"时间来不及了,改天聊。我同学到了,我有急事先走了。"

我看着她远去的背影不知所措。面前玻璃杯壁上一颗颗小泡泡,钻到水面又一个个破裂。

周一早上有例会,天亮刚迷糊一会儿生物钟就炸开了,连滚带爬冲进洗手间洗澡化妆,手忙脚乱地收拾手提电脑,周一综合征又犯了。

好像有征兆一样,每次感觉气不顺的时候都会发生一点儿事情。电商客服经理反映我们打造的一款销量过万的爆款外搭被山寨了,淘宝铺天盖地都是,打着我们的品牌名号,价格便宜一半,导致大批客户退货。

这个消息实在太不美好了，我本打算开完晨会，晒晒太阳喝杯玫瑰茶补一觉呢。我们这一行不是简单的非黑即白，山寨厂家看到不错的东西想拥有它并给自己创造非法效益这也无可厚非，消费者买单也是你情我愿的事情。大市场环境就是这样，你拿起法律的武器维权只会是耽误自己的时间。这几年这种事情也不是第一次发生，我们经历了过山车式的崛起，跌落。爆款的打造成功也算是一次飞跃了吧，没想到，又要面对低谷了。

与会者都在义愤填膺地谴责山寨厂家和不识货的消费者。

我沉声道："大家静静，小李子今天买件山寨的来我看看，客户那边按照应急流程处理。切记，不要跟客户发生冲突，允许退换。这件事情也充分说明一个问题，咱们的品牌已经无形中具备了一种旗帜的力量。先找淘宝小二投诉维权，与此同时，做个视频，咱跟山寨货来个全方位PK，给消费者做个承诺，如果在别家买到价格低，质量、细节一模一样的就免单好了。"

大家也纷纷献计应对这突发的情况。

我双手撑着会议桌，环视了一圈各部门负责人，将目光落在设计团队上："做服装行业，永远回避不了这个问题，国际大牌都会被仿冒，更何况我们这种原创小品牌。仿品对我们而言，就是催化剂，提醒我们要不断开发创新产品，给了我们设计师不断领先一步的动力，并让我们保持在一个较高的工作水平上。所以这个事情间接告诉我们，你们的设计很棒，要再接再厉出新品。"

散会后，疯子拿着销售报表，面对这两个月每况愈下的销售额，再看看退单，脸色沉郁。

"老谢，线下经销商渠道那边订单也减少了吧？这个季度销售目标可都没有完成啊，这如何是好啊？设计部意见可大着呢。听说电商部也被投诉弄得怨声连连。"

"嘘，小声点儿，不要乱了军心，这不正想办法嘛。"

他扬了一下电话："海欣服饰的黄总可又打电话了啊，问我们并购的事情商量得怎么样了。是时候开个股东大会了，这不刚好王佑泽回来了，肖文那边肯定没问题，他会举双手赞同，你呢，眼看就要嫁入豪门了，不如就歇着吧，你那未来婆婆可不喜欢儿媳妇在外面抛头露面，我也好腾出工夫带嘉妮去环游欧洲啊，趁年轻退隐江湖享受生活。"

"馊主意！疯子，你丫忘本了，亏你想得出来。这几年咱们吃了什么苦，你忘了？咱们最初发的誓言你也不记得了？你这等于给咱亲手抚养大的娃找后爹后妈，赶紧洗把脸清醒清醒吧。厂里一堆工人还等着咱们养活呢！还享受，你是想等老了再奋斗吗？再说海欣的理念和我们也不相符，他们的产品低端快销，砸我们的牌子。"

说完愤怒地转身，走人。

桌上手机铃声正响得欢，一看来电，王佑泽。在办公室窗前转了三圈，还是没想好到底要不要接。想起肖文哀怨的眼神，我就退缩了，我怕把控不住自己，那些往事再翻涌翻涌，就又心旌荡漾地投奔王佑泽而去，所以到底没接。

下午开完中层管理会议，布置完工作，我主动给肖文打了个电话。

"干吗呢？"

肖文接起来说："真是心有灵犀，刚给我姥姥讲故事呢。姥姥一个劲儿问你，让我带你回家陪她聊天。没办法，老人就是老小孩，得哄。"

"那你怎么哄的？"

"我说你工作忙，礼拜天有空儿，到时候来陪她聊天。亲爱的，你不会忍心让我骗一个有病在身的古稀老人的，对吧。姥姥已经知道咱俩的事儿了并且举双手赞成，热泪盈眶盼望外孙媳妇来。"

"好，好，我知道了，我去就是了，无非就是再忍受一回你妈的白眼儿。反正以后要家常便饭了，我提前习惯习惯也好。"

"你瞧我们家,我爸,我,我姥姥,三票比一票,我妈明显不占上风,所以呀,妹妹你大胆地跟哥往前走。"

周六,我跟肖文先去了一趟超市,买了双份礼品,一份给肖文的姥姥,还有一份给我的后爸——老刘同志。住一层楼,哪有不回家看看的道理,我不能让老刘挑我的理儿,毕竟我是晚辈。其实我根本不在乎他是不是亲爸,我都成年了,自己可以照顾自己,只要他对我妈好就行了。我的亲爸,他——唉,不提也罢。

肖文的姥姥是个东北小老太太,慈眉善目的,特别健谈,记性超好。可是有Ⅱ型糖尿病,常年需要打胰岛素,所以很多东西都不能吃。身上还有点儿水肿,因为腿脚不灵便,不怎么下楼,每天都要有人给按摩。

我们进屋的时候,肖文的妈妈正在沙发上给姥姥捏小腿肚,一边按一边聊天,那口气相当温和,那画面也很和谐,我想肖文的妈妈并没我想象中的那么坏。

我甜甜地喊了一声姥姥,老太太拍着巴掌笑得合不拢嘴,拉着我坐在她旁边。她说她为了欢迎我来,昨天晚上特意洗了个澡换了身干净的衣服,怕我嫌弃她身上有味道。

我拉着姥姥的胳膊靠在她身上说:"怎么会呢,姥姥,我也想你了。"

"来,小白云儿啊,以后我就是你亲姥姥。"她咧着没牙的嘴笑得特别灿烂。

姥姥说我白,每次都小白云儿,小白云儿这么叫我,肖文就是跟他姥姥学的。

这让我想起我亲姥姥,已经去世好几年了,去世的时候我居然没有回家,因为我沉溺在失去王佑泽的悲伤情绪里不能自拔,窝在家里闷睡。我并没有意识到姥姥的离去才是永久的别离,居然都没有去送她一程,这成为我心里最大的痛。

肖文他妈白了我一眼，那眼神就是，你别套近乎，不好使。

肖文家的保姆请假了，肖文把他妈弄去厨房准备饭菜。他爸爸不在家，这让我觉得一点儿也不拘束，仔细打量了一下他们家。这是本层面积最大户型最好的端头房，200平方米，阳光充沛。装修也很上档次，一水儿的实木家具，到处挂满了字画，肖文说是他爸单位的老领导写的，挂在家里以示敬仰。当然了，领导退休以后，字画也会换一批。真皮沙发的柔软一下子让我陷进去了，不像老刘家里的沙发长久失修挪一下屁股都会咯吱一声，钱花到位的感觉还真不一样。朝南的墙上挂着全家福，照片上的肖爸爸一副领导做派，指点江山的样子。平时他就是个深藏不露的人，连笑都事先考虑好，老谋深算。

其实这只是在外人面前的样子，了解内情的人都知道，肖爸爸在肖文他妈面前也得举旗投降，俯首称臣。我亲眼看见他半夜穿着短裤被肖文他妈拿着鸡毛掸子追到楼道里，好像是为了两张来路不明的音乐会门票。然后老刘把他请到我们家，拿了自己的大裤衩儿解救了他，俩人喝茶下棋聊到东方破晓。老刘也颇为感慨，觉得我妈在母老虎的衬托下，是那么的善解人意，温柔贤惠，所以作为半路夫妻也很知足。

中午的菜还算丰盛，五菜一汤。肖文想去叫老刘和我妈过来吃饭，被我制止了。我说吃完饭我再回去看他们吧。

吃饭的时候，我把鱼刺一根根挑出来，把鱼肉放到姥姥碗里。

肖文狗腿地说："姥姥，您今天精神特别好，是不是因为你的小白云儿来了？"

"嗯，人逢喜事精神爽啊。小白云儿给我按摩得还真不错，腿都不疼了，可舒服了。这孩子懂事，知道疼人。刘群啊，这小白云儿要是跟我们文结婚了，你可享福了。"

刘群是肖文他妈的名字。

刘群又白了我一眼，醋意十足地说："妈，我天天给你捏，你都不说好，她这几辈子给你按摩一次你就夸上了？阿文的事儿你别操心了，我心里自有分寸。"

姥姥说："我都是黄土埋脖子上的人了，你答应让我看我外孙子结婚的。"

刘群说："好，好，妈你先好好吃饭，吃饭的时候不说话，小心卡着刺。"

我干脆低下头，拼命夹菜，不准备迎接她的白眼了，影响食欲。我早饭都没吃，刘群的厨艺真不错，从我搬到这里住起，一放学在楼道里我就知道肖文家吃什么，红烧肉啊，蘑菇炖鸡啊，叉烧啊，蒸肉啊，我就咽口水。我们家总是煮白菜啊，炒土豆啊，酸腌菜啊。

一饱口福以后，我主动请缨要刷碗，肖文关了厨房门，帮我收拾战场。

他家的厨房比我们家客厅都大，设备都是德国进口的。肖文因为我的绝对配合，心情也格外好，一个劲儿夸我。我俩就嘀嘀咕咕地说着话，我弄了满手洗洁精往肖文身上蹭。

洗完以后，刚开厨房门，老太太就招手让我过去，刘群在一边气呼呼的样子。难道是因为我用洗碗机洗的碗？

"阿姨，您怎么了？我给您泡杯茶啊！"

刘群漠视我。

姥姥说："甭理她。来，小白云儿啊，到姥姥这来，姥姥这有传家宝，今儿我做主，给你。"

"啥？"我被肖文推到沙发上坐在姥姥跟前。

老太太手里托着一块晶莹剔透的玉佩，小心翼翼地放在我手心里。

质地很温润，雕工非常细致流畅，镂空设计，很透，有光泽。我不太懂玉，好像是貔貅一类的，拿在手里很有分量。

肖文显摆说："这是我太姥姥当年在王府里给王爷当丫鬟的时候，得到的赏赐，然后一辈辈地传下来了。姥姥传给了我妈，我妈现在要传给你,你快拿着。"

刘群阿姨那脸早就挂不住了,一直翻白眼。我当然看出来了,我又不傻,再说我也不想要。我要真拿了,刘群的眼睛以后要是因为今天瞅我成白内障了,那我罪过大了。

我摇摇头说:"我不能要,这太贵重了,您还是给刘阿姨收着吧。"

"我不管,姥姥今儿做主让你拿,你就得拿着。不拿,我就绝食、绝药。"

人老了真像老小孩。我为难地看着肖文。

肖文挤眉弄眼道:"姥姥都发话了,快收着。这是对你的肯定。"

刘群同志脸变成了猪肝色。我也管不了那么多了,三比一,她输了,先让她难受难受。

最后姥姥满意地说:"这就好。拿了这块玉,就等于愿意当姥姥的外孙媳妇,我就等着准备红包吃喜酒抱重孙喽。"

再看刘群嘴都快气歪了。

等姥姥吃完药打了针,肖文扶着她回房间睡觉去了。

我托着玉佩晃了一下,刘阿姨送我到门口,欲言又止的样子,我忍不住在关上门那一刻笑出声来。

我们家的门虚掩着。我妈就知道我该回来了,端坐在沙发上等我,我不禁心头一热。她和老刘都在,异父异母的弟弟上学去了。

俩人好像又吵架了,因为我妈玩麻将又输钱了。我妈是跟我爸离婚以后才学会麻将的,以前她还以为四个白板凑在一起是炸弹呢。我当时也是鼓励她多培养一点儿爱好打发时间,结果不仅培养了还上瘾了,技术还不好,老输。老刘就是她牌友介绍认识的。

我从钱包里拿了两千块钱放在我妈面前。

我充当和事佬说:"妈,以后能不能别赌了?别老惹刘叔不高兴,一家人就是要和和气气的。和气生财,啊!"

老刘显然没想到我会这么说,他像待客一样给我倒了一杯茶说:"阿云说得对,说得对。好久没回来了,以后回家来吃饭,提前打个电话,我多买点儿你爱吃的菜。"

我妈说:"不赌了不赌了,没意思,我还是找个班上吧,省得闲着。"接着话题一转,"对门儿今天什么情况?老太太过生日?"

"不是,平常日子。但是今天给我一块这个。"我从兜里摸出来那块玉佩。

我妈仔细端详了一阵子,一拍大腿,说:"我想起来了,这块玉是肖文他妈的,只有重要场合她才戴,有一次社区广场舞比赛好像见过一回,跟人显摆说她家是王爷的后裔,说是老值钱了,他们家的传家宝命根子啊。打死我也不相信,她怎么会舍得送你了?不会是得绝症大彻大悟,准备接你过门了?"

"肖文他姥姥硬塞给我的。"

我妈喜形于色:"有戏,她能拿出来就已经说明有诚意了。你想明白了没?想明白了就赶紧把事儿办了。我们两家能否化干戈为玉帛,这事儿就指望你了。住一起老饯饯的也不好。"

"哎哟妈,你也知道老对着干不好?以后就别老跟她斗了。"

老刘换好鞋准备下楼找人下棋了。

我妈讨好地说:"闺女,要不然我给你保管着啊,你出嫁的时候我给你戴上。"

"不行。"拒绝我妈后,抬腿儿就去敲肖文家的门。

姥姥已经睡着了,肖文比了一个"嘘"的手势。我用哑语问他妈呢,他指了指里屋。

听见门响,刘群已经出来了。

我把那块玉佩拿出来,说:"阿姨,我怕您睡不好午觉,给您,物归原主。"

她显然没想到我会来个回马枪，愣了一下，赶紧接过去还仔细核对了一下是不是被我狸猫换太子了。

"小妖精，不是，小白云儿啊，你这么做是对的，你俩的事儿我们家再讨论一下回头再说吧。哈，今天姥姥说的都不作数。人老了，就老糊涂了。这块玉我先收着，以后的事儿以后再说吧。"

你听听，你听听，特么的说话真呛人。

我也不甘示弱："阿姨，您何必说得这么委婉，就是仙女儿也配不上肖文对吧？我没想掺和你家的事儿，您的宝贝儿子您看好了，我不带走。谢谢你的午餐，再见啊。"说着我还欠了欠身表示尊敬。

亮完观点，我转身就走。

肖文在后面追出来："云儿，等等我，我换，换鞋。"

都下到一楼了，还听见刘群的声音在楼道里回荡："肖文，你个兔崽子，你给我回来。"

接着就听见我们家门也开了，一千只鸭子在楼道里掐起架来。

坐车里，看着肖文满脸委屈的表情，我放开绷着的脸，"扑哧"一声就笑出来了。

肖文侧耳听楼道的动静，跟我道歉："亲爱的，你没生气吧？还是咱云儿有气度，还能笑得出来，我就放心了，刚才真怕你跟我妈脸红脖子粗地干起来。得，现在俩妈又干上了。"

"毕竟我是晚辈，我看你面子上才不跟她动真格的。我上去把我妈喊下来去逛街，省得邻居们又看笑话。"

肖文特别献媚地帮我开车门。

我没想到周一王佑泽会在我们快下班的时候找到办公室来，我正在跟设计师们沟通秋冬装设计思路。

前台的玉子是新来的，不认识王佑泽，还在等他自报家门。疯子从办公室窗户里看见，冲了出来。

"哎哟呵，这不是当红作家言尽先生嘛！大驾光临，蓬荜生辉啊。"

"好久不见，重阳。"是那个清冽有磁性的声音，如假包换。

我被水呛到了，猛烈地咳嗽了几声，脸震得通红。

"我找云昔。"

"那个，我帮你问问她在不在，"接着门外就响起疯子阴阳怪气的号叫，"谢总，当红作家言尽先生求见，您老人家到底是在还是不在啊？"

不知道如何接话。疯子又催促了一声："好歹给个明确指示啊。"

我只好在众目睽睽下，慢慢地踱步出来，扫视一下百八十平方米的格子间，示意骚动的大家好好工作，然后双手抱胸一副职业女性公事公办的样子，挑眉看着他，意思是有事吗？这场面还可以吧，当年夹着尾巴走了，后悔不？

然后玉子就倒了茶水端到我办公室里。

他对着玉子笑得那叫一个山清水秀，径直走到藤椅前坐下。

西边的火烧云映红了半边天，阳台上养的花花草草争奇斗艳，这个男人坐在我面前，像三年前他帮我布置的办公室一样。起初我对他买的种子摆弄的盆盆罐罐嗤之以鼻，没想到一个春天过后全都发芽了，到现在已经长成了枝繁叶茂的样子，在我心里也生了根发了芽，而现在一切都好像回到了最初的理想的、梦幻的、我期盼的样子。记忆覆盖了现实，就像他从没有离开过。铁观音在杯子里起起伏伏，舒展开叶子，水逐渐变成了黄绿色，淡淡的茶香弥散开来。

"挺好的。"三个字，云淡风轻地就把我这几年的努力给评价了。

"必需的呀。没想到吧。当初走了会不会肠子都悔青了？我这是化悲痛为力量，我情场失意就不能允许我职场得意啊。"我的铁齿铜牙又发挥了作用。

他勾起唇角："你这么说，我都没有台词了。"

"那我的目的就达到了。"

"那我就只有呵呵呵了。"

又是大面积的沉默,他看着茶几玻璃下压着的几张泛黄的照片默不作声。

我心里一直都在琢磨,这厮该不会是来忏悔的吧,脑子里还一闪而过他会不会痛哭流涕求着要跟我重归于好。

呸呸,想什么呢!他那么骄傲清高的一个人,而今又是这种从国外留学回来当红作家的高贵身份,怎么可能?

最后同事们都走光了,偌大的办公室就剩下我和王佑泽。疯子走的时候特意进来打招呼,递了根烟过来,王佑泽摆摆手说不抽,我接了,然后自然地从疯子手里接过火机点燃。

"你都学会抽烟了?"他冷声问道。

"世界这么乱,装纯给谁看?"说完,我猛吸一口,却被呛得像身临火灾现场。

"一起吃晚饭吧!影响你们叙旧不?"疯子坐在我大班椅上,磕了一下烟灰。

"不了,我还有几句话要跟云昔说,说完就走了,明天飞海口。"

"看海啊,还是找灵感啊?大作家就是有雅兴,不像我们这些俗人天天为金钱卖命。"

"最近有点儿忙,还看海?我跳海的心思都有。"王佑泽浅浅地笑着摇头,自我解嘲道。

疯子踩着太空步就出去了。

王佑泽说:"其实我来,是想问问你……"

门铃响了,我抱歉地打断他,去开门。肖文拿着一束百合进来,我才反应过来,我们早上约好下班一起吃牛排。他进屋看到王佑泽,明显一愣,脸色很不好看。

气氛很尴尬,我的电脑背景音乐是随机播放的。

现在播放的是张宇的《雨一直下》,正唱到:你爱着他／也许还带着恨吧／青春耗了一大半／原来只是陪他玩耍／正想离开他／他却拿着鲜花／说不着边的话／让整个场面更加尴尬……

肖文把百合举起来扔到王佑泽面前的茶几上,说:"老同学,好久不见。哦不,前段时间,在图书城你们才见过吧?"然后讪笑了一下把手放在我肩上,帮我拢了一下头发。

王佑泽说:"你别误会,我是为了公事而来。"

肖文若有所思道:"哦?公事,你们之间还有公事?以后直接跟我谈吧,毕竟她马上就是我媳妇儿了。记住你的身份,前男友,要避嫌。你该不会到现在还想打我媳妇儿的主意吧?"

说着手就滑到了我的裙子上,亲昵地摩挲着我的腰。

王佑泽看着窗外,站起来,一脸不屑,唇角微微勾起,一字一顿道:"我没兴趣。"

倒是我有些窘迫,觉得肖文小题大做,吃干醋。

肖文踱步到他面前:"那就好,我还是要提醒你,做人呢,要讲信用。"

王佑泽笑笑,嘴角扯起一丝嘲弄的表情,低低地道:"你也是。不打扰了。"

然后走到门口回头点了一下。逆光中,他的周身有一圈柠黄色的光晕,清楚地勾勒出他修长的身形,有点落寞单薄。影子被拉长印在墙上,如同孤独的心事,滴水成冰,我的心莫名地像被针扎了一下。

肖文坐下来若无其事地把花一枝枝修剪好,插在玻璃瓶里,阴阳怪气地说:"当初是谁痛哭流涕说再看到他,就大卸八块?我来帮忙碎尸,动手不?还没走远,现在追,还来得及。"

我叹口气没吭声。

"当我说话放屁吗?为什么不告诉我,今天王佑泽来?要不是我撞见,这孤男寡女的独处一室,再忆往昔,接下来剧情就不知道会怎么发展了。"

"阿文,你是吃醋了?你身边美女如云,左拥右抱的时候我也淡若清风嘛。"

"那是过去时,咱们现在探讨的是现在时跟将来时,我不希望他再来搅和,你看着办。"说完孩子气地叉着腰,吹胡子瞪眼。

"知道了,以后敌人再来突袭,我一定及时跟组织汇报,行了吧?今天纯属意外,以后不会了。我知道阿文哥是天底下最好最大度的人。行了吧?"

"这还差不多。对了,他今天来干吗?有没有说什么过分的?快告诉我。"肖文微眯着眼睛,定定地看着我。

我摇了摇头。

"要我说,咱以后能不能彻底不联系了?像这种临阵脱逃、背信弃义、两面三刀、没有诚信的人,人品本来就有问题,你还顾念旧情……"

"谁念旧情了?再说,他没你说的这么夸张。"

"怎么,你心疼了?你不是还想着他吧?"肖文的口气冰冷。

"不是。你可不可以不要这么偏激?他跟你有什么不共戴天的仇啊!这样的你,真让我觉得陌生,小家子气。"我也冷眼看着肖文。

"你看看,我们哪次争吵不跟他有关系,啊?这几年你骂他还少吗,我说两句你就不得了了,只许州官放火不许百姓点灯是吧!"

真的好累。爆款被仿,利润率下降好几个点,满意的新品还没出来,已经焦头烂额,他不帮忙分忧就算了,还添乱。我拎上包要出门。

肖文说:"走你的,你还以为我怕约不着个女的吃晚饭啊!"

我停顿了一下,肖文没有追上来和解,我赌气带上大门出去了。

今年不知怎的,雨水特别多,空气里有新鲜泥土的气息。第一次没有选择开车,也没有打的,决定自虐地走路回去,穿着六公分的高跟鞋走五里路还真是一种挑战。心有点儿乱,这长长的路,还下着绵绵细雨,还真像王佑泽走的前一晚啊。

你说那天我怎么就没感觉到他的反常呢？

那天也下着这样的小雨，他说一起去走情侣路吧。之前我要求过很多次，他都说我幼稚做待定处理。

我们在珠海北堤站下了车，路过超市，他买了几罐啤酒一袋零食，牵着我边走边说话。

那时候创业初期，他在我的煽动下逐渐对做电子商务感兴趣，文案也越来越贴合市场。我兴致勃勃地跟他勾勒我们的网店前景，展望未来的市场行情，灌输网络营销行业的崛起的奇迹。

他捧着我的脸问："创业对你有多重要？"

"很重要，也是一个秘密。总有一天你会知道原因的。亲爱的你支持我吗？"

"如果失败了呢？"他目光灼灼。

其实我也想问他，如果失败了，你还是会离开广州，离开我对吗？

我坚定地说："怎么会。风险都是可控的，必须成功，不许失败。再说肖文好不容易才搞定的20万大学生创业基金多不容易，咱们几个一起努力，你负责文案，疯子负责网站和拍照，我负责销售和管理，肖文就负责招聘和拉赞助好啦，不出几年我们就不需要贴牌了，我要请行业内知名的设计师亲自设计款式，我们也会有自己的工厂，专门拿一条生产线做实体。一定会有很多加盟店，线上线下并驾齐驱，万达广场、大街小巷都有我们的品牌，呵呵，那时什么感觉？想想就美。"

王佑泽把空啤酒罐从五米开外准确扔进垃圾箱，仰头看着星空笑道："呵，姑娘这么有理想，真好。真好。"

那个笑声我至今都还记得，那赞许里饱含苍凉无奈。

我当时拿捏不准，是因为我太强势了吗？

我还没来得及细想，就被他非常用劲地拥在怀里，好像要揉进骨子里。而我那天也是疯了，表现得像一个期待被吻遍全身的荡妇，又要伪装成要有所保留的好女孩儿。我不知道王佑泽心里是怎么想的，我宁愿是我自己想多了，我没办法追问他的反常到底怎么了。

那天我问他的最后一个问题是："你的长篇小说写到哪里了？"

他醉眼迷离地扶着我的肩膀，说："写到离别。人在一起就是为了要分开，不是吗？这世上没有人会从开始陪你走到最后。其实我想说，谢谢你，陪我走这一程。"

我以为是他妈的小说里的台词，我还鼓励他好好写，说不定将来就成大作家了呢，没想到这句话竟然是离别赠言。

你觉得我在这种情况下被抛弃，连问个为什么的权利都没有吗？

本来打算走一段，走不动就打车的，结果一辆出租车都没有拦到，不知不觉就回到家了，脚后跟起了一个浑圆的水泡。我苦笑了一下，真是自食其果。

第二天一早刚开机，没两分钟，就被肖文他妈的电话骚扰了。准没好事儿，我犹豫着要不要接，接了今天的好心情肯定就没有了；不接，也肯定不会清净，她会去公司找我。不知道这一次她找我什么事儿，但可以肯定跟肖文有关。

我揉揉酸涩的眼睛，打着哈欠，问："刘阿姨你好早啊，有事儿吗？"

"有事儿，还不小呢，你让我儿子接电话。"

"什么？"我眯着眼睛看了一眼手机，"您没有搞错吧，大早上7点半，我还没起床呢，您让我去哪儿找您儿子接电话。难道他不在自己床上？"

"他一晚上没回来，电话不接，难道不是跟你过生日喝多了？"

"什么？谁过生日，阿文吗？"

我坐起来，理了理思路。天呐，我居然忘记这个日子了，难怪肖文生气。

"阿姨，他确实不在我这里，但是有人应该知道。我问问，有消息我给您回电话。"

"没在你这里就好。小妖精啊，阿姨求你，还是离他远一点儿，这两天他大表姨跟小表妹从国外回来了，我们还是打算再碰碰运气相一次亲……你俩八字真不合啊，你俩要好早好了，也不用拖到现在。"

我没细问到底是跟大表姨相亲还是跟小表妹相亲，这不都是近亲嘛。眼下还是先找到肖文再说。

挂了电话我打给了疯子，果然这肖文没打算玩儿失踪，每次都跟小狗出门要靠撒尿做标志找回家的路一样，把尿撒在疯子那里，一找一个准。

疯子迷迷糊糊地说："昨晚，我陪肖文在大明星唱歌喝酒了。他死活不让打电话给你，也不愿意回家，一个人吃了半个蛋糕，剩下半个糊了一脸，再然后就喝多了。不想让姥姥操心，他在御品温泉酒店预定了一个套房，我就给他送过去了，回来路上还是有点儿不放心，给你打电话，你关机了，我忘记你家住几号楼了只好作罢。"

我戚戚然道："昨天我们吵了几句，心情不好。我手机没电了，天快亮才充上。也怪我，没想起来他生日这回事儿。你把酒店地址房间号发到我手机上，我马上去看看他。这厮不会伤心欲绝，寻短见了吧？"

找到肖文房间的时候，按了半天门铃没反应。我刚喊了一声服务员拿门卡来，门从里面开了。他裸着光洁的上身，下面围了一块浴巾，浑身湿漉漉的，散发着酒精和荷尔蒙的味道，我皱着眉挤进去。吆西，很考究的典型情趣套房，奢华的内饰，迷离的灯光，还有那张浅紫色大床上皱巴的床单，我不由得脸红了。客厅餐桌上酒店送的蛋糕一坨坨奇形怪状地堆在盒子底盘上，生日蜡烛混合着烟头儿横七竖八地插在上面，一杯红酒立在旁边，不知怎么的，让我想起了清明节上坟那个烧完纸后的凄凉场景。

最后目光落在透明的洗手间双人大浴缸里，乳白色的水面上漂浮着玫瑰花瓣，还是牛奶花瓣浴。

"这是泡的温泉还是泡的酒糟？"我嗅着房间里浓烈的酒气问道。

"忘情水，泡泡好啊，多希望能一泡泯恩仇。"他端起酒杯喝了一口，故作轻松地说。

"哎呀，我都原谅你啦，不计较啦，你也别提了。"

"我不原谅我自己行吗？谢云昔啊，我虽然喝多了，但是我脑子巨清醒，一宿没睡着都在琢磨这个事儿。你说我这么多年当个备胎容易吗？我也不是没人要，大把的女人啊。你到底是想弄啥？我越想越生气。你知道我的底线的吧，你既然答应嫁给我了，就不要再跟他来往了，不是我说你……"

"阿文——你听我说。"

我急忙打断他，他通常说不是我说你，就是要开始说了，不知道当讲不当讲，基本就是要讲了。那些政府领导每次开会发言为什么那么冗长啰唆，其实就跟秘书写稿有关系，一点儿干货没有，都是车轱辘话。

他不耐烦地挥挥手："让我先说。你年年都拉着我给一个抛弃你的人过生日，就从没有主动想起来我的生日。我虽然什么都不说，可是我心里痛。"肖文手放在胸口低着头不看我，步伐有点踉跄，可见酒没少喝。

"真对不起阿文，是我不好，我真的很努力忘掉他。其实我前段时间一直记着你生日来着，我还在日历上做记号了，结果昨天……他来，然后你来，然后我……哎，给忘记了，等一下商场开门我就飞奔着去买礼物，对了，你想要什么？"

"不用了，我是计较礼物的事儿吗？我爸，我妈，我姥姥，还有漂亮姐，在家煲好汤，做了一桌子菜都在等着给我过生日呢，我却死活要跟你过。预定了烛光晚餐，都想好求婚台词了，可是你都没给我机会，吵两句扭头就走，你心里到底有没有一丢丢我的位置？踮着脚尖能站稳那么大的一块地儿？嗯？"他拍着自己胸脯问。

我拉过他的手，"有，有，有，躺着打滚儿的地方都有，只有你。阿文，我保证以后每年，我都给你过生日，罚我再也不过生日了行吗？就这样愉快地决定了？"

"好，我相信你，这么多年来，你说什么我不相信啊。跟个傻子一样跟在你屁股后面，你哪里比我之前的那些女人好啊，论长相扔美女堆里就不显眼了，论能力，我也不需要一个女强人，论脾气，喜怒无常。我给你看看我以前泡过的那些妞，哪一个不比你好看？"

我还以为肖文说着玩儿的，没想到他的相册里还真躺着这么多养眼的妞。

"这个莉莉，瓜子脸丹凤眼；还有这个玉娇，酥胸翘臀；不得不提一下这个娜娜，不但身材火辣，床上功夫也极好，欲仙欲死……"

"我给你录下来了啊，等你再清醒一点儿的时候放给你听听。"我皱着眉，真是有点生气了。

"还是歌词里唱得好啊，得不到的永远在骚动。我明明知道你对我没有那种感觉，只是利用我喜欢你，所以我就得忍受你跟我唠叨王佑泽，王佑泽，这几年我耳朵都听出茧子了。你给我听好了，我特么再也不想听到这个名字了，我够了。我听不得带王字儿的，我去酒店吃饭连王八汤都不喝了。"

"你酒还没醒，我让前台送蜂蜜来。"我忍着怒火，"不跟一个醉鬼一般见识。"

"我是喝多了，酒后才会吐真言，我只有喝醉了才敢对你说这样的话。我洗澡之前在想，你如果今天不来，咱俩就肯定完了，你不来倒好，至少我死心了，就当又陪你玩儿了一次，也就是空欢喜一场，可是你又来了，真特么让我纠结。有时候我也想，你有什么好的，怎么就老在我心尖上蹦跶，弄得我心慌？我想不出来答案，时间久就变成习惯了，好像是一件未了的心事,老惦记呀老惦记。"

有这么严重吗?瞬间脑子一片空白,我自责,我怎么能这么自私自利,从没想过肖文的感受。

"但是我今天想告诉你,你如果真想好了,就痛痛快快地按照之前的计划把事情办了。如果真的有什么顾虑就把话说绝了,以后不要再互相纠缠。云儿啊,我确实是因为喝多了才这样跟你说话,才说我想说的心里话。在我心里百转千回了这些话,说出来真特么的爽。你听懂没?"

我把肖文的衣服从各个角落找出来,抖一抖放床上:"快穿上吧,别感冒了。等你酒醒我们再好好谈,我先送你回去,你妈你姥姥都在担心你,尤其是你妈一大早打电话找你。"

肖文站起来走近我,一股牛奶的甜腥气混合着荷尔蒙的味道,刺激着鼻腔,我的心跳莫名地加速。想后退,他抬手扶住我的头,脸靠近,有一丝热气喷在脸上,麻酥酥的,触电一样,我呼吸的节奏彻底乱了。这是怎么了?我心一惊,试图挣扎,他另一只手已经将我后腰上箍住。他的呼吸同样很乱,很粗重。我抬头看他的眼睛,想找个合理的答案,才发现他的眼神已经迷离,表情像一头饥饿很久的狼,露出猎物即将上钩那种满足感。

手开始游走在我的后腰,所到之处犹如触电。我哪里经历过这个,脑子里"轰"的一声。

十多年啊,第一次,肖文没有像过去那样把我当女神供着,而是把我屁股像瑜伽球一样肆意揉捏着。

"不要……不要……这样……"我竟没有意识到自己已经走音。

"不是说爱我吗?不是说想跟我在一起吗?不是要给我生日礼物吗?我要你,我现在就要你。都不是未成年了,就别矫情了,实在讨厌就用力反抗吧。"他低低的声音在耳边传来,没有任何商量的余地。

话说得溜着呢，舌头一点儿不打结。这到底是多少量的酒呢，既能保证不特别过分地发酒疯，又壮了酒胆。

　　我一怔。肖文已经把我后路堵死了。我不知道我该拿什么理由拒绝，我又或者是不是该借这个机会告诉自己，这个故事就是应该这样发展的。我跟王佑泽相忘江湖，我一路奋勇杀敌，战胜了刘群，风风光光地嫁给了官二代肖文，生了两到三个可爱的娃娃，从此母凭子贵，过上了锦衣玉食、跟婆婆斗智斗勇的生活。

　　还在琢磨要怎么办的时候，我已经被推倒在那张豪华大床上。一侧的紫色帷幔层层叠叠地落下来，那个场景真是绚烂，满屋子旖旎风光。

　　他附唇上来，我内心渴望完成这样一个仪式，身体却很僵硬，诚实。我已经忘记我有没有反抗了，我渴望能天崩地裂，像是正负极的电线搭在一起瞬间迸发的火花，直接把我们烧成灰烬。他压抑的喘息声，从嗓子里挤压出来，他的手伸进了我的衣服里，贴着我的皮肤像一尾蛇蜿蜒爬行。伴随着他的滑入，有点儿痛、涨，我想出声阻止，发出的声音却是一声畅快的轻吟。

　　他像一匹驰骋在疆野的骏马，我的心里却五味杂陈，神游天外，完全不在状态，反而觉得一股沉闷压抑的气氛将房间笼罩，好像我的世界末日来临。

　　在这个宽敞的豪华海景房里，窗帘都没有拉严实，我还听见汽笛声，以及海浪拍打礁石的声音。他匍匐在我身上，左手揉着我的头发，右手像尾发情的动物在我胸上、腰间游走，他的额头上沁出汗珠，在橘黄色灯光下晶莹剔透，晃晃悠悠。

　　我也彻底停止反抗，松开眉头，摊平双臂，摆出在海滩上晒太阳的姿势，额头沁出细密的汗珠，我在朦胧间看到的一张脸却……不是他的。

　　我问，阿泽你明明喜欢我却为什么不要我？王佑泽深情地看着我，不说话。

被吻得都快窒息了。我一回神,那张脸变成了肖文的。他停下来,用手捏着我的下颌,我参不透他在想什么。

"你刚才走神了,是不是?"

"肖文,咱能不能在这种时候说点儿跟主题相关的?或者就什么也不说。"

我是这样想的,既然思想控制不了,就随它去。但是人是可以管住嘴的,如果口无遮拦,这一旦承认了,后果将不堪设想。哪怕你的幻想对象是电视上的偶像明星,你也不能跟对方说,不要给他找碴儿吵架的机会。

肖文扫了几眼床单,用一种不愿意相信的眼神看着我,轻轻地闷哼了一声,我也屈身看了一下,床单只是皱巴着,扯平了,也只是一片白。

没有传说中的落红。

"是不是第一次都无所谓啦,乖,我不介意,不要说谎安慰我,这样我更难受。"

"我解释不清,你不信我也没办法,你今天喝多了,我不想跟你说。"

肖文投来两道没有温度的射线。拧着眉头,动了动嘴唇,纠结得要死。

"快穿衣服起来吧,等会你妈按照失踪人口报警,再被警察带来宾馆捉奸在床,就不好了。"

"你还是告诉我吧!我羡慕忌妒,但是不恨,毕竟是你的过去。以后我保证不提。第一次到底是不是他?"他从后面用力抱着我的肩膀。

"无聊。"我摇摇头试图用被子把自己裹得更严实一点儿。

我猛地想起,我的第一次给了一只粉红色的震动棒。真是一件难以启齿的事儿。震动棒是我的室友刘蕊送给我的。恶作剧啊。

有一次快递给我打电话说有我的包裹,让我到宿舍楼门口来取。我一头雾水地说我并没有订货啊。刘蕊一听我的包裹,特别热情说反正也没事,陪我一起去看看。快递小哥说为了确保没有破损让我当面验货。

然后我就当着众人的面，拆了盒子包装，撕了内包装袋，里面还有一层气泡纸，包得那叫一个严实。费了九牛二虎之力才打开，一个粉红色肉乎乎形象逼真的玩意儿就在大庭广众之下见了天日。

还好之前我被科普过，不然还真给弄懵了。

快递小哥眼睛都直了，一个劲儿地憋着坏笑。

刘蕊已然笑得上气不接下气了，我一下子就想到她之前开玩笑说我长痘是因为内分泌失调要送我一个宝贝。

我当时就脸红到耳根，手里还捂着那个东西，用气泡纸左一层右一层地裹，企图还原，嘴里还拼命解释："不是我订的，不是我订的。你搞错了。"

快递小哥说："没事，没事，我啥也没看见。没问题就签个字吧。"

然后我就把盒子塞到刘蕊怀里："你笑得那么奸诈，肯定是你订的，你自己拿着。"

刘蕊特别无辜地捧着盒子，说："好，好，是我订的，就算是我订的行了吧？"

人来人往的宿舍大门口，大家都跟看怪物似的看着我们俩。一到宿舍，刘蕊就关门研究上了。我们两个围着电脑看了岛国大片学习了一下理论知识，然后谁也没有实践。刘蕊放到我柜子里，说，愚人节快乐亲爱的，等我们都不在你要用啊，不然下面都结蜘蛛网了。

那时候我跟王佑泽刚失联半年。在一个草长莺飞、野猫叫春的日子里，宿舍就我一个人，其他人据说都开房啪啪啪去了。我又想起了王佑泽，哪怕我们独处一室，哪怕我们欲火焚身，他都可以快速冷却，难道早做好了要走的准备？还是鸡汤文里说的，爱你的人不会那么着急想上你？百思不得其解。我越想越生气，越生气越想，然后我就打开柜门，拿出震动棒，插上电源，把理论用到了实践上，那个过程……（此处省略500字）某宝有卖，你自己体会吧。

"啥？"

肖文明显愣了十秒才反应过来，瞟了我一眼，嘴角抽动一下，想笑又没笑出来，但是全身肌肉放松了，有点儿丧气地平躺在床上，眼神空空地看着天花板。我也觉得特别没趣，失身了还落了个话柄。

我五味杂陈地起身，裹着浴巾去了洗手间。其实下决心拍婚纱照那天，我就想好了，对于我而言，这一天是早晚的事儿，装得那么矫情也确实没多大意思。可是这么仓促，且不浪漫，还是在他喝多了的情况下，以赔罪的名义，却是我没有想到的。

在花洒下，氤氲的水汽里，我把沐浴露涂满全身。我跟自己说，死心吧，彻底死心吧，人家都说女人会记得第一次献身的那个男人，那么从今天开始，就彻底不要回头张望了。

你瞧，彼年的我就是这样单纯或者说幼稚，以为啪啪啪了就一定得结婚，以为这就是通往婚姻的捷径。

如果我们还有阻力，就是肖文他妈了。

洗完澡出来，肖文已经换好衣服，坐在沙发上按电视遥控器。见我出来，就像什么也没发生过，泰然自若地一副领导做派，说："走，下楼去吃早餐吧。这里的自助餐还不错，中餐西餐都有。吃完我要回单位了，下午有个会要开。"

这哪里像一个喝醉酒的人说的话，脑子比我清晰多了。

我低低地说："没胃口。"

"亲爱的，哪里不舒服吗？"

我摇摇头。

"你都是我的女人了，早晚都有这么一天，别这样好不好，我等这一天真的很久很久了。虽然我刚才不够理智，可是我是真心对你的，这个世界上只有我是真心对你的，不管我曾经做过什么，我都是因为想得到你。"

吃完早点退房,肖文心满意足地上班去了,我开着车在二环路上漫无目的地转悠。

心里空落落的,一方面因为这样度过的第一次而难过,更重要的是为第一次没有快感而懊恼,这种心理太变态了。因为我始终把肖文当哥哥,一时半会儿都没办法激昂澎湃,一想到以后都是这种和高潮绝缘的状态,实在让人抓狂。

第四章
你不过是他流浪的一个地方

"我第一次相信还有爱情的存在,尽管也许那不叫爱情。被虚荣心轻易摧毁的,是爱情吗?但是不管怎么说让我流下了眼泪,那是心灵深处的呼唤!"

刘蕊来电,我关了广播,调整好蓝牙。

一个小时前我回忆完粉红震动棒,她就像有心灵感应般给我来电。什么是好朋友呢,就是平时虽然联系不频繁,但是一见面还是可以玩得像刚从精神病院逃出来一样。

大一,我和王佑泽好了以后,为了防止肖文捣乱,我特别有心机,撺掇刘蕊帮我看着肖文,凡是每次有肖文在的场合我都捎带上刘蕊,恰好刘蕊也心仪肖文,所以一拍即合,给这对淫男欲女提供了绝佳的厮混机会,没过多久他俩就如藤蔓般纠缠在了一起。

忽略其他那些人,整个大学期间,她和肖文就是对方生命里的一段插曲儿,歌名叫"过把瘾就死"。肖文什么时候跟她分手,因为什么原因分手我却不得而知,我只记得王佑泽走后,我有一个月天天窝在宿舍蓬头垢面,公司的事情基本交给疯子全权打理。刘蕊也不出去疯玩儿了,天天帮我打饭、打水、洗衣服叠被子,重要课还架着我去阶梯教室,整个一个任劳任怨的后勤部长兼贴身保镖。

顺便提一下我们宿舍其他俩姑娘，成天做什么都在一起，包括上厕所洗澡都互相邀约，更别提睡一个被窝儿，所以就有连体婴儿的称号。连体婴儿也在某一个睡前夜谈会上坦露心声，劝我做人就是要开心，不要跟自己过不去。我也才知道她俩是一对儿蕾丝边。而且两人是某著名女同酒吧驻场歌手，叫什么梅菜扣肉组合，自打知道我失恋以后，就一致撺掇我跟刘蕊好算了。

在一个阳光明媚的清晨，我和刘蕊面对面坐在我如狗窝一样的床铺上，嘟着嘴亲了一下对方，然后双双恶心得一天没吃下饭，刷牙无数遍。就是那天我恢复正常的。至少我性取向很正常，这在我灰暗的人生里无疑是一道亮光。还有许许多多帅哥美男啊，我干吗非要在一棵歪脖树上吊死。然后我让刘蕊赶紧致电肖文，我要大吃一顿，我要喝酒，我要K歌，我要裸泳。

狂欢后不久，换刘蕊堕落了，因为肖文主动跟她分手了。原因不详，直到现在都是个秘密。分手后的刘蕊连毕业证都没要，以迅雷不及掩耳之势嫁给本地一个手机配件厂的离异老板。此人大她十岁，只见过一面，大家一起吃了顿海鲜火锅，如果忽略秃顶，肿眼泡儿，大油肚，其实人脾气还是很不错的，对刘蕊也逆来顺受。刘蕊在少奋斗三十年的自我催眠下火速结婚了，焕发了小老板的第二春。

她嫁人那天，看着她穿着洁白的婚纱站在草坪上我激动得哭了。肖文也去了，站在我旁边一直没说话，最后随了份子钱就拉着我走了。我问他什么感受，肖文没说话。我跟他说，你就作吧，跟掰棒子的猴子有什么区别？

肖文后悔也来不及了，现在人家刘蕊的儿子都会打酱油了。当时我也绝对没有想到，兜兜转转，刘蕊的前男友成为了我的未婚夫，早知道结果是今天这样的，当初打死我也不会介绍他俩认识。

电话又响起来。

"亲爱的,我在美容院做全身SPA要不要来?"话筒里都弥漫着刘蕊豪门阔太太的那种寂寞空虚冷。

"说话怎么这味儿?嘴里包着胡萝卜?"我把车速降下来问道。

"没有,脸上贴着面膜,不敢用力张嘴,我怕起褶子。"

"呵,这么注重保养。你已经够美啦。再折腾你家老头儿就更没有安全感了。"我调整了一下蓝牙说道。

她理直气壮地发表着自己的真知灼见:"俗话说得好啊,男人不保养,就等于给另外一个男人打工。女人不注意形象,就等着给另一个女人腾地儿。"

"你这是赤裸裸的炫耀。你这甩手掌柜当着,胖儿子呢?好久没见着他了。"

"唉,前天你没见着兜兜吗?肖文带着去游乐场玩儿了一下午啊,我还以为你也去了。我儿子回来跟我说,妈妈,你跟这个叔叔结婚好不好?我问为什么啊?他说这样我就能天天去游乐场了。哎哟笑死我了。"

"肖文?带你儿子去游乐场?"我在脑子里搜索了一下,前天,前天就是周日,周日我加班。

"哦,你没去啊?难怪也没听兜兜说呢。回来就睡着了这兔崽子。你看,我多诚实,我这是为了避嫌,跟你备案一下,以免滋生内部矛盾。也许他想提前适应当爹的感觉,提前培养一下感情。"

心里一种复杂的情绪涌上来,不愿意多想。

"这样啊,我有些事情想跟你说,晚上一起吃饭吧,六点,脆鱼轩碰头,知道你好这口。我先回公司处理点儿业务。"

挂了电话我有点儿丈二和尚摸不着头脑。肖文是不喜欢小孩的,每次他表姐家的孩子来玩,他也总是嫌弃孩子吵闹,要躲出来找我喝饮料打台球兜风。我还问他如果你将来有孩子了怎么办,他说奶奶和姥姥带。

这样一个人居然能带刘蕊的儿子玩一天。如果是以前我并不介意他是不是跟刘蕊又旧情复燃了，但是，现在不同了，我心里发生了一些微妙的变化，我竟然期待活在上了床就能有结果的年代。

车开到办公室楼下，我熄了火在车上眯了一小会儿，特别困，稍微调整了一下状态才拿包上楼。

摄影棚里，嘉妮和小荷在拍扎染刺绣系列的围巾。小荷是嘉妮最近才带来的模特，很清秀，眼睛里水汪汪的，脸蛋儿上有一抹年画娃娃的红晕，拍照的时候乖巧羞涩，让人联想起小白兔，纯洁无害，挺上镜的，所以疯子欣然留下了。

小荷在幕布前面摆着各种姿势，明媚地笑着，沉思着，眺望着。疯子的快门不停地按着。背景音乐是很幽静的钢琴曲，在这个密闭的空间里，有点儿晕乎乎的，大脑暂时迷失了方向。

嘉妮坐在一旁的长条凳上化妆，看见我进来，就让了一点位置招呼我过去，纤纤细手递过来一盒酸奶。

"给，云姐，这是小李子刚买的，红枣味儿，养颜。"

"你天天就喝这个不吃饭，身体能行吗？"

"当然了，越喝越健康。你看我的毛孔是不是几乎看不见？益生菌代谢肠道垃圾又减肥又饱腹，多好。你也不知道饭店那些菜里啊是不是有地沟油死蟑螂啊神马的。"

"你是说……你从来不吃饭和菜？"我好像看见了另外一个星球的怪物。

"在家里，我老妈做的我当然吃，炖萝卜、煮白菜、凉拌沙拉。"

"哎哟，这也够难为你们这些靠脸蛋儿身材吃饭的，那不是把自己往死里虐吗？你肯定理解不了一个吃货的快乐。"我遗憾地说。

"阿云姐，"嘉妮环住我的脖子压低声音说。"我能问你一个问题吗？你是天生不喜欢笑吗？"

111

"没有啊，呵呵。"我努力咧着嘴露出八颗以上牙齿笑。

"不对，这叫皮笑肉不笑。我说的是那种发自内心的、真正快乐的笑。"

我看着她没有说话，暂时还分不清是敌是友。

"那天在学校碰见你和一个男生在一起，虽然是浅笑，但是我能看出来那个笑容是真正发自内心的，如沐春风，像电影的慢镜头那种味道，缓缓的、舒展的，我第一次看见你还会那样笑。那笑里一定有很多故事，旁若无人样地沉浸其中，以至于我从你旁边经过你都没有发现。我问了疯子，才知道原来是旧情人，他说你是因为那个人这几年才一直郁郁寡欢。我听过这样一句话，单恋是一种伤，失恋是一种病，而恋恋不忘则是终身不愈的残疾。"

我半张着嘴，任谁被说中了心事都很难维持镇定，真想给那个场景配乐、撒花。我重新认识了这个我之前认为徒有其表的女孩儿，她好像洞穿我的全部心思，不留余地。

一众人拥着疯子去楼下吃午饭了，这是一个骚气很重但是很抢手的货色。他会说很多段子下饭，一点儿领导架子都没有，所以他的身边经常围着一群沦陷的姑娘。

众人走远，摄影棚里的喧嚣被寂静取代，这样的氛围真适合聊天。

"疯子当你面儿就敢左拥右抱，这么骚，你也受得了，不吃醋？"

她摇摇头，耸耸肩说："无所谓啊，我当初还不是被他那骚样俘虏的？再说我们是两个独立的人，谁也不需要为谁改变什么，有自己的原则底线就好，如果他触碰到我的底线，我自然会放手，他也一样。网上有句话是这样说的，相爱时手拉手尽情秀恩爱，分手后背对背大步离开。"

我赞许道："真看不出来，你还这么洒脱，如果我早明白这个道理，也不至于这几年……"

"云姐，不如你也讲讲你的爱情故事？"

"嗯？我和肖文吗？我想想啊，其实也没什么可讲的。认识十来年，兜兜转转到了结婚年纪,就这样喽。"

她摇摇头,诡异地笑,表示着不满意这个答案。

"干吗,你是不是肖文的卧底,来试探我的?切,我才不上当。"

嘉妮笑得花枝乱颤,好一会儿才停下来说:"你也太小看我了,肖文和疯子是一丘之貉,都是见异思迁的家伙,不是你这样的情种能驾驭得了的。谈恋爱可以,结婚恐怕不行。这是女人之间的秘密,你也不可以告诉疯子哦,有机会我也讲讲我的情史。你是因为什么爱上的那个人?讲来听听。"

不得不说这个是情商非常高的女孩儿,而且很理性。在这一方面,甘拜下风。我这才消除戒备,仔细回忆,究竟是因为什么爱上了那个人呢?

"因为,一把黑伞。"

"一把黑伞?"

那年的那个雨天,那场意外的非典,我就是因为校门口邂逅那把黑伞,真正爱上的那个人吧。那把黑伞让我之前缥缈的暗恋落到了具象上,那把黑色的伞后来就挂在播音室的窗口,后来被风吹干了,就像一个通往我心灵深处的指路标,触动我心里最柔软的地方。这几年它就像一块黑色的狗皮膏药一直粘在心里,不肯移动半分。

"肖文在你们学校,应该也有很多女孩儿喜欢他那种类型的吧?他怎么就不合你心意?"嘉妮问道。

我说:"那么会哄女孩子开心,满嘴情话,温柔体贴,于无声处撩了惊雷,于闷骚中溢出风骚的男孩子谁不喜欢呢?可是——喜欢一个人始于颜值,陷于才华,忠于人品,这就是那时候我最初形成的爱情观吧。"

"噢,还有一个重要的问题。肖文第一次撞见你们的奸情,什么反应?他们俩那时候就认识吧,他们平时关系怎样,没打起来?"

"还奸情,你倒是会形容。我也有追求真爱的权利好不好。没有打起来,只是不太高兴而已。没过多久他也遇到他的第 N 个真爱了。"

说完这些，我叹了口气，抓起酸奶，递给嘉妮说："味道还真是不错啊。好好拍，喜欢酸奶，公司管饱。"

嘉妮捉住我的手真挚地看着我："阿云姐，他都回来了，你为什么不好好问问这几年发生了什么，也许有什么误会或者隐情呢？如果不能嫁给最爱的人，活着有什么意义？"

我的心莫名地像被击中了一样，疼痛感剧烈。

我的耳根子就是这么软。知音啊，嘉妮。我真想把全世界好喝的酸奶都搬来好好跟你分享，然后坐下来慢慢聊聊爱情这个话题，探讨一下什么才是活着的意义。

如果不能跟最爱的人在一起，我们活着有什么意义？

这句话像紧箍咒一样一遍遍地在脑子里回放。我真是一个矛盾纠结没有坚定立场的人。我当时并没有参透到嘉妮给我的隐晦的暗示，让我去想办法揭开当年王佑泽离开的内幕，所以真相的大门还没有朝我敞开，我到这种时候还是在迷茫着，纠结着。

六点赶到脆鱼轩。

刘蕊姗姗来迟，六点半，从宝马车上下来，兜兜是由司机抱着的，这谱儿摆得有点儿让人羡慕忌妒恨。

大卷头型，粉色的短款皮草，油光滑亮的，胳膊挎着爱马仕的新款包包，五彩的指甲还镶了闪闪的钻。真不是一般的浪。

凑近一看，鼻梁垫过了，双眼皮也割了，还有上学时候的婴儿肥也打过玻尿酸了，五官精雕细琢跟用美图秀秀处理过的一样，叫我说什么好呢，叫我们这些懒得化妆又姿色平庸并且还不敢冒风险整容的人还活不活了，瞬间觉得人真是分三六九等的。

"蕊啊，你这么出来你老公放心吗？"

"这不是有移动监控嘛。"说着朝窗外的司机努努嘴。

兜兜已经被我兜在怀里了，跟猫儿一样一直在我胸前蹭。

"敢情你生的这个是小色狼，这么小就知道吃豆腐了。"

"呵呵，我儿子在幼儿园有小女朋友，才看不上你这头老牛。"她跷着兰花指在我面前显摆。

"兜兜，你这大黄蜂是谁给你买的，借阿姨玩玩呗。"

"不行，是肖叔叔在游乐场给我买的。他让我喊他爸爸，喊一句就买了一个，所以我有七个变形小汽车，被我藏在我的房间里。嘘，不能被我亲爸爸知道了。"

"啊，这缺德的贱人，想当爸爸想疯了吧。兜兜绝对跟他没关系啊，你看这发际线跟他亲爸一模一样，这么小都移到后脑勺儿了，愁死我了。"刘蕊尴尬地嘟囔道，我忍不住哈哈大笑起来。

兜兜抗议："谁叫我爸爸老这么忙，不陪我玩儿。"

趁气氛还不错，我正式宣布："本姑娘计划为民除害，把肖文这贱人纳入本人管辖范围，所以，从今天起，你以后跟这贱人，也是你前男友，来往最好都提前跟我报备。"

刘蕊显然被果汁呛到了，不停地咳嗽，脸震得通红，捂着胸口问："咳咳……你是说……你要和他结婚了？咳咳，不是吧，你想好了吗？咳咳咳……"

我点点头，若有所思地问："你反应怎么这么激烈？是有多出乎意料？还是你俩有奸情？"

刘蕊摇摇头，严肃地说："哎，别瞎想。你要三思啊，你俩真要结婚了，我们的关系还真复杂了，最关键的是，你会后悔的，这个人渣，配不上你！"

我没想到刘蕊会这么评价肖文，平时见面还是打情骂俏的，人渣这个词真是严重了。我当时的理解是——出于忌妒，吃不到葡萄说葡萄酸，所以我也心生不悦。

"蕊，你是不是对于被分手还怀恨在心？当年你们为什么分手？"

刘蕊看了一眼津津有味吃冰激凌的兜兜，垂下眼帘说："算了，算了，当孩子面不说这些陈芝麻烂谷子的事情。你有自己的分析判断，你自己看吧，毕竟我作为这种身份不好评论。只希望，我们俩不要因为他，影响了关系，我就你这一个能说知心话的朋友了。"

抬头发现刘蕊有一丝尴尬，我也不好再说什么，就继续逗兜兜。

"宝贝，这玩具就借阿姨玩一会儿，下回我也陪你去游乐园玩更好玩儿的。"

"不行，不行，你们都不给我买玩具，我要跟肖叔叔和王叔叔去。"

"还有王叔叔？你们隔壁老王？"我哧哧地笑着问刘蕊。刘蕊摇摇头，一脸茫然。

"就是，那个帅哥王叔叔呀，跟肖叔叔在一起的王叔叔啊，他说等我长大一岁要带我去香港迪士尼。"兜兜一边摆弄玩具一边兴奋地回答我。

"嘘，肖叔叔不让我跟你们说，女人最麻烦了。"兜兜滴溜转的大眼睛望着对面的刘蕊说。

我脑子里一闪而过，肖文认识的朋友好像没几个姓王的男性。那，会是王佑泽吗？大家帮我分析分析，情景再现一下，假设王叔叔是王佑泽。

肖文约王佑泽带着兜兜去游乐场玩，这画风不对。肖文带着兜兜在游乐场碰见了王佑泽，然后一起愉快地玩耍，也不对吧。肖文约见了王佑泽顺便带上了兜兜，兜兜还管肖文叫爸爸，这用意……

吃完热气腾腾的火锅，跟刘蕊分道扬镳。宝马车扬尘而去，我带着满腹疑问，坐在车里关了广播，给肖文打了个电话。

刚接通，肖文神秘兮兮地说："亲爱的，这么快就又想我了？要不要我忙完，晚上去你那儿？"

"阿文，我打电话是想问你个事儿，前天你带兜兜去游乐场了？"

"啊？哦，想起来了，是啊，我周末闲着也是闲着，你不是加班嘛，我就带着兜兜去玩儿了一天。我是怕你不高兴，所以没说，但是我发誓啊，刘蕊没去。我接了兜兜就走了。"

"这更奇怪了，孩子亲妈没去，亲爹也没去，你一个外人带着别人家的孩子屁颠屁颠玩儿了一天？"

"没什么奇怪的吧。你想啊，咱以后有了孩子不是也需要育儿经验嘛。这带一天下来我发现，虽然累，但是小孩还真是天赐的小精灵啊，可爱死了，我顺便体验一下当爹的感觉。"

"就你俩？"我试探地问。

"大周末的，那么大一个游乐场，怎么可能就我俩。那个人山人海呀，差点儿没把兜兜挤丢了。"

"然后，就遇见王叔叔了？"

肖文愣了一下，然后说："唉，我就知道你葫芦里卖着药呢。我是联系王佑泽了，我们见面了。我还告诉他，兜兜是我们俩生的儿子，让他死了这个心。我聪明不？"

"什么？"犹如五雷轰顶，凭空冒出这么大一个儿子。如果兜兜是我儿子，还快三岁了，那就意味着王佑泽离开以后，我就火急火燎跟肖文搞上了。

"他……相信了吗？"我强压不快。

"你这第一反应还是关心他的感受。他必须相信啊，兜兜一口一个爸爸叫得我心花怒放。我突然发现小孩儿也并不讨厌，我还真希望自己快点有个这么可爱的儿子。"

"你为什么这么做？"

"我为了让他死心！我为了我们能不节外生枝！我为了我们能顺理成章！我真是够了，妈的，凭什么他没事就冒出来坏我好事！"

真是无语。

"怎么？又心疼了？不是吧，咱俩的计划里本来是没有这么多事儿的，不过现在也没偏离轨道，现在就剩我妈那一关了，撒手锏就是大孙子。

嘿嘿，如果下个月我能甩一张早早孕的化验单在我妈那儿，她一准敲锣打鼓八抬大轿迎娶你过门儿。其实我们家早给我准备新房了，有空带你去看看……喂喂，云儿，在听吗？你在哪儿，我来找你啊。"

脑子里全是乱码，都是糨糊。这样的肖文让我觉得更加陌生。我要嫁的人心思这么缜密，能想出这么个馊主意，后半辈子我们也要这么斗智斗勇地过吗？好像他错了，但是又没有错，他完全可以解释是为了我，是我让他这么缺乏安全感。

错的人是我，从哪里开始错的，我自己都不知道了，我唯一能做的就是装兜兜的妈，继续错下去。

到公寓楼下，肖文也刚好到，车子停在我的旁边，就好像约好了在这里集合一样。

我和肖文在半岛咖啡坐定。

我强打精神，换了一副小鸟依人的模样，肖文在对面给我讲了好几个笑话，有点儿冷，我旁若无人地笑着，眼泪都笑出来了。我用纸巾挡着眼睛擦拭，肖文在嚼着口香糖对自己的表现非常满意。

如果我先知道他做的这件事，我还会半推半就躺在那张床上吗？

在过去的十多年里，我们有过太多的喜怒哀乐，但是只有今天他的谎言和手段让我觉得我们心的距离那么远。不知道是不是因为我介意他撒谎的对象是王佑泽。

误会就误会吧，顶多是名声不好。能报复王佑泽，想到他气得七窍生烟，也不是什么坏事。

如果能亲眼看到他气急败坏的样子，那才叫爽呢。

一周后，收到王佑泽群发的短信。他说，明天，一起给刘妈过最后一个生日，不见不散。

说起来惭愧，从没有给刘妈过过生日，因为她行为低调，特别怕给我们添麻烦，每次生日她都说在外面忙。

我一寻思不对劲儿，事关重大，就只好打电话过去问："为什么说是最后一个生日？"

王佑泽声音低沉地说："这是医生说的。"

"发生什么了？"我被这个消息震惊了。

"膀胱癌。发现的时候就晚期了。明天上午十点直接在医院见吧。"

"惭愧，你怎么知道的？上个月我还去过她家，看得出来她不舒服，可她说是普通感冒。"

王佑泽的声音再次低下去："他儿子小尾巴跟范璐说的。本来他不打算告诉我们，但是刘妈的心愿就是再见见我们几个，我也是因为这个原因回广州的。"

不用问，我也知道刘妈牵挂的是哪几个。挂了电话，脑子里全是刘妈在讲台上龙飞凤舞的样子，还有拿着话筒主持晚会的曼妙身姿。

第二天起了个大早赶往医院，提着蛋糕拿着果篮。路过住院部一楼的食堂，看到王佑泽和范璐在吃早点。他们面前摆放着很多食物，似乎都没什么胃口，一直小声说着话。

王佑泽颔首朝我微微一笑，我走过去打招呼："早啊，你们。"

范璐也回头一愣，旋即也张口说："来得早不如来得巧，一起吃吧。"

我坐下来问："你一直没走啊？这些天你怎么没住我家，真见外。那你住哪儿？"

范璐若无其事拿餐巾纸递给我："噢，你不是忙嘛，我住一个同学家，方便工作对接。"

我点点头，大家都没说话。我真是聊天的终结者，明明刚才看她跟王佑泽有说有笑的。

上学的时候，文学社里谁都能看出来范璐喜欢王佑泽，所有的工作她都主动承担，总是加班走得最晚。我跟王佑泽好了以后，却从来没有为难过我。王佑泽失踪以后，我经常找她倾诉，她也只是淡淡地安慰，无论我怎么骂，她都是波澜不惊的表情，让你猜不出她的真实想法。这两个人性格还真有点儿像。

从她刚才的眼神里，我还是读到了"欣赏、崇拜"这样的字眼，那么上次，范璐也是因为替王佑泽打抱不平才那样讽刺挖苦我的吧！重色轻友的家伙。他们这是已经开始培养感情了？

老天爷怎么就不能放过好人呢。

许久未见，以前那个容光焕发、神采奕奕的刘妈哪里去了？躺在床上瘦弱不堪的老人头发几乎掉了一半，眼睛微闭着，吸着氧气，应该是睡着了。透明液体一滴滴地在一根输液管里汇合，顺着手臂静脉流淌进她的身体，手指偶尔动一下。床头放着一本《呼啸山庄》，我现在还记得当年刘妈在文学社的窗台前，声情并茂地朗诵女主角写在圣经上的句子。

她的声音很甜美，很悠远。

"我第一次相信还有爱情的存在，尽管也许那不叫爱情。被虚荣心轻易摧毁的，是爱情吗？但是不管怎么说让我流下了眼泪，那是心灵深处的呼唤！"

我平时很懒，也不喜欢看书，但是因为刘妈，我读了三遍《呼啸山庄》，我们甚至还写过读后感，在一个狂风肆虐的午后和刘妈一起坐在文学社办公室里分享，甚至分角色朗读。每次我们去她家她都要提这件事。我想，也许刘妈想念那个午后了，一群孩子围在她身边七嘴八舌。

王佑泽在翻看着刘妈的病历，跟小尾巴了解刘妈的病情。

我和范璐静静地坐在病房外的走廊上，小尾巴在我们对面削着苹果。因为从小留着小辫子，所以我们叫他小尾巴，真正的名字我倒不记得了。比我们小个两三岁的样子，以前老觉得他小，拿他的小辫子开玩笑，没想到二十岁的小伙子仍然留着小辫子。

见我又提这茬，他脸一红，说那是他妈特别喜欢女儿，小时候就把他当女儿养。他妈妈工作又特别忙,所以他的生活起居都是他爸爸照料。出意外的那个早上,爸爸帮他编好小辫子就出门了,然后再也没有回来,留小辫子是为了纪念爸爸。

他削好苹果,还切了片装在纸杯里递给范璐,这真是一个细心的大男孩儿。我大概是知道他喜欢范璐的,以前就是范璐的跟屁虫,现在知道范璐还专门坐飞机来看刘妈,那种无法言表的激动呼之欲出,只是因为我的在场而隐忍下来,欲言又止。

看出端倪我想借口出去,没想到他比我溜得还快。

只剩下我和范璐不尴不尬地坐着,空气里流动着水果的甜香气,那苹果就在空气里一点点被氧化。

"璐璐,你为啥闷闷不乐?感觉你不对劲儿。我到底怎么得罪你了?"我终于还是没憋住。

她咬着嘴唇心不在焉。

"再这样就绝交算了,有什么不能说的。"

"那得问你自己吧。我采访你一下,你当年怎么就忍心为了20万放下你和王佑泽的感情?亏他这么多年都想着你,你就没有一点儿愧疚吗?"

我愕然:"你也认为我会为了20万逼走王佑泽?"

范璐抬起头,压低声音:"阿云,难道你们创业的20万不是肖文他爸的关系搞定的吗?这里面没有猫腻吗?说你未婚夫的坏话可能不太好,可是,我还是说了,他就是一混蛋,你们联合起来赶走了王佑泽。要是以前我也怀疑这是传言,可是现在我信了。"

"我就知道你对我有误会。那20万是政府批的创业基金。你怎么就认为是我逼走的他?我创业就是为了留住他啊。这中间一两句话说不清楚,你还替他叫委屈鸣不平了。你知道这几年我是怎么过来的吗?谁在乎过我的感受?"我苦笑道。

范璐凄然:"我不是替他鸣不平,我是为我自己委屈。你说我辛辛苦苦守……"

"嘿,范璐!我们来了!"

走廊上传来嘈杂的声音,七八个昔日校友一齐从电梯里拥了出来,打头的眯缝儿眼一下子叫出了声。

范璐擦了擦眼睛,迎了上去。

病房里,蛋糕上已经插上蜡烛,大家都强颜欢笑。

刘妈因为输液略显浮肿的手勉强合在一起,许了一个长长的愿望,我们都静静地等待着,烛光摇曳,小小的病房显得特别温馨。

我们小声地唱着生日歌,几乎是只有彼此才能听见。每个人都说了一句关于健康吉祥的祝福,刘妈像少女一样羞涩地笑了,蜡黄的脸染上红晕布满笑容。

她说,这是她记忆中最高级别的待遇,最兴师动众的一次生日了。长寿面很好吃,咸淡适口,她希望明年生日还能吃到。

半夜两点,嘉妮打电话给我,说疯子出事了。

我接到嘉妮带着哭腔的电话的时候,几乎是连滚带爬到市中心医院的。一个警察正在病房外给嘉妮做笔录。嘉妮哭得两只眼睛像烂桃子,高跟鞋歪歪扭扭地躺在地上,抱着两条大长腿坐在走廊的椅子上,白皙的大腿从破了口子的丝袜里露出来,头发蓬乱着,双手发抖,衣服上很多血迹,跟平时那个妆容精致楚楚动人的女神形象简直判若两人。

谁能告诉我到底发生了什么?

我脱了外套盖在嘉妮身上,她已经泣不成声,没办法完整地表述事件始末了。

于是我进到病房里,床上的疯子一只胳膊吊着石膏,头上缠着纱布,脸上也挂了彩。他还抡起那只健全的胳膊跟警察比画他的英雄事迹。

疯子说，半夜突然饿了，嘉妮陪他到胡同口吃宵夜，正烤着羊肉串，隔壁桌子上几个喝得醉醺醺的傻×突然就调戏上嘉妮了。其实就是开玩笑，意淫一下。

其中一个小声说那妞身材真正点，半夜还浓妆艳抹的肯定是出来卖的，其实嘉妮是刚走完秀没来得及卸妆。有一个矮子鬼笑得有点儿放荡，说谁半夜叫小姐还不抓紧时间办事儿还有工夫出来宵夜啊。另一个锅盖头也参与讨论说，可能是做那种行业的，养活着一个小白脸。疯子当时就火冒三丈，女神当众被人侮辱这还了得，相当于语言轮奸。然后就抓起一把竹签朝着那群人里戳了过去，对方一通惨叫，反应过来以后集体围攻了疯子。

天黑路滑，社会复杂。

他的伤势目测如下：右胳膊骨折，左耳被竹签戳了一个洞，笔录里自称还有内伤，就是睾丸被哪个王八犊子踩了一脚，隐痛，是否影响传宗接代，待观察。

警察问："你动手之前看清楚是几个人了吗？"

疯子："大概三四个，不对，五个左右，晚上光线暗，没看清楚。"

警察说："九个。"

疯子："我说怎么那么多拳头，噼里啪啦跟雨点一样。"

警察说："以一敌九，你也够爷们的，只是太意气用事了啊！小伙子，你看你付出这么大的代价，值不值？"

疯子看了一眼扶着墙进来的嘉妮说："值！就是90个，该上也得上，是吧媳妇？战死也比怂死强。"

嘉妮噘着小嘴，用纸巾帮他擦额头上沁出的汗，皱着眉头说："别贫了，闭嘴吧，赶紧好好养伤。"

我拦住准备去值班室的医生问："大夫，大夫，他的胳膊怎么样了？有没有大碍？"

医生摘了口罩:"胳膊没什么大碍,养两来月就能恢复。病人反馈头晕,明天早上做脑部CT再进一步确认是否有脑震荡。"

毁了毁了,疯子的胳膊一伤,就耽误大事儿了。

说话间肖文也小跑着,出现在走廊里。

"疯子怎么样了?怎么你难过成这样子?难道撒手人寰了?我兄弟答应见我最后一面的!我心理承受能力不是很强啊,你别吓我!"肖文把手搭在我肩膀上,揽着我战战兢兢地进了病房。

"患难见真情,今天来的都是亲人,亲人哪!"疯子满意地抬手在额头上比画了一下,以示敬意。

"哎哟,吓我一跳,刚才看云儿那表情我还以为我没赶上见最后一面呢。不是,云儿,人家嘉妮哭男朋友正常,你难过什么?这不活蹦乱跳的?"

"你特么的真疯了,你下手的时候就没想想你的职业吗?万一你的胳膊残废了,你还实现毛线的摄影师梦啊。远的不说,我们接下来的拍摄任务怎么办?你大概是忘了国庆大促这档子事儿了吧。"

疯子一拍脑门儿,刚才还眉飞色舞的样儿,一下就跟霜打的茄子一样瘫软在洁白的被褥里,闭嘴接受众人讨伐。

嘉妮就跟眼看要守活寡一样:"你万一有个三长两短让我怎么办?让那些人嘴上占占便宜怎么了,就让他们看得见摸不着。你说你怎么这么笨,天底下你最傻缺。"

疯子朝肖文努努嘴:"是个男人都会这么做,你问问你肖文哥,是不是也会这么做?"

我瞥了一眼肖文,事实上我也很期待肖文会给出什么样的答案。

"不可能,我们不可能遇上那样的事儿。咱云儿相对而言,低调一点儿,穿着不那么惹眼,不会引起非议,是不是,云儿?"

"你会不会说话啊?全场的人都快被你得罪光了。你是说我穿得不够低调呗。假如呢？假如碰见这种状况？"嘉妮不依不饶地问。

肖文不假思索地说："疯子平时看起来挺机灵的一个人，关键时刻犯糊涂。君子报仇十年不晚，毕竟寡不敌众，人家随便说说，你何必当真，又不会少一根汗毛，何必呢？自讨苦吃。我秉承人不犯我我不犯人的原则，不轻易展示弱项。"

听肖文这么说，我简直颜面扫地，恨不得跟那帮混蛋一起群殴了他。

疯子辩解道："怎么是没犯我？噢，当你面意淫你女人，你还怂蛋一样往后退，让女人怎么看？来听听女人们的意见。老谢，你说，你希望你男人怎么做？"

肖文抢着回答说："切，我们家云儿肯定没有嘉妮那么招蜂引蝶，所以呢，假设不存在，也省去了不必要的烦恼。对云儿来讲，大街上被讨论长相身材是多么值得骄傲的事儿，恨不得参与讨论呢。是吧，云儿？"

我一点儿开玩笑的心情都没有，一直盘算着哪个摄影师能把新款照片拍出疯子的水平，听见肖文调侃，一时不知道怎么回答，就岔开话题说："行了，事已至此好好养病才是上策。嘉妮跟我回家去，肖文留下来陪床。剩下的事儿明天再说吧。"

说一句义不容辞保护女人能死吗？！

其实我知道肖文的答案以后，心里很不爽，我早知道他会这么说，偏偏要听这个答案。他就是这样一个人，他的人生字典里永远写着自保、先己后人，他永远没有办法让你踏实地躲在他的安全感之后。

所以是这个原因，才让那个在非典期间为我撑起一把黑伞的王佑泽让我牵挂这么多年吗？

怎么能在这种时候想起王佑泽呢？忘了他，忘了他吧！

我怕当众失态，所以憋着情绪。我没办法撒娇问他，你为什么就不能像疯子那样为了你口口声声说你爱的人拼命？

带嘉妮回到公寓，洗了个热水澡。换上睡衣，嘉妮情绪才算稳定一点儿。因为疯子还在医院，她始终睡不着，我俩开了小台灯窝在床上聊天。

嘉妮随手从包里拿了一盒爱喜点了一根。我把煮好的咖啡端给她。

嘉妮顺手拿起床头柜上的药盒看了一眼："阿云姐，年纪轻轻的，吃什么安眠药啊！你不知道我多崇拜你，职场上叱咤风云，其实也很辛苦吧，你为什么这么拼命？"

为什么呢，说得励志一点儿，为了距离这个美好的世界更近一点儿，为了更多的精彩和自由那部分。

我拿起眼药水点了一下，切换了主题："嘉妮，那天你跟我说如果不能跟爱的人在一起人生还有什么意义，我想问你，疯子是你爱的人吗？"

嘉妮摁灭烟头，认真地看着我说："是，今天的事情让我确定了他就是那个人，他比我想象中的更爱我。我心里知道，他虽然没个正形儿，但是我能感受到他认真了。你不是说嘛，喜欢一个人始于颜值，陷于才华，忠于人品。能为自己豁出命去的就是人品很好吧。或许我也没有我以前说的那么洒脱吧，我15岁就开始恋爱了，交往过四五个男朋友，年纪小不懂爱，所以那些经历没什么特别美好的，只记住了一些互相伤害，所以像刺猬一样学会了自我保护。遇见疯子，一开始也很随性，他是抱着玩玩的心态，他说自己是浪子，我就是他流浪的一个地方，但是今天他敢拿命去拼，确实挺让我感动的，反正跟他在一起我很踏实，好像已经有依赖了，这就是我认为的爱情。虽然我们也吵架也闹分手，但是实际上哪一次也没真分。至于以后是什么结果，谁知道呢，也许他流浪够了就走了，也许会停下来，我们一起安一个家。"

"真羡慕你。这么小的年纪对爱情感悟这么深刻。好好珍惜。"我靠在枕头上叹了一口气。

"今天阿文那么说,只是开玩笑,你别放在心里,真遇到事儿,他也许会像疯子一样勇猛的。"

"也许吧。"我看着窗外心不在焉地应和。

"你当时还没毕业怎么就想创业?真有魄力。疯子说你是为了一个人才这么努力这么拼命,那个人就是那个他吧?"

手一哆嗦,差点儿把水杯掉了。

"跟我说说呗。他为什么走?非典期间敢舍命救你,他最终还是负了你?你们学校的论坛好像还有帖子在讨论这位传奇师兄。"

往事像一记巴掌,打得响亮。

本来是王佑泽和疯子他们毕业,结果我各种兵荒马乱地忙。

我为了体面地留下王佑泽跟我在一个城市绞尽脑汁。

我爱他,我不想他毕业我们就上演劳燕分飞的故事,什么异地恋就更不靠谱儿了。我不能离开这座生活了二十年的城市,更重要的是我不能离开我妈。我爸当年抛弃我们母女的时候,我妈毫无思想准备,哭得肝肠寸断,我就发誓这辈子都不离开她太远。

每一年的毕业生都有提前离校的,却唯独今年我最关注。宿舍走廊到处都是扔掉的废旧用品,楼下也开始有处理二手书籍电脑的,还有失恋的人怅然若失的。每个角落都飘荡着阿杜的《离别》。

那几天总有过山车的感觉,心里假设我跟王佑泽也面临着这种情景,即使躺在床上也会感觉失重,然后鼻腔发酸,胃里泛酸,感觉有东西往喉咙里涌,眼眶发胀有液体即将流出。直到王佑泽安慰我,这些假设都是不存在的,如果在这里找到合适的工作,我就留下来好吗?

我毫不隐晦我心里的想法,书上说,如果太回避和太隐藏内心真实的想法,很容易让对方认为你不够在意,然后不经意错过一生。嗯,是的,所以我不想错过我内心真正想要的。

所以我像热锅上的蚂蚁一样上蹿下跳,我想拼命拼命地留下王佑泽。从人才市场回来的同学说,战斗已经打响,形势异常严峻,找到理想工作的概率很渺茫。

在文学社那个小办公室里,我说了新闻报道的几个其他学校大学生创业的成功案例,然后提出自主创业的想法。

肖文看我这么积极,比较好奇,也同意入股,还把疯子拉进来。当时那种情况,有一个算一个,四个年轻人就这样凑在了一起,彻夜开会商讨关于创业的梦想。

首先创业干什么就颇有争议。从送水到承包快递还有餐馆都被提议过,然后一一否决。开网店卖服装是我提议的,而且那两年有几个棉麻民族风的品牌服装在网上销得火热,所以我把从网上整理的相关数据拿出来分析,觉得这个市场相对空白,就建议卖棉麻服装。相对于时尚品牌,另辟蹊径也许是一条捷径。

男孩子不喜欢跟女装沾边,但是一时又想不出有什么更好的项目。我到处查资料、找货源,做了一份特别考究的PPT,准备择日举行项目说明会。

白天跑批发市场,晚上回去熬夜整理资料,那段日子正值夏天,都晒得脱皮了。我坚持认为棉麻民族风有特色,虽然不大众,但是竞争也没那么强,目前市场占有率虽不高,但逐渐会受到都市人群追捧。

我把目标人群定位在25—40岁、拥有一定经济基础和较高文化素养的现代都市女性。知性唯美的她们,向往在繁华喧嚣的钢筋水泥森林中,能如同游牧民族一样自由,随意地放逐自己,去寻找一个诗意的栖息地。

在快生活冲击的今天,寻找一个让心沉淀下来的理由,享受一种简单优雅的慢生活方式,时尚而不浮华,不正是我们寻找的东西吗?所以品牌取名——慢时尚。

其实王佑泽是最不看好我的创业计划的，我软磨硬泡才来听我的项目说明会。王佑泽的长篇当时进展不太顺利，所以他兴致不是很高。我觉得他做事沉稳，有必要给一点儿意见。

听完以后，他看着我像熊猫眼一样的黑眼圈，有点儿另眼相看的意思，居然带头鼓掌。

接着就该谈实际问题了，那就是钱。这个问题不解决其他都是扯淡。

王佑泽拿出他的全部积蓄两万，我跟疯子一共凑了八千，肖文拿了三万块钱特别有底气地扔在桌上。

他扫了一眼王佑泽的两万块，特别轻蔑地说，还有所保留啊，这么关键的时刻，你的取款单每个月也有好几张吧，每一张也有好几百吧。

王佑泽当他是空气，继续组装电脑。

肖文踢了一下机箱，放在机箱上面的键盘就应声掉下来了。在他眼里王佑泽就是个好性子的人，不敢对他怎么样。

王佑泽这次霍地站了起来，逼近肖文说："肖文，你没必要这样趾高气扬，大家都是希望把事情做好，你拿三万，团队感谢你，我拿两万已经是我的全部所有了，你没有权利质疑。"

肖文梗着小脖："我就有权利，你口口声声说爱云昔，你有钱藏着掖着算爱吗？你算男人吗？"

疯子正在摄影棚调试相机，听见外面的动静不小，也赶紧出来劝架："都是兄弟，有钱出钱有力出力，拿多少是自由，到时候都是算原始股的。哈，别勉强。"

我当时在卫生间，听见外面吵成一锅粥，洗了手就冲了出来："别吵了，事儿还没干先内讧起来了，都挺能耐的。王佑泽不让我告诉你们，但是我必须要说了，以免有人误会。"

说着我从包里拿出早上跟王佑泽去邮局的汇款单："看见了吗？他一直在资助贫困山区的孩子上学。一个自己都是学生，靠熬夜写小说赚钱尽自己的力量去帮助别人的人,你们有什么资格在这里说三道四,嫌弃人家靠自己能力赚来的钱少?"

肖文的脸一下红到耳根,疯子揉揉脑门儿也没趣地走了。

王佑泽走过来拍拍我的肩膀,示意我不要说了。我留下不知所措的肖文,拉着王佑泽下楼,"走,跟我去家具市场买几把二手转椅。"

事后肖文给我发了好几条短信道歉,说他不知道情况,太冲动了。我也回了,我说我不该当大家的面扫他面子,不管怎么说他也是我们的大股东。

钱这东西用时方知少。交完房租,买买办公家具、电脑打印机、摄影辅助器材之类的,进货就捉襟见肘了,不过到底还是凑合着开张试营业了。

那时候疯子已经毕业了,所以从学校搬了出来,就住在我们租的办公室里,条件非常艰苦,一张上下铺支在小仓库里,连窗户都没有。创业基金有限,我们都希望每一分钱都花在刀刃上。

有时候加班到很晚没有车回学校,不舍得打车,我就在办公室拼沙发上凑合一晚。半夜盖着王佑泽的外套,看着他还在噼里啪啦地打字就一阵心酸一阵暖意。

其实创业这个事情有了动力根本不觉得累,只是事后回想起来过程,连自己都唏嘘不已。

王佑泽除了为钱跟肖文起过一次冲突,我从没有见过他发火。他绝不是一个懦弱的男人,而是智慧与才华并存的好脾气先生。所以每次被肖文揶揄,背地里我总是开玩笑地说,王先生好大气。

我们也为资金的短缺愁眉不展,我当时抓着头发,抵着墙说:"哎哟,愁死了,我去街上插个鸡毛卖身创业咋样?"

王佑泽心疼地握着我的手说:"你别管了,我来想办法。"

没过两天,肖文满面春风地来到办公室,神秘兮兮地带来一个天大的好消息。他听他爸说本市大学生创业享受创业基金,他递交了申请材料,相关部门很重视,他爸再走动走动关系,应该没有问题。

"多少钱?"我小心翼翼地问。

"20万。"

"啊!"我当时听到这个消息尖叫一声,一跃而起抱着肖文的脖子说,"阿文哥你太棒了,简直是我们的大救星!"

那天晚上,我跟王佑泽走路回学校,我的心情还沉浸在创业基金的兴奋里,一路踢踏着脚步,大谈我们未来的宏图,信心满满的样子。

星光点点下,王佑泽还是淡得出奇的表情,我后悔当时怎么就没有注意到他的异样呢。其实我看出他笑得不自然,有点儿苦涩,我自以为是地认为这笔基金是肖文搞定的,所以他有点儿吃醋了。

他用他的手包裹着我冰冷的手,笑着问我:"创业对你的意义是什么?"

我脱口而出:"是我的秘密,也是我的全部,我愿意为之付出一切。"

"比我们在一起还重要吗?"

"我们不是在一起吗?一起创业吗一起奋斗吗?一切都在朝着我美好的计划方向全速前进,不是吗?"

我真的很想把一切跟他和盘托出,我想说我这个秘密就是为了留住你啊。可是王佑泽是自尊心那么强的人,这个被他知道以后,他会不会觉得靠女人太窝囊,然后压力太大呢?况且钱还是肖文搞来的。

我想再等等吧,等时机再成熟一点再告诉他这一切,等他的长篇写完以后,等我们积累到一定的资本的时候,等我们谈婚论嫁的时候,可惜没有等到我开口,他就走了。

嘉妮沉浸在我的故事里,聚精会神地看着我。听我讲述完,烟灰缸里已经积累了十多个烟头,卧室里烟雾缭绕,让我看不真切她的脸。

"难怪人家说,你想了解一个男人,就陪他睡一觉;你想了解一个女人,也去陪她睡一觉,受益匪浅啊。他那样走掉肯定有苦衷的,如今回来了你给他一个机会公平跟肖文PK呗。我力挺你跟最爱的人在一起。"

"不可能了,嘉妮。有生之年我再也没有力气这样爱一个人了,因为一旦分开后,你可能再也没法用几年时间,心无旁骛、全力以赴去喜欢别的人了。再也无法碰到那么契合的缘分了,这些我也是几年以后的今天才知道的。现在的我心如止水,反正跟谁都是一生。从头开始太难了,索性找个知根知底的凑合过。"

"云姐,我有件事想告诉你。在今天之前我是打算烂在肚子里的。"

"嗯?什么?"我回头好奇地看着她。

"疯子告诉我,王佑泽走之前,肖文约他见过面,然后两人拼酒了。肖文喝多了,让疯子去接他,那天半夜下起了很大的雨,疯子说二环桥下都积水一米多高了,他绕了很多路才到那里,然后他把烂醉如泥的肖文送到医院去输葡萄糖,第二天王佑泽就走了。你说,会不会跟肖文有关系?后来我再问疯子这件事,他就是绝口不提。"

窗外,东方已经泛起了鱼肚白,清洁车已经哐当哐当地在工作了。一夜无眠居然脑子特别清醒。我穿着宽大的棉布睡衣在屋子里走来走去,我想打电话给肖文问个明白,我想象着肖文和衣躺在陪护床上突然接到我质疑的电话后惊慌失措的脸,想起他撇开公务随叫随到,想起每次我不开心开车去很远的地方给我买哈根达斯。

我举起手机的手又放下了,抓了小米、红枣、花生、百合,一遍遍地淘洗,然后放在煤气灶上,开火熬煮。

嘉妮起了个大早去医院送粥,换肖文回来休息,我呆坐在沙发上等他。

肖文进屋的时候一脸疲惫,对我说:"亲爱的,我在你这里洗个澡,然后睡一觉。你陪我,今天不要去公司了,行不行?"

说着就开始若无其事地脱衬衫。

"等会儿洗，"我抱着膝盖把头埋在臂弯里说，"先坐过来。"

"嘿，你喜欢在沙发上那啥吗？不如，试试？"说着坏笑着就扑了过来。

"肖文，别闹了！！！"

我懊恼他是瞎了吗，都看不见我乌云密布的脸吗？我抬起头看着他："能不能告诉我，你还有什么事情瞒着我？"

"到底谁在闹啊。亲爱的，我能有什么事情？一夜没睡困死了，医院消毒水的味儿真难闻。我对你的真心，天地可鉴，你别疑神疑鬼的哈。刘蕊儿子的事儿我已经解释过了，你不喜欢我跟她来往以后就不联系了成吧？"

"没刘蕊什么事儿，我也不想提王佑泽的名字，但是我为了弄清一件事情，你就忍忍好吧。王佑泽走之前，你见过他？你俩喝过酒？为什么第二天他就走了？这中间到底有什么联系？"

"是王佑泽告诉你的？这小人！没……没什么啊。我们之间能有什么？"他握紧拳头捶在沙发靠背上。

"不打算交代？负隅顽抗？这中间肯定跟我有关系吧。你不说清楚咱俩没完。"

"云昔，你不能这样啊，不要……"肖文伸出双手想过来抱我，我本能地一闪，他的手臂抖得厉害，脸色苍白，一头栽在沙发上喘着粗细不均的气息。

我也没说什么过分的话啊，这丫装得还真像，微眯着眼睛锁着眉头，嘴唇没有一丝血色，头上还沁出汗珠，胳膊垂到沙发边沿，跟往日贫嘴耍酷的样子大相径庭。

我凑到跟前想扶他起来："肖文，你没事吧？别吓我啊，别装了。我可从没听说你有心脏病啊。再不起来我打120了。"

肖文没动，我抽了几张纸给他擦汗，一碰到额头才发现特别烫，显然是发烧了。加上熬夜饥饿，被我一恐吓，会不会是低血糖了？

我把他扶到沙发上坐好，盖上毯子，又从锅里把剩下的半碗粥盛到碗里，一勺勺喂到他嘴里。

肖文翕动着嘴唇，喝着粥，样子像是刚缓过来，表情告诉我他很享受，甚至是心满意足。

看在他还发低烧的分上，我也没打算继续追问了，再问出命案就摊上大事了。

强行给肖文灌了退烧药，我也歪在他旁边睡着了。醒来时已经正午，阳光被对面的玻璃反射在墙壁上，有点儿眼晕，也有点儿恍惚。

此刻门铃被按得震天响，我看了一眼肖文，他已经醒了，在玩手机。我碰碰他用眼神问："谁啊？"因为我的公寓刚买不久，除了肖文疯子好像没人知道。肖文翻了一个身，回答说："可能是我妈。"

我蹑手蹑脚走到门后面从猫眼一看，果然是刘群，一身黑色真丝裙，提着一款豹纹包，火急火燎的样子。我想换件衣服，又担心肖文他妈等不及，趁这工夫把开锁的喊来。

开了门，刘群仔细打量着屋子里的摆设，逛摸一圈目光才落在沙发上病恹恹的肖文身上，其间还不停地嗅着味道，好在我虽然穿着家居服但是还算整齐。

"怎么回事？阿文，你发烧了怎么不去医院躺这儿干吗？她能给你治？"刘群用犀利的眼神看着肖文问。

"没事，就是熬夜了，着了凉。"

"还说没事，嘴唇都烧得起泡了，脸都瘦了一圈，快，妈带你去医院。"

肖文摆手："不去了，我刚吃了药，再说我早上刚从医院回来。我大学同学住院了，我陪了一夜，太困了，哪儿都不去就跟这儿睡觉。"

"儿子，你听妈话，去看看吧，烧出个好歹来可怎么办啊！"

肖文小声辩解着，两人就你一言我一语争执不休，耳朵都吵爆炸了。

"肖文你跟你妈回去吧，阿姨该不高兴了。"我朝肖文挥挥手。

"这房子也太小了，空气都不好。跟妈回去吧，啊，妈让小阿姨给你做好吃的补补。"

肖文推开他妈的手，看着我说："云儿，你还生我的气吗？我会给你解释的，但是你先答应我不生气了行不行。我先把我妈哄走再解释。"

我没说话。

刘群皱着眉头问："呦，小妖精，你这还成风水宝地了。把我轰走，凭什么把我轰走？"

"妈，瞧您说的，不是轰走，是哄，哄啊。我错了行不行，您别添乱了，我这已经火上浇油了。"

"我说你俩能回家吵吗？头疼。"二十来平方米的客厅第一次这么热闹。

"你凭什么赶我们走，你这房子归根结底我们家阿文也有份！"

"阿姨，您说什么？您听好了，这房子是我自己挣钱买的，您儿子没有出钱，我得给您说清楚。"

"那，我问你，你这房子在这地段也得八九十万吧，这首付是开公司赚的吧，这公司我们家是大股东啊，前年我们拿的 20 万……"

"妈，你别说了——"肖文急吼吼地冲到了刘群面前制止了她。

"肖文，你能连这个事情也一起给我解释一下吗？"我彻底蒙圈了，所以脑子很混乱。

肖文面如死灰状，一动不动。这女人跳着脚就奔着我来了："凶什么凶！我说小谢妖精啊，既然你想知道，话都已经说到这分儿上，我让你明白一回，有些话憋我心里好几年了。你以为你现在公司做大了就了不起了是吧？我告诉你，当初如果不是肖文绝食，非要逼他爸把我们的 20 万存款拿出来创业，你们能有今天？肖文说有分红，这么几年一分钱也没拿回来过！你敢这样对我儿子讲话，简直是逆天了！"

"什么，什么，太突然了，麻烦刘阿姨您再说一遍？"

肖文气急败坏地吼："别说了，别说了！妈，你答应我到死都不说的！"

可是我已经听见了。

"肖文，你告诉我，"我蹲在他的面前问，"阿姨说的都是真的吗？那20万的创业基金不是有关部门审批的？不是扶持大学生创业的？你为什么要拿出这么多钱，还瞒了这么久，不告诉我？"

肖文蹲在地上，抓着头发，沉默。

"咱们捋一捋啊。你拿20万是好事，我应该感恩戴德，为什么不早告诉我呢？你为什么这么做？阿姨说得对，我这么对待公司的恩人，我是有多狼心狗肺。"

刘群一屁股坐沙发上："哼，现在知道也不晚。你知道我为什么这么讨厌你了吧？因为在阿文心里，你比我这个辛辛苦苦伺候他二十多年的老妈子都重要。当初肖文口口声声说为了事业，我看明白了，我被他骗了，他根本就是为了你。我还是那句话，我不同意肖文娶一个他管不住的女人。生意不是挺红火的嘛，连本带利都给我还回来，这事儿就一笔勾销了，否则我跟你没完。"

说完，一把把肖文从地上揪了起来，这力气大得惊人，年轻的时候肯定业余练过举重。

"妈，你可不可以别说了。云儿，其实，那个，那个，听我解释……"

刘群气得嘴唇都开始哆嗦了。

"还有什么好解释的。傻儿子，她的心根本不在你这里，就算你赶走了那个姓王的小子，她也没打算跟你过一辈子。你这样死乞白赖的有什么意思？我们老肖家的脸都被你给丢尽了，你跟你爸一样怂。"

"不必了，阿文，你妈解释得已经挺清楚的了。"

"云昔，只有我能给你幸福，能帮你实现梦想，王佑泽他不可以，他没有背景没有钱,所有他被淘汰出局是正常的啊。他自愿去山区支教的,他走的时候不生气,真的,还祝福我俩白头偕老,早生贵子呢。他有女朋友了,他们在一起两年多,你认识的,范璐。"

胃里涌起一股黄连的味道,这感觉如此具象。

真相的大幕徐徐拉开,我的思维已经不受中枢神经控制了,只是重复一句话:"哦,原来是这样。哦,原来是这样。"

刘群把肖文架走以后,我昏睡了一个下午,然后傍晚时分赶到医院。我红着眼睛逼问疯子,疯子对这件事做了补充。

因为我天天为资金短缺的事情长吁短叹、愁容满面,王佑泽背着我,找大家商量对策,结果谁也没什么好的办法,毕竟当年都是穷学生。王佑泽懊恼地说,这是云昔最大的梦想了,如果没有实现她该多遗憾。

所以肖文约王佑泽喝酒,说我倒有个办法,云昔的梦想能不能实现就靠你成全了。我拿20万,你离开广州离开我们,你给不了的,我可以。

此前,我一直想找到王佑泽问个明白,我固执地认为只有他能给我答案,我却不知道真相就在我身边每一个最信任的人心里,我感觉自己遭受到最大的背叛。可是我谁也不能怪,在这件事情上,我是最大的受益人,他们都分别做出了牺牲。

我不知道王佑泽离开的时候是什么样的心情,为什么知道真相的我,这么惆怅。他这几年一定受了很多苦,我还以为他去了国外享受荣华富贵去了,还骂他那么多遍,他宁可忍受我的误解也不解释这件事情。还有范璐,她这几年都跟他在一起,居然能做到对我守口如瓶。我们曾经是那么好的朋友,她一直把我的倾诉当个笑话看吗?

我颤抖着拨通她的电话:"范璐,我想见你。"

电话那端窸窸窣窣作响:"刚好,我也有话跟你说。我在收拾东西,要回杭州了,你来泓景花园接我,送我去机场吧。"

泓景花园？这不是……所谓的同学，不就是……

明明是很热的天气，我却连骨头缝都冒着寒气。踩油门的脚软绵绵的，我是怎么把车开到小区门口的？

一拿手机，收到一条短信。

"时间来不及了，我打车走了，下次再聚，你要好好的。"

哎哟，我的小心脏，真是交友不慎。我朝着空气骂了一句脏话。

第五章

祝你幸福，互不打扰

"范璐说，人生最大的过错是错过。"

"你终于提范璐了？真会给自己找台阶下。陪伴才是最长情的告白吧，不想错过就在一起了？不错啊，所以，这两年你们俩是在一起了吗？"

晴天朗朗，我却独自哀伤。

从没听说过胡思乱想容易发烧，还是高烧40度，烧得晕头转向、胡言乱语。眼睛肿胀得要命，有一只美瞳也不知道掉哪里去了。

拒绝振作。时间在一睡一醒间混混沌沌地流逝，白而小的太阳从东到西，一日复一日。

某日嘉妮又扮作智者，她说："原来有时候互相成全才是最大的互相伤害。你看沟通是多么重要。"这句话听起来有点儿苍凉。当局者迷旁观者清。

我抱着嘉妮的肩膀撕心裂肺地哭。我不知道自己在哭什么，只是觉得浑身上下哪里都痛，心里憋屈，没想到我想知道的真相竟然是这样的。

嘉妮拿着我的手机捣鼓了好一阵子。我的手机"叮叮叮"地响了几下，是短信的声音，然后她神秘兮兮地递给我，说："云姐，我先斩后奏啦。你自己看看，不要打我哦。"

"啥？你又背后搞什么小动作了？"我有气无力地责怪道。

硬撑着从被窝里坐起来翻看手机短信，嘉妮用我的手机给王佑泽发了条短信：你好吗？其实我很想你。

这……丫头，真会断章取义。从哪儿能看出来我想他了？

我朝着洗手间怒吼："嘉妮！你干的好事！"

收到秒回信息，一共三条。

我在外地，一切都好。

你呢，公司应该挺忙的吧。

注意身体，偏头痛又犯了吗？

我看着手机屏幕心头一紧，却不知道回什么合适。

我以前有偏头痛的毛病，每逢天阴下雨疼得更厉害，这太让人崩溃了。王佑泽带我去看过一次中医，开了很多草药，回去以后按说明煎熬，第一次熬好了我还有点儿兴奋，揭开罐子一看原本干枯的蛇皮一下子活灵活现，吓死人了，我哪里还敢喝，王佑泽硬是撬开我的嘴灌了几口。我当时哭丧着脸跟他说，你是不是要毒死我啊。

我感觉自己挺不会说话的，明明很在乎却说的一点儿都不关心。

我握着手机盯着屏幕好像在期待会不会冒出第四条。

嘉妮一边给我拧毛巾敷额头一边哼着歌儿："回忆过去，痛苦的相思忘不了，为何你还来拨动我心跳……"

见我没反应，王佑泽的电话打了过来。嘉妮看了一眼屏幕，朝我扮了个鬼脸儿特别知趣地去洗手间洗漱去了。

我没等他说话，先冷漠地开口："短信不是我发的。别自作多情了。"

"却是我想说的，谢谢月老。"

"请问什么叫你挺在乎的，你既然在乎当初为什么走？你就那么自以为是，以为我爱肖文的钱对不对？你凭什么为了20万就出卖我们的感情，我就值20万对不对？"

"你知道了……"

"闭嘴,我没让你回答。你要真去国外深造也就算了,还去山区支教,真高尚啊,让我连谴责你的理由都没有。一待就是三年,杳无音信,你知道这几年我都怎么找你吗?你以为你是雷锋吗?既然你都这么狠心了,我都准备如你愿了,你又跑回来做什么?还写什么狗屁《遗忘旧时光》的书干什么?还说那些酸溜溜的话又是为什么?天底下最可恨的就是你这种人,你折磨我这么久也该够了,换我了,你等着。"

"……"沉默犹如一片死灰。

"说话啊,该你说的时候你哑巴了?"枕头都湿了,我翻身挪了一个位置继续躺好。

"云昔,有时候我也在想,我做的这个选择到底对不对。那次我去接你,看见你坐肖文的车到学校,他帮你开车门,你笑靥如花,我当时在想,他轻轻一挥手刷刷卡可以给你一切你想要的,可是我的梦想却还在等待实现的路上。纵使我多么难过,我还是要假装大度先回去等你,我不想我夹在中间难为情。你知道吗?很多事情我都是会先考虑你的感受,事实上看到你信心满满地创业,我却对未来陷入一片茫然,我怕我不能给你一个很好的未来,我怕你的梦想没有足够的资金支持,被现实浇灭。我走的时候很矛盾,看你每天为资金的事情愁得吃下下饭,我却爱莫能助。把你托付给你的青梅竹马我也不用担心了,我一直以为你和肖文在一起也是真正的快乐。"

"你以为,你以为,我还以为当初有人说,就算讨饭也是个组合,一个拿碗一个喊,这句话是认真的呢。你别说得那么好听,你不是也跟范璐在一起了嘛,挺好啊,大家都满意了是吧?挺好,简直完美啊。"我揉着太阳穴尽力嘲讽,也许是心有不甘才会如此毒舌。

"三年了,真像一场梦。既然你和肖文已经有孩子了,就好好在一起吧,小家伙挺可爱的。"

听到这句话我嘴里莫名的酸涩,他相信肖文了。

你瞧瞧，我们关系有多乱。哎！

被王佑泽误会就误会吧。就在刚知道肖文解决了公司资金问题，做好事不留名的情况下，三年间失恋受挫都是他安慰的情况下，任劳任怨忍辱负重的情况下，如果我重逢前男友两人就重温旧梦了，这才是于情于理说不过去。

王佑泽辜负过我，我知道被辜负的滋味，所以我不能辜负肖文。不管在逼走王佑泽这件事情里，他做过什么，站在他的角度上，我都可以理解。20万在当时绝对不是一笔小数目，他得跟他妈磨破嘴皮子才能拿出来，搞不好还跪过搓衣板写过军令状。

毕竟他只是拼命地维护着自己的爱情而已。他耍了手段也好，利用了资源也好，撒了谎也好，反正他只是想得到自己想要的。十年如一日的努力，他也应该得到回报。至于得到的是香饽饽还是烫手的山芋，就只有他自己琢磨味道了。但是，既然他想要，我又恰好能满足，那就成全他吧。

我暗示自己，我也会爱上肖文的，眷恋地爱着。

"王先生，你还真挺会替我们一家三口安排的，我替肖文，和我儿子谢谢你，我们会的。就这样吧。"说完我咬着嘴唇准备挂机。

"范璐说，人生最大的过错是错过。"

"你终于提范璐了？真会给自己找台阶下。陪伴才是最长情的告白吧，不想错过就在一起了？不错啊，所以，这两年你们俩是在一起了吗？"

他沉寂半天，叹口气："所以，你是这样理解的？好吧，早点儿休息。"

我切断了电话，颓然扔了手机，脑子里像有千万只蜘蛛正奋力结网。

一抹眼泪就看见嘉妮盘腿坐在床尾，正用笔记本跟疯子视频。

"疯子，疯子，爆炸性新闻，云姐刚才说和肖文有儿子了，她亲口跟旧情人说的，消息绝对可靠。怎么从没听你说过，难道你也不知道？什么时候生的？这么诡异！"

我用脚踢踢嘉妮："嘿，注意形象啊，别那么八卦好不好。你多花点儿心思研究怎么才能让疯子快点儿出院吧。以他那骚劲儿，住久了说不定就把小护士发展成小情人了。"

嘉妮关上电脑，爬到我旁边，妖娆地撩了下海藻般的头发："他敢！本来想帮你找回真爱，没想到你俩还吵吵起来了。你刚才这通电话是认命了吗？你快说说，儿子是不是意外怀孕，未来婆婆不待见，就寄养在乡下亲戚家了？都什么年代了，思想都很开放的啊，接回来，我不工作就有空帮你带。你说这阿文哥，这么大人了怎么还这么怕他妈，好歹是亲骨肉。"

我一脸黑线地看着还沉浸在自己编的故事里出不来的嘉妮。

睁眼到天亮，病情加重的我，在床上左翻右滚，就像透明玻璃上一只苍蝇，看得见光明撞得头破血流却突围不出去。

北京时间 7 点 24 分 36 秒，突闻噩耗。仓库那边物业经理打电话说，楼上水管年久失修漏水，管理人员下班前拿着梯子，把水管用塑料布裹好了，哪知后半夜漏水严重了，管子突然爆裂，导致我们存放布料和成衣的仓库被淹，早上保安巡逻才发现，关了总闸。

屁滚尿流赶到现场，打开门，一大股水涌了出来，一片泽国，半米多的水深，带游泳圈都可以直接游泳了，水上漂浮着还没来得及发出去的订单和我们电商部参加国庆大促准备的新款，新款，新款。重要的事情说三遍。

欲哭无泪。

我们隔壁皮鞋厂更惨，老板娘说人算不如天算，所有资金都押进去了，这一泡皮革变废料，估计要破产了，把 110 和电视台记者都喊来了，在镜头前哭得惨绝人寰。

痛定思痛。一方面核算损失，找物管和楼上业主协商索赔事宜；另一方面紧锣密鼓找采购经理和财务来商量，立马补布匹原料。

因为赔偿需要时间，而订单货款只是收了定金，尾款肯定是一时半会儿收不回来了。被泡商品损失至少在三百万以上，如果再进一批原料，公司流动资金周转就成了问题。一次意外让公司将近回到解放前。

财务小周还告诉我另外一个噩耗，我特批的一个经销商，龚丽丽女士已经好几个月联系不上了，她还欠我们货款12万。这个被老公搞破鞋决绝抛弃的女人，曾信誓旦旦保证一旦赚了钱马上加倍补上，发誓要和我做一辈子无话不谈的朋友的女人，就这样把我抛弃了？

这是人品差，还是运气差？这简直让我怀疑人生，甚至可能成为压倒我意志的最后一根稻草。

疯子打来电话，少有的严肃语气："这么大事儿怎么不告诉我？让你一个人扛，我于心不忍。"

"你还不是知道了。好好养伤吧，我会想办法的。"

"你一个女人别给自己那么大压力，咱就当玩票，亏了就亏了，等我出院再从长计议吧。实在不行，上次说的那个黄总要收购的事儿，我可以打电话约时间再谈一下。"

我说："绝对不行。现在一团糟，我们就这样认输，太遗憾了。再说，你怎么那么喜欢当缩头乌龟，这么小一点儿困难就可以把你打倒了？我们怎么可以在最落魄的时候，随便把公司卖了换钱。这成什么了，向命运投降？这辈子你每每想起这件事，不觉得遗憾吗？你好好养伤，我会想办法的。"

第二天给采购部张经理打了个电话，同意她休年假，我亲自出趟差。

张经理是个40多岁的大姐，性格很豪爽，这次有点儿婆婆妈妈的，问我三遍是不是真的，公司发生这么大的事儿，是不是要有什么变故？我哭笑不得，让她好好陪刚从国外求学回来的儿子。张经理说我平时看起来特别严厉的样子，但是关键时刻还是很有人情味的，特别感动。

我回忆了一下,之前我态度确实很强硬要求她牺牲小我,完成公司的任务。张姐最后感激涕零地表示休假回来一定更兢兢业业,把厂当家。

说得我也很感动,人跟人之间的隔阂就是来自缺乏沟通。如果当初我跟王佑泽能坐下来好好聊聊,也许这痛苦的三年就不会出现在我的人生里。

可是,我们真的回不去了。就像那次并排把车停在十字路口,绿色指示灯亮起的那一刻,我们还是不得不行驶在预设的轨道里,也许此生都不会再有交集。

一大早,我收拾着行李,和嘉妮交代着事情。

"嘉妮,我出门这几天,就住我们家吧,离医院近方便照顾疯子。"

"阿云姐,"嘉妮像只慵懒的猫一样侧着身子,散着一头乌黑的头发,衬得皮肤更加白皙,她似乎还没完全醒,说话也软绵绵的,"你一定要沉着冷静,就算人家老板不愿意赊货,你也别生气,不值当。车到山前必有路。"

"知道。都合作不短的时间了,估计没多大问题。"

其实我心里底气也不足,毕竟这个社会,人情淡漠得很。

早上起了浓雾,能见度特别低,我回公司取了一些要带着出差的资料,在门口拦了一辆出租车。司机一路抱怨不愿意去机场,加了50块钱小费才闭嘴。

紧赶慢赶,到了机场因为天气原因飞机居然晚点了。我给肖文打了个电话,无人接,所以编了条短信,告诉他我出差的事儿,让他照顾好自己,措辞相当客气所以显得生疏,我都能想象肖文看到这条短信病情又加重的模样。

百无聊赖地吃了早餐,又买了几本书,广播已经通知可以登机了。上了飞机刚安顿好准备调到飞行模式,接到我妈打来的电话,她带着哭腔儿说:"阿云,你在哪儿?你弟弟被车撞了,现在在医院,需要大把的钱做手术。"

我第一反应就是我弟弟，我哪个弟弟？几秒钟后确定是老刘和他前妻的儿子。

第二反应就是怎么又是医院，听见这个名词我都有点发怵了。

我想具体问问到底发生了什么事情，空姐已经站在我面前要求我必须马上关闭电子设备。

听我妈的语气肯定事儿不小，只是伤到什么程度，需要大把的钱到底是多少，还是个疑问。

我这个弟弟，涛仔，学名刘小涛。我们没有什么交集，他对我和我妈的到来从没明显的敌意也没有热烈的欢迎，对于这个看起来很和谐的重组家庭，没有任何主观意见，常当我是透明人，我也乐得其所。

我有一次找东西无意间看到过他的日记本，偷偷翻了几页，知道这孩子其实情感很丰富，很想念他亲妈，还把他妈的照片偷偷放在枕罩里，夜深人静的时候拿出来看。对于我和我妈的态度，我也在他日记里找到了答案。他写道，我不干涉爸爸的事情，他一个人带我很辛苦，只要他快乐就好，只是我好像感觉我是个多余的。

我当时很震惊，让我有犯罪感，在这孩子心里，我和我妈喧宾夺主了。我就把日记内容告诉我妈了，所以我妈把母爱一多半都分给这个敏感脆弱的孩子了。青春期的孩子多少都有点儿叛逆，听说他在学校和其他孩子一样会早恋，一样会逃课上网，偶尔还会被叫家长。有次犯了错误拒不认错，老刘把他关在屋子里打了几巴掌。他在日记里说，被我爸打一顿又偷偷安抚，我觉得这是亲爸。这孩子搁这儿找存在感呢。

本来打算在飞机上睡觉打发时间，因为涛仔的事情，心揪到嗓眼儿了，毕竟人命关天，异常不安。

到达目的地后，我给我妈回了电话，得知目前的情况是涛仔在抢救室，昏迷不醒、颅脑损伤、双腿骨折，已经报案了，肇事司机已被警方控制，家里先凑了6万块钱手术费，实在拿不出来了，医生说对于接下来的治疗这只是杯水车薪。

我妈哭着求我无论如何也要帮一把。老刘已经昏迷几次了,我妈说他扛不过去这道坎儿这个家就散了,她说你没看见那个浑身是血的惨劲儿。最后她泣不成声了,好多医生都以为她是涛仔亲生母亲。

我妈还不知道公司发生的事儿,我的私房钱也付了公寓首付,还有一部分也垫付了货款,手头很紧张,可是眼下这种情况不帮忙肯定说不过去。

我第一个想到的就是肖文,这种情况下我毫不犹豫地拨通了电话,结果你猜怎么着,接通还没等肖文说话,我就自顾自地说了情况,结果耳膜被一个尖锐的女声差点儿刺破。

"呸,你个小妖精,还得寸进尺了,想借钱门儿都没有,这还没怎么着呢,就变着法地把钱往自己兜里揣,先是公司用钱,后是买房子,这又开口借钱了,呸,呸,你当我们家肖文是提款机啊……"

接着电话里传来肖文的声音,他问他妈是谁打来的,然后我就挂了。如果我知道电话被老太婆拿着,我死也不会打这个电话,只能怪自己太心急了。挂了电话我躺在宾馆床上呆呆地看着天花板,认真地反思了一下自己的行径。能让刘群讨厌到发指的地步,高血压都差点儿上来了,指不定过几天还能在医院邂逅呢。

我在心里为又一次戳了刘群的心窝感到抱歉,又一次为进他家门槛提高了感到遗憾。

最后是疯子让嘉妮送了7万块钱到医院,才解了燃眉之急。

我相信如果王佑泽知道我要用钱,肯定是砸锅卖铁都能拿到手,但是我不能跟他有经济纠葛了。

已经够乱了,我不想再乱了。

杭州之行,不太顺利,布料和辅料的问题还有待解决。有人问广州本来就有布料批发市场,何必舍近求远,这是有历史渊源的。当时贴牌到自己租厂房生产服装,内心还是挣扎的,资金捉襟见肘,预算不足,不敢压布料。恰好范璐有两个舅舅都在杭州四季青做布料生意。搭上这层关系，原材料压货问题才算得到解决。这几年合作下来已经有默契了，生意做大以后，也没敢忘初衷，所以一直有业务往来。

舅舅听我说明来意，委婉表示市场经济不景气，容他几天时间考虑一下。他介绍的其他几家老板则非常干脆地表示爱莫能助。

临回广州前，还是决定拐到杭州见一下范璐。这一次我们聊天，没有被打扰，除了吃饭，还有解开各自心里的疙瘩。也不吊着各位的胃口了，直接屏蔽寒暄，直奔主题，是时候公布真相了。

我："你和王佑泽的事情，我已经知道了。"

范："你早晚会知道，没想到这么快。你苦苦找了三年的人，我一直都和他在一起支教，你记住，仅仅是工作关系而已，可是我却没有告诉你。你现在杀了我的心都有吧！你还记得吗？我几次邀请你来大安，你不来。你笑着说怕苦，其实不对，你是不敢离开广州，你怕王佑泽突然回来，找不到你，对吧。其实我夹在中间也很难受，因为……一个是我最喜欢的学妹，一个是我最……喜欢的人。"

范："你们都给我去支教扣上一顶高尚的帽子，只有我自己知道，是因为他在那里。我是从刘妈那里知道他地址的，大家都说是你利用完他，和肖文一起把他挤对走的。我之前是不信的，知道你们要结婚了，我才相信这是事实，所以我恨你。他是为了躲你，才去那种鬼地方受罪的，他写字的手曾经因为帮学生砍柴受伤，大拇指差点儿残废。"

范："在学校的时候，我从来没有对他这个人有非分之想，只是单纯的好感，只想远远地看着他幸福就好。但是当我知道他一个人孤苦伶仃在那么苦的地方，我就义无反顾地奔了过去。可是这两年艰苦而幸福的光阴过去了，我们还是很好的朋友、合作伙伴、同事，很遗憾，没能够发展成那种情侣关系，因为他把心藏在了深海之下，谁也看不见的地方。"

范:"有件事告诉你。不上课的时候,他就给你写信,写了100多封,但是从没有见过他邮寄出去。你们在一起发生过那么多事儿啊,他怎么有那么多话跟你说啊,让人忌妒得泛酸。怎么样,我够意思吧,我都告诉你了,反正我也得不到。我只是希望他幸福。你怎么能跟肖文结婚呢,真是的,造化弄人啊。"

"那后来,那些信呢?"我戚戚然问。

"有一次他感染了风寒,一开始没当回事儿,然后发展成了病毒性肺炎,都咳血了。直到孩子期末考完试,人都拖垮了才去县医院住院。他嘱咐我把那些信一定要亲手交给你,跟你说一声对不起。后来我托了爸爸的朋友给他转到市中医院治疗才好利索。病好以后那些信哪儿去了,我也不知道了。我就是那时候想明白一个道理,虽然我在他身边,却不在他心里,所以我就死心了。走之前我做了两件事情。第一,帮他联系了出版社的朋友;第二,劝他回来找你。"

"璐璐……你……"

"他是回来了,可是你呢?在我看来,就是你背叛了你们的爱情。我希望你们在一起,像从前在学校那样,虽然我忌妒得发疯,可是我愿意。你想说我太傻了是不是?其实,我一点儿也不后悔,我妈妈说爱就是守护,爱就是给予。在他最需要你的时候不离不弃,当他不需要你的时候自己走开,陪他走这一程我无怨无悔。我做到了,所以我觉得自己很幸福。你们之间的事情我不想探究了,反正我仁至义尽了,希望你尊重内心的选择。我不光是为你,我更希望他得到幸福。"

到了最后,那个奋不顾身爱过的人,是你这辈子都无法放下的人,在某个深夜还是一样的悲伤,因为还是会想起以前相爱时候那个甜蜜的自己吧。

我原原本本地把创业基金和王佑泽离奇出走的事情告诉了范璐。她不住地叹息，我也不知道她在想些什么。也许更多的话，一言难尽吧。

这几天，肖文说他工作太忙，陪市领导开会，所以我只有乘大巴回市里。

大厅出口远远地走来一个熟悉的身影，他逆流而入，落日的余晖毫无保留地照在他身上，给他镀了一层虚幻的光影。他戴着墨镜，穿着纯白棉布衬衣，有点儿像……我马上否定了自己。他虽然喜欢白灰黑蓝，如果是几年前，还有接机的可能。天知道他过去是多么喜欢不怕麻烦来接我，多么喜欢制造一点儿小惊喜。

如今，我们都形同陌路了，怎么可能是他。人家如今大小也算是名人了，我不敢自恋。

我还沉浸在异常活跃的思想活动中，那个身影已经慢慢开始朝这边移动了。虽然看不清表情但是这身姿步伐错不了，慢慢地慢慢地，走过来了。

十五米，十米，就在离我五米的位置站定，还真是他。他定定地站在嘈杂的人群里，沉静地等待的姿态。

在这种地方遇见王佑泽，在我意料之外，来得有点儿突然。

心里一时微甜，一时微酸，一时微苦，总之是充盈着种种情绪，竟然夹杂着一丝偶遇故人的喜悦和见到亲人一般的欢喜。真的太，太厚颜无耻了。

西边的晚霞很灿烂，把机场的大厅映衬得像座宫殿。有些许恍惚，依稀看见我的王子骑着大白马站我对面，可是我却不敢迎上前去，因为已经过了午夜十二点，灰姑娘没有水晶鞋，旁白还写着：她有未婚夫了。

"你回来了？"他摘下墨镜，嘴角上扬，目光清澈，看似漫不经心地问。我傻愣着。他很随意地伸手接过我的拉杆箱。我的手解放出来以后，居然没地儿可放，索性插在兜里，刻意保持着距离，一前一后往外走。

这是专程来接我？谁稀罕。那么问题来了，他是怎么知道我今天回来？会神机妙算？

"我送我堂姐去上海。范璐说你今天回来，顺便而已。"

"谢。"

就在我早已下决心跟一个人彻底划清界限，一个人往前走的时候，对方的一句话又让你泄了气，说到底还是意志力不坚定，而且我还没出息地接话了。

"听范璐说公司的库房淹了。不要着急，大家一起想办法。"

是啊，我还忘了他也是公司原始股东了。毫不客气地回："那赶紧想办法吧。迫在眉睫。"

"马上要国庆了，物流很慢，等新布匹运到这里，重新下单生产恐怕赶不上了。库房现有可以用的布料，我刚才找保安要了纸笔重新设计了一个款式，倒可以作为新款试试参加节日大促。"

我嘲讽道："你？你还会设计服装？还刚才设计的？别逗了好吗？你刚刚也说了，重新下单生产都来不及了。再说，你也没学过，服装设计哪有那么简单的。"

他嘴角抿出一段淡淡的弧度，从口袋里拿出一组设计图："你先看看再说。"

我将信将疑地打开。

这组设计图不是出自专业设计师之手，倒像是漫画，还有名字叫"无形"。我还在研究怎么个套路，王佑泽解释说，这是他支教的时候，从山里劳动女性的身上得到的灵感。她们为了省钱，用净色不经裁剪、缝合的矩形布料作为衣服，根据季节、劳作场合、天气变化等在身上披挂、缠绕、别针、束带的方式，来达到保暖、装饰、防晒等目的。布料可以固定在人体的肩部、胸部、腰部，面料会形成自然下垂的褶皱，人体在服装中若隐若现，就被赋予了一种生动的神采，体现出人类对自然的崇尚和人性的尊重。这样设计的优势是节省生产时间,创意无穷,减少撞衫的机会。

他还说,他怕与时尚脱轨,特意查了资料。古希腊神话里,女神也是优雅飘逸见长的透视风格,舒适慵懒,随意自然,符合我们的产品定位,又有创新,同时不拘泥于花色,几乎所有现存布料都可以用上。

这个想法简单又有创意,我越琢磨越觉得有意思。我马上把创意发给设计师,大家第一时间开会讨论。当没有得到验证之前,心情还是忐忑的,怕不被市场接受。事后证明他这个设计非常巧妙,符合大众消费追求新奇的心理,又解决了燃眉之急,一经推出,客户反响极好,国庆三天大促订单量是平时一个季度的总和。

这后来让我一度怀疑他是个商业奇才。

走到停车场,王佑泽问我去哪里,他说他等会儿要去学校,邓主任有套集资房的名额,想转让给他。我还在想着是直接去医院还是去公司看一眼时,电话响起。

"妈,我已经回来了,马上去医院,你别着急。"

"阿云,带钱来。"听这急促的语气就知道我妈很着急。

"噢,好。还差多少?"

"医生说专家会诊过了,要再做一次开颅手术,说是要排水什么的,反正是又差钱了,越多越好。你一定要想想办法,你没看见孩子有多可怜。这是老刘的命根子,他不能有事。"

"这么严重,肇事司机不出钱吗?"

"那是个外地人,开五金店的,老家还有个小脑萎缩的老妈。他已经拿不出钱了,已经报保险公司了,但是要走程序,我们等不起,时间就是生命。"

"好,我再想想办法。"

挂了电话,我挨个翻起了通讯录。我身边有钱也有一定交情的也就是刘蕊了。

居然打不通电话。我把大拇指按在肖文的名字上，又触电般地移开了，因为刘群的脸浮现在手机屏幕上，一脸鄙夷。

我转向王佑泽，开始打他的主意："你刚才是不是说你要买房子？"

"嗯。"

"你有多少钱？把我的公寓卖给你吧，也就住了半年时间，刚好还有你的书啊手稿啊那些的东西，电器家具齐全，拎包入住。不过你得给现钱。贱卖，急用。"

"……"

"喂，你拉着我行李箱要去哪里？"

他沉声道："走吧。去医院。我都听见了。"

到达医院已经天黑，灯火通明，到处都是消毒水的味道，从小我就怕这种地方。

我见到了准备进手术室的涛仔。剃了光头，一整张脸肿得变形了，全身插满了管子，双腿都打了石膏。怎一个惨字了得。

那道铁门"嘭"的一声就关上了。趴在门上哭得肝肠寸断的女人，被我妈扶着坐在长椅上。

她的头发被烫成了方便面，遮住了半边脸，露出来的半边脸哭得跟抛了光一样。老刘还把热毛巾拧干递到她面前，她一把甩开。我妈接过毛巾来不顾她的反对，一边摁住后脑勺儿一边擦了起来。

我搞明白这三个人的关系之后，对我妈的胸怀感到无比的敬仰。这三个人，有千丝万缕的联系，分别是老刘，以及他的前任和现任。

我妈一边给方便面擦脸，一边神情严肃地打量我和王佑泽。

王佑泽欠了欠身，打了招呼，然后把我的行李箱立在门口，果篮放在病房的床头柜上。一切做得悄无声息，谦卑有礼。

我妈说："这位，看起来很面熟啊。你不就是那个……"

我打断了她:"妈,妈,你们吃晚饭没有,饿不饿啊?"

我怕她说,你不就是那个阿云经常拿刀戳相片的小子嘛。

其实我妈和王佑泽见过一面。

大三寒假有一次,我挽着王佑泽的胳膊在学校附近商贸城一楼,碰见我妈跟她的牌友古阿姨牵着一条吉娃娃往外走。

我妈本来没看见我们,古阿姨眼尖,提醒了我妈,于是两人一起上下打量王佑泽。

我有点儿不好意思地说:"那个,是我同学,叫王佑泽。这是我妈。"

王佑泽也没想到怎么就突然见家长了,有点局促,看看我,还在酝酿怎么措辞。

我妈心直口快地说:"哎哟喂,这是谁家姑娘长得真俊哪。又瘦又高。"

那天我们俩穿的是情侣装的卡其色风衣,加上王佑泽戴着我们刚买的女式雷锋帽,就露出饱满光洁的额头和浓密的睫毛,乍一看还真像女孩儿。

"那个谁,阿文呢?你怎么跟你同学出来,不带阿文一起啊。这样也好当个护花使者保护你俩,年底了贼多。"

我俩一句话都还没机会说呢,她又秒转身跟古阿姨说:"我们院老肖家的阿文真是好孩子啊,我家阿云真有眼光,我昨天打麻将输了200块钱,当时没带够,是阿文路过替我给的,这孩子特别孝顺。哎,还有上次啊……"

我拉着王佑泽赶紧离开是非之地,再聊下去不一定能说出点儿什么来。可是我奇怪的是,王佑泽从来没有问过半句肖文的事情。不管是之前还是之后,他从没有主动提起过,更别说乱吃醋。

方便面听见我的声音,吃惊地扒开毛巾缝鬼鬼祟祟地看了我一眼。我也看了看她,觉得这身材很眼熟,一身的棉麻打扮好像从哪个古镇刚旅游回来。再定睛一看,这做工这裁剪,这设计,怎么那么像是我们公司的子品牌。

冤家路窄，居然是龚丽丽，我们公司的品牌二级代理商。当财务告诉我她欠了12万货款跑路了，我追杀她的心情都有。谁愿意自己的善良被人利用？刚才只是她眼睛哭肿了，加上没有化妆，所以没有及时认出来。

我跟龚丽丽一开始算忘年交吧，认识就颇具戏剧性。我们是网友，通过一个情感论坛认识。龚丽丽在坛子里义愤填膺地谴责她前夫怎么怎么无情怎么怎么没本事，一大堆人攻击她言语狠毒，应该好聚好散，只有我出于同情安慰了她。我当时挺能理解她的，觉得她很勇敢，因为我只敢在心里诅咒。然后我俩成了无话不说的朋友，她还专门从汕尾坐车跑到广州来，我们一起喝咖啡、吃晚饭、看电影，在酒吧喝得烂醉。

我们无话不谈，聊天的主要对象就是我前男友和他前夫，抨击大于褒奖，偶尔也因为回忆到幸福时光而泪流满面。

当她得知我是做服饰的时候，毫不犹豫地盘了门面开了实体店，而且生意还很不错，真是一举两得，皆大欢喜。一是交了知心朋友，二是她离婚后也自力更生赚钱了。

去年冬天龚丽丽赊了一批货，说春节前付款，后面发了几条春节祝福短信，提到货款就信誓旦旦地保证肯定给，但是暂时有困难倒腾不开，再缓缓。后来电话都不接了，确切地说她利用了我的信任，坑了我。

每次想起这件事，我就感觉自己像吃了苍蝇一样反胃，看见叫丽丽的我就条件反射般恶心。疯子说她一开始接近我就是有预谋的，就是奔着骗钱来的，只是潜伏期有点儿长。关于前夫啊那些都是编出来为了博得我同情打的感情牌而已。

此刻，她看我一眼默默地低下头，又看我一眼又低下头，跟受尽委屈的小媳妇一样。

她嘴里那个十恶不赦的前夫，请允许我对号入座，就是平时爱下下象棋、思想古板的我的后爸老刘。她想着要千刀万剐的姓郑的、占了她老窝欺负她儿子的女人，应该就是我妈。我就是后妈带来的那个恶姐姐。

世界就是这么小。

我妈不明所以，说："阿云啊，这是，是涛仔的妈妈，你叫龚阿姨。"

"我还是叫你丽丽姐吧。"我盯着她云淡风轻地说。

"小谢啊，我，我……我对不起你，谢谢你救我的儿子。我赎罪，我做牛做马赎罪。我对不起你。"

"谢谢您还记得我。别来无恙。"我冷冷地回了一句。

她拉我出了病房。

"我当时，当时真是瞎了眼啊，我后悔啊。我认识了一个男的，他说他在机关工作，他说他想跟我结婚过日子，他说他能帮我炒股赚钱，我都相信了。后来我才知道他是无业游民，成天吃喝嫖赌，我服装店的钱都被他骗光了，所以我就没钱给你了。过年的时候我回来看过一次涛仔，涛仔领我偷偷看过你们，我当时以为你妈就是破坏我幸福的那个人，所以我心里有气，才故意不跟你联系的。我现在知道了，不是那样的。我们离婚是因为没有感情了，不关别人的事。"

走廊上到处飘着她哀怨的声音。

"我识别那个无赖的真面目以后，想跟他断了，谁知道他经常来捣乱，我也无心经营就把服装店转让出去了。我后悔失去你这个朋友，我辜负了你的信任。我知道我没有脸再见你，我心里早就后悔了。你相信我，给我一点儿时间，我一定把钱还给你。"

那一刻，我靠一首歌平息了我的哀怨与不满。

杨坤唱道：原谅这世界所有的不对。

无心恋战。人生的各种际遇再一次让人唏嘘不已。好好珍惜眼前拥有的自由、生命、一切。

医生来查房，大家都默默地靠在一起，听主治医生分析涛仔的情况。

大概意思是第七节脊椎断裂导致神经损坏,下半身瘫痪的可能性非常大。

这个结果对于我们大家简直是灾难性的。这么年轻的一条生命就这样因为一场意外后半生要在病床上度过,他喜欢的旅行和足球都将与他无关,他的亲人都将承受来自经济、精神方面的多重压力。

谁也不知道这样的日子什么时候是个头。这个结局真的很糟糕,但是我们不得不面对。

老刘一下子就瘫软在地上,头顶仿佛一夜之间都白了,远远看去就像戴了一顶白帽子。

龚丽丽捂着嘴扶着墙,喃喃自语:"都是我造的孽啊,都是我该死,没有照顾好儿子,没有尽到当妈的责任。"

我妈用怜悯的眼神看着我,然后把我紧紧地抱在怀里,像小时候我亲爸把我忘记在木材厂门口那次一样。半夜里,她在清冷的月光下,着急忙慌地跳下三轮车飞奔过来把我一把搂住,什么也没说,只是不停地抽噎,拍着我的背安抚着我,好像失而复得的宝贝。

我差点儿把王佑泽忘记了。

其实在刚才这个哀伤的画面里,在一群精神几近崩溃的人群当中,他在画面之外沉默地做着比任何哭泣都重要都实际的事情。

他去收费窗口,换了一沓缴费票据。

"谢谢,我会想办法尽快还你。"我伸手接过来。

他好像没听见一样把一张银行卡递过来:"这卡你拿着先急用吧。密码你知道。"

"啊?不行,这钱是你要买集资房的吧。那你怎么办?"

他一脸冷漠地丢在我手里:"救命更要紧,拿着。"

手续费治疗费的难题这么快就给解决了。

反应最激烈的是龚丽丽,她一把鼻涕一把泪扑倒在我和王佑泽面前,嗓子已经沙哑了,一句话都说不出来。

我妈也看着王佑泽,说:"阿姨不太会说话。云昔有你这么仗义的朋友真是福气好啊,人家都说患难见真情,多亏你了。你放心,我们一定会想办法尽快把这钱还上的。"

王佑泽接了一杯温水给我妈,安慰她说:"阿姨别太着急了,只要孩子能醒过来,比什么都强。需要我帮忙的地方尽管说,我给您留个电话。"

老刘扶着我的肩膀,老泪纵横:"阿云啊,我对不起你,我做得不够好,没有真正关心过你,没有给你买过一件衣服,没给你过过一次生日,没有像对你弟弟那样对你好。非典那次我让你走后,还跟你妈撒谎说你没有回来过,之后我心里非常自责。你们娘俩受委屈了,你弟弟这次意外,真是多亏了你和你朋友的帮忙,以后我一定拿真心待你们……"

啥,我一直觉得他这样对我并无不妥,好像一个天天吃白菜萝卜的孩子,都吃得心安理得。你突然告诉我,其实有大鱼大肉藏着就没给我吃,这样一想有点儿失落。

唉,没时间计较这些了。

第二天早上,刘蕊带着儿子,刘群也带着儿子一起出现在医院里,刘群听医生说完病情,眉头越皱越紧。

肖文第一眼看的不是手术室,而是王佑泽,如临大敌。

刘蕊拉我在走廊解释,昨天没带电话,收到短信就来了。说完塞给我一张有三万多块的银行卡,说这是她的私房钱,先用着,不够再说,千万不能被她婆婆知道了。

我感激地道谢。

真正遇事儿了,才知道谁会对你全力以赴,谁对你熟视无睹;落难了,才明白谁是焦急牵挂,谁是转身天涯。

刘群走出来,温柔地冲刘蕊点点头:"里面那个孩子……是你的?"

刘蕊愣了,精致的脸有点儿红。这是她第一次见刘群,她大概没想到,大家公认的恶婆婆居然对自己是这般慈眉善目，还主动搭讪。

她回头看了一眼病房，有点儿反常地警惕地问："是的，怎么了？"

"哦，没事没事，就是觉得这孩子长得好看。你也是我儿子阿文的朋友吧？"

刘蕊点了一下头，算是有点别扭地承认了。她瞄了我一眼，说："那个，我们，我们都是阿云的朋友。我还有事儿，先走了，你们聊。"

肖文抱着正在玩打火机的兜兜出来。

刘蕊厉声喊兜兜走，小家伙抱着肖文的脖子不肯下来："我要跟他玩嘛。"

刘蕊喝道："听话，乖，我还有事儿！赶紧走。"

谁知兜兜却越发把肖文抱得紧，刘群也过来劝让她别吓着孩子。

刘蕊这才语气软下来："那你先在这儿玩着，我先去体检，然后来接你行不行？"

刘群特别高兴地接话："这样好，刚好我有空儿，我帮你带一会儿，我挺喜欢这孩子的。"

我默默地回手术室门口等，不掺和他们的事儿。肖文也跟过来："云儿，涛仔的手术大概什么时候结束？"

"我也不知道，上帝保佑没事。等不及你先走吧。"

"不是这个意思，我是担心这么长时间，他扛不住。"

"乌鸦嘴。"我瞥了一眼不远处逗兜兜的刘群，"看得出来，你妈挺喜欢兜兜啊。"

肖文附在我耳边说："她是想大孙子想疯了。所以，咱们得抓紧呀。"

我回了他一个白眼。

手术灯灭，门被打开。手术一切顺利，提到嗓子眼儿的心也放下了。龚丽丽和老刘争着留下来陪护。肖文说了一大堆安慰的话，就被他妈带走了。

王佑泽要赶回学校跟老师解释为毛这么大的便宜说不占就不占了的

原因，以及为辜负了老师一片心意而道歉。

我送他下楼，彼此什么都没有说。走到医院大门口他回头笑了笑，我终于明白我为什么以前喜欢看他的笑了。他笑起来的时候，眼角总是溢出很多的温柔，一直萦绕在他身边的清冷气息都不见了。

我也想笑一下，可是笑着笑着眼泪就出来了。

我没有料到他走了几步又会返回来，所以他就看到了我蹲地上抱着膝盖，丝毫不顾形象，哭得有点儿惨的一幕。他手里多了纸巾和依云矿泉水。

我边擦脸边说："虽然感觉很假，我还是说了，谢谢你啊。钱会尽快还你的。"

我是个恩怨分明的人。

王佑泽的眼睛好像漫着星光的湖水，随时会倾泻天边。他皱着眉头没说话。

"还有，又拖累你了，害你被老师骂。"

"没事，能救命才是钱最大的价值。好好照顾自己，到家了说一声。你的状态不适合开车。"

好好照顾自己，这句话太熟悉了。

以前每次放寒假暑假，每次送他到火车站他都会嘱咐我好好照顾自己。有一次他看我在站台一直挥手郁郁寡欢的样子，在火车临开走的前几秒突然跳下车多陪了我两天。他说每次听我说回去不好好吃饭心里都不是滋味。

说得有点儿暖意，听得我感觉时光倒流了，我显然忘记我们现在这种复杂的关系了。

我看着他干净的侧脸，忍不住说出盘旋在我心里的话："咱们再打个赌吧。"

"怎么赌？"他的目光清湛且带着探寻的味道。

"看谁能做到不联系对方。"

"什么意思?"他沉声问。

"谁先联系对方谁就输了。"我眨了眨眼睛迎上他的目光。

"不用赌,你赢了。"他嘘了一口气苦笑一下回道,继而慢悠悠地补充,"我会先联系你吧,毕竟我是债主,万一欠债人跑路了呢。"

"好。那等还你钱以后吧,我再跟你赌……"

"你还跟过去一样调皮……喜欢打赌。"他偏过头去叹了口气,眉宇间充斥着浓浓的墨色,一脸冷漠地走了。

第六章
旧爱忘不掉，是新欢不够好吗

我怀念以前那份纯真的感情，我怀念我不知道秘密之前的那个肖文。我以为过去的三年是我最难熬的时间，有些事情一旦揭开真相，接下来的相处才是最要命的。

送我妈回家休息。

上了出租车，还没说到三句话，她就靠在出租车后排睡着了，还打起了呼噜，时断时续。我示意司机大哥把车速降下来，窗户升起来。他刚想开口讲话，我朝他嘘了一下，他一哆嗦，说："别吹口哨，我尿急。"

说着回头看我妈一眼，悄声问我："您看，这就到了，给您停哪儿啊？"

我凑到他跟前说："就这速度围着小区绕弯儿吧，我妈什么时候醒什么时候算，老人在医院陪护太累了，不耽误你吧。"

司机大哥特别客气，朝我竖起了大拇指："行，靓女哏孝顺咯。"

那一觉我妈睡得真长啊，天都要黑了，我和司机百无聊赖地聊起人生、理想、幸福、活着的意义。大哥可能也就30岁出头，刚开始做服务行业，所以对客户的各种奇葩要求还热忱地保持着极高的配合度。

三个小时后，我们都困得睁不开眼睛了，车子停路边熄了火，我妈迷迷糊糊睁了一下眼，还以为等红灯呢，看我没有叫醒她的意思，换个睡姿又睡了。

小区大妈们广场舞音乐开启的瞬间,我妈一个激灵坐起来,看看窗外熟悉的建筑物,熟悉的音乐《鸿雁》,再看看前排我跟司机大哥头朝两边的睡姿,把我们喊醒就嚷嚷起来。

"我说你这小伙子,你怎么开车的?这么不敬业,都到门口了也不喊我们,还自个儿睡着了。"

司机无辜地看看我,我悄悄摆摆手示意他不用解释,然后从钱包里抽出500元钱递给他。要说这司机大哥还真是好人,就收了200,还谢谢我陪他聊天让他收获很多。

心里满满的感动。

我妈下了车,擦擦口水,还问我:"怎么放他走了?就这么着让他走了?还给钱,莫名其妙啊,你傻啊。"

我一手拖着箱子,一手拉着我妈,十指相扣。

满手都是老茧啊,都是做家务磨出来的,很是粗糙。她的步伐都没有以前那么轻快了,微微地喘粗气。

我意识到,她真的老了。如果躺在医院里的人是我,我妈到底还能不能撑下去?老刘会不会如此这般难过?平时以为,只要给我妈钱,陪不陪在身边都无所谓,现在才知道自己大错特错了。

到家快速洗了一个澡,设好闹钟,抓紧时间躺床上休息。我妈在房间里收拾衣服被褥,四周静谧得很,还能闻见窗外青草生长的芬芳。老刘养的那只画眉不知疲倦地叫着等我们喂食。

也许太疲倦了,很快就进入梦乡,闹铃响起的时候,我妈已经把青菜瘦肉粥盛好了,满室飘香,让人特别有食欲,这个味道我小的时候就很熟悉。我妈说小时候家里不富裕,每次买肉也只能买一小块儿,然后就剁碎,拼命往里面加青菜,煮成一锅粥,然后一家子吃。

我那时候就想,等我长大了赚钱了,要搞一锅肉只加一小点儿青菜。

后来长大后，果然见过这道菜，就是蒸肉饼啊。

心满意足地吃完粥，准备去公司了。我妈叮嘱我路上小心。

刚开门，下了两级台阶就听见肖文家门打开了。

前面是健硕有力的脚步声，后面伴随着刘群的千叮咛万嘱咐："猪肠粉啊，四碗，快去快回，要老东边儿光头老何他们家的，干净，至少不会吃到头发。你姥姥那碗要软乎一点儿。"

没等肖文回答，门就"咣"的一声关上了。

"阿姨，阿姨，大清早的您要去哪儿啊？"

天阴的缘故，楼道有点儿黑，我一级级地摸索着下台阶，身后传来肖文的声音。

"别乱叫，仔细瞧瞧，你有这么年轻的阿姨吗？"

肖文听见是我的声音，快步跟了下来："云儿啊，感应灯坏了，我还以为是你妈呢。昨晚短信也没回，你怎么了？"

"太累了，睡得早。你让开，我要上班去了。"

"摄影公司问我们计划什么时候去拍婚纱照？"

走到院子里，光线一下子变亮了。我停下来，打量了一下肖文，他穿着耐克的帽衫，站在有点儿清冷的朝阳里，眼神有些陌生。

都什么局面了，我公司几百匹布料和衣服被水泡等待处理，还在和楼上商贸公司打着官司，现金流也出现了问题，我弟弟还躺在医院里，他问我什么时候拍婚纱照？

不知道是不是我贪得无厌，否则我没法解释，作为好朋友的肖文，为我做的那么多，而现在，作为未婚夫，他没有问过一句我是否应付得过来，我是否需要帮忙。

如果我们之间还只是单纯地只有友谊，暧昧没有挑破，也许这个友谊可以长长久久。可是现在，这份掺杂太多东西的感情，因为我的草率、虚荣、自以为是，变得千疮百孔了，我欲哭无泪。

心像春日里落在地上的花瓣，被反复碾轧，最后过往的光亮和温情全都变成一地狼藉。

我怀念以前那份纯真的感情，我怀念我不知道秘密之前的那个肖文。我曾经以为过去的三年是我最难熬的时间，可有些事情一旦揭开真相，接下来的相处才是最要命的。

我抬头眯眼看看肖文他们家阳台，问肖文："昨晚你姥姥的洗脚水倒了没有？"

"啊，什么？"

我接着说："别再跟着我了啊，我怕你妈发现你跟我在一起，泼昨天晚上的洗脚水。我可没有衣服能换了。"

"你故意逗我是不是？"

我颓然摇摇头。"肖文，我真的很累，我们家出了这么大的事情，我没心情开玩笑。"

肖文愣了一下，然后说："我也很想帮你分担一些压力，可是我的工资卡被我妈拿走了。你知道，她掌握着我们家的财政大权，我知道她是故意的，我已经誓死反抗了，可是没用啊，所以……"

"没事的，我先上班去了。"

"你没开车啊，我送你，我送你去。我带着车钥匙呢。"

我摆摆手："买猪肠粉去吧，姥姥还等着吃呢。"

到了公司，同事们都到齐了，一派忙碌的景象，大家看我进来都热情地打招呼。

"谢总早上好。"

小李子边吃包子边修图。

"小李子，不错啊，这照片拍得快赶上你师傅的水平了。他胳膊还没好利索，是你这徒弟发挥才能的时候了。"

小李子把半个包子从嘴里抠出来，哭丧着脸说："谢总，好眼力啊，介奏是俺师傅拍滴。师傅堪称摄影界的杨过啊，你瞅瞅，比胳膊断之前拍得还好。"

小李子长得有点儿像《康熙微服私访记》里面的三德子，所以说话也经常好模仿两句。

走到摄影棚一看，化妆师正在给小荷补妆。我们伟大的摄影师疯子先生发扬了身残志坚的精神，一边胳膊绑着石膏绷带，抬着那只健全的胳膊指使萌萌布景试镜。

我将信将疑地接过相机一看，这拍照的水平果然跟过去无异，甚至有些作品更突出了服饰卖点，有杂志封面的即视感。

"老谢你回来了，这几天都快忙死我了，兼顾了你的工作，你快夸我几句吧。咱这敬业精神，谁人能比。"

我调侃道："你那只胳膊看来是多余的啊，要不要都无所谓了。"

"还是留着吧，哥们儿上个厕所都得人跟在后边提裤子，还有没有一点儿男人的尊严了。"

"嘉妮呢？这一期都是小荷拍吗？"

"出差了，去天津参加一个什么珠宝展览会。打电话跟我说，那钻石怎么怎么璀璨，黄金首饰怎么怎么好看，我特么的得拼命赚钱才能养起这拜金娘们儿。"

接下来的晨会，听完各部门的工作汇报，我总结出了今天的要点，主要大事儿有两件，或者说一个好消息一个坏消息。

好消息就是，杭州供货商那边来电，同意先按合同供应布匹，货款下个季度结算，先帮我们渡过难关再说。我知道这里肯定有范璐的功劳。

坏消息就是，我们分管实体招商的林主管签字同意用接近花色的布料给我们的东北火暴姐下了一批单子，两千件拼布长裙，在收到货的半小时内被华丽丽地退货了，还打投诉电话叨逼叨小半天。

我看了一下实物，本来是冷色调的蓝碎花布和纯白色棉布拼的刺绣长裙，因为蓝碎花布料没到，为了赶工，林主管用偏暖色调的紫色大花布料替代，原来的文艺风一下子变得，呃，怎么形容呢，不伦不类。可见男人的审美有多么不靠谱儿。

这丫说，当时我在出差，不想大小事儿劳烦我。本着帮我解决库存的原则，想着东北人豪爽不会斤斤计较，平时相处都挺好的，想给我一个惊喜，生产部谁都没有拦住，只能硬着头皮下料。

我没有生气，生气也无济于事，而且当着这么多同事的面，说什么事后诸葛亮的话都没有用。我深刻地反思到，因为我们团队的发展速度迅猛，带来的副作用就是我们制度的缺失，还有执行的混乱，导致类似事件屡次发生，比如人才流失、库存积压、现金流吃紧。

处理完林主管的事，修正了制度流程，我对着这批退货发愁三天，找来设计师商定方案。既然大家都觉得像大妈裙，咱就按照大妈的生理结构和品位喜好改改，说实话我们品牌还从没有关注过50岁以上女性服装需求。

设计师纪玲弱弱地问："老大，如果改废了呢？"

我抿了一口红茶，"那就再改。改肚兜、围裙、吊带睡衣。总有一款适合消费者，大胆发挥，哪怕是恶搞呢，要有创意。"

我得承认我还是太年轻，所以思维太活跃。最后这批裙子在大家共同商议下，长裙截短至膝盖上方一寸，截下的一段改成了脖套和布艺胸花，袖子镂空设计，因为是棉布，穿着极其舒适，胖瘦皆宜，又得体大方。

改好后，如何投放市场也是一道难题，跟我们网上现有产品的画风不太一致，怕影响其他爆款销售，所以先放一放。

几天不来公司，要处理的事情太多了，老觉得时间不够用，开开会看看报表处理完备忘录上的事情一天也就过去了。下班的时候给我妈打个电话问问她涛仔的情况，依然还是恢复期，在等奇迹发生。

我妈有时会问我："肖文呢，你俩的事儿怎么又没动静了？"

我也琢磨了一下，我们家现状堪忧，刘群肯定也会给肖文敲警钟，那么肖文也一定是左右为难，所以从我出差回来这么久，我们一次好好沟通的机会都没有过。

肖文只是在网上跟我说过两件比较重要的事情。第一，他姥姥的状态越来越差了，有点儿阿尔茨海默的前兆，俗称老年痴呆。第二，他妈，逼他早点儿结婚。

他只是说逼他早点儿结婚，但没说跟谁。在刘群眼里，我从来都不是合适人选。

自从跟肖文有过一次肌肤之亲后，我心里产生过一种奇怪的想法，我虽然讨厌他妈那副趾高气扬的姿态，但是我仍然抱有幻想，就是肖文会誓死捍卫我们的感情，好好珍惜来之不易的一切，从此以后坦诚相待，和我一起战胜了势利眼儿刘群，过上了平淡且略微幸福的日子。至于王佑泽，提起来有点心痛，都是过去式了，人不能总活在过去里不走出来吧。我也努力尝试着忘记他，只是还没计划好是从形象上还是声音上开始。

也许是命运的安排，我离奉子成婚还差得远，大姨妈来了。肖文的不温不火让我们的关系也变得不咸不淡起来。在这段感情里，我竟是这样的被动。

我的生活有段时间恢复到只有公司和医院两点一线的狭隘自我禁锢里。

有一次半夜写促销方案，站起来倒水，才走两步，突然晕倒了。我自己也听见"扑通"一声，后面就没有记忆了。等我几分钟后醒来，发现自己躺在冰冷的地板上，头闷闷地疼。地上有一摊血，原来我晕倒的时候头磕在铁艺桌子的尖角上,用手一摸,满手血,触目惊心的红。

我第一反应就是给肖文打电话。

他最近不怎么来办公室,听到消息开着车就马上赶过来了,带我去医院包扎。在路上他把油门轰得很大声,我被震得把刚喝下去的红糖水都吐了。

到医院以后,因为失血过多,头晕得厉害,我软软地躺在急诊室床上。肖文忙着挂号交费,偶尔安慰我几句。

清理伤口之前,医生没有征求我的意见,直接把我的头发剃了一小块儿,我噘着嘴看着肖文,他一直被我拉着手,衣服袖子上都是血迹。

我照着手机屏幕说:"你看这么丑,成秃子了。"

他白我一眼:"你还知道啊。没事开什么破公司,让我爸给你挑个好学校,直接去当老师得了,又轻松工资又高。哪里用加班,还有寒暑假。"

我不满地撇嘴:"你这是安慰病号吗?你说多奇怪,为什么咱俩关系变了以后,反而没有谈恋爱的感觉了?"

肖文一愣,把眼镜摘下来,捏眉心,似笑非笑地说:"太客套多见外,咱俩都谈十多年恋爱了好不好,还嫌腻歪不够啊。我送你回去吧,我明天还有重要的会呢。"

我看着天花板没有说话,如果我没记错,创业初期我也有过类似的经历:低血糖、晕倒,但是没有这么严重。

那时候一向寡言的王佑泽追着医生问,她会不会脑震荡啊,医生说一般不会。他又问,万一有后遗症呢,医生说那就拍个片子确诊一下。他继续追问那回去要注意什么呢,医生看他紧张兮兮的样子,耐着性子说就是普通的营养不良,熬夜造成的低血糖晕倒,回去注意休息补充一下营养就可以了。他丝毫没受医生猪肝脸色的影响,追着医生问都需要些什么补品,直到医生开了方子,他才如释重负。

在这种时候,我的脑子里居然会产生这样的联想,把他们放在一起做对比,我发誓我真的又狠狠地谴责了一下自己。这算什么?记忆里的那个人,就这么无法取代吗?他藏在最隐蔽最重要的角落,一有风吹草动,就会不自觉地从脑子里跑出来招摇。旧爱忘不掉,是新欢不够好吗?没法求证。我必须承认,这种烦恼,变成我最孤独的心事。

临出医院前,肖文接了个电话,我默默地坐在空荡荡的大厅里,再也不是在办公室里那个雷厉风行、张牙舞爪的指挥者了。我像个没有自理能力的小孩一样可怜巴巴地坐着,眼睛看着肖文合上电话走过来。我让他坐下来歇歇聊会儿天,心里想着谁大半夜的还给他打电话。他坐下后,心不在焉地看着手机,打着哈欠,一副心事重重的样子。

我也懒得说话了。

肖文怕我管不住自己,第二天又着急去上班,索性送回我妈家休养加看管。

我妈自然很紧张,大清早要去超市买肉炖汤给我补补,刚出门,肖文的姥姥就敲门进来了。

"姥姥,您身体好些了吗?最近事情太多了,也没空儿去看您,真不好意思。"

姥姥叹着气,摇着头,拉着我的手跟我说:"小白云儿啊,阿文昨晚在家里又跟他妈妈吵起来了。姥姥知道你回来了,就想过来跟你说说话。"

我倒了一杯水,问:"姥姥,又为啥事吵啊?阿文也真是的,明知道阿姨的脾气,还顶撞。"

"这回,真不怨他妈,怨阿文这个混小子,这小子对不住你呀云儿……"

我妈开门进来,嗓门儿高八度,好像随时准备进入战斗:"她姥姥,谁对不住我们阿云?"

"耳朵怎么那么尖？闲聊呢没谁。妈，你又忘带钱包了吧？"我连忙打岔，多一事不如少一事。

姥姥起身，慢慢地从上衣口袋里拿出一沓钱放在我妈手上："我也不方便去医院看涛仔，这孩子太可怜了，随便给孩子买点儿什么吧。我的心意一定要收。菩萨保佑这孩子快好起来。"

我妈推辞儿，姥姥指指门儿，说是她自己的心意，别嚷嚷，她不想让刘群知道，我们也立刻噤声。

当时我并不清楚姥姥说的对不起指的是什么，如果我早有心理准备，也许后来不会被伤得那么突然，那么心寒。作为当局者，我从没有觉得自己生活在谎言和欺骗里。旁观者告诉我，对于认定的人或者事儿，我就是一根筋。从前对王佑泽是，现在对肖文也是。

去医院送汤。

涛仔的情况基本平稳，医生说他可以说话，只是很少开口。刚针灸完，此刻他睡着了。

我妈在床边趴久了，腿都麻了，想站起来找件衣服披上，差点儿摔倒。面容憔悴不堪，头发也白了一片，看得我顿时心生凄凉。

我们移步到阳台上。她吃着我带的叉烧饭，小声告诉我，老刘跟龚丽丽回家洗澡换衣服去了。

我愤愤不平道："你明明知道他俩以前那种关系，你还让他俩单独回家？"

我妈说："现在是特殊时期，医院又不方便洗澡，所以回家去洗洗换洗衣服也正常，反正我不会多想，他俩别因为互相埋怨打起来就不错了，还能有别的心思？"

"就你大度，我是小人之心度君子之腹了。"

"我实话跟你说吧，你后爸他，他那方面不行。"

"啊？不行啊！"

"啊什么啊，你想让全医院都听见啊？龚丽丽当初就是因为这个原因跟他离婚的。"

"啊？噢！那，那你当时知道吗？你如果知道你还跟他，这不等于半辈子守活寡吗？"

"去，没正形。我知道啊，我们第三次见面他就告诉我了。我不嫌弃他，我当时就想让你好好上学，别操心我。我呢，有个人搭伙过日子。老刘不赌博不撒酒疯不好色，我就图这点好。没钱啊没地位我都认了，你妈我也就普通女人一个，找个差距太大的吧，也没那本事管，早晚还得是别人的。"

"识时务者为俊杰。妈，你在我心里的形象又上了一个光辉的台阶。我以前觉得你老打麻将是不是因为被我亲爸甩了所以堕落了，就自暴自弃了。"

"有一段时间确实是很痛苦，所以我琢磨着得找个排泄方式。你学业那么紧，我哪里敢在你面前表现出来。你别看我天天不关心你学习，其实我操碎了心，经常偷偷去找你们班主任聊天，跟他沟通思想，跟你同学打听你的情况，生怕你落人后，或者因为生活在单亲家庭中被人嘲笑。"

"我都多大了，现在这社会多开放，谁有空儿笑谁啊。那，妈，你为啥对涛仔这么好？他又不是你亲生的。"

"涛仔虽然不是我生的，天天生活在一起这么久也有感情了。你说这好好一个大小伙子拉扯大也不容易，这要躺床上睡一辈子不是糟践了。所以啊，我们就希望老天开眼早点儿让我们涛仔好起来，再说老刘都快精神崩溃了，他精神垮了我也难熬啊，如果这时候我不跟他并肩作战，你妈还是个人吗？这几年我跟这父子俩算是处出感情了。"

我诧异地说："你熬夜熬糊涂了吧，我不是也经常看你们吵架？"

"你懂什么,我们吵架也是一种生活方式,练嘴皮子还解闷儿呢不伤感情。老伴儿老伴儿,老来相伴,能聊到一起很重要。他能接话,又能抛一个话题给你,有来有去的,像说相声,这个过程中你还能一直在笑,就够了。所以我觉得能开玩笑能打闹,你依赖他,互相岔到一起的两个人才是最合适的。你十天半个月不回家里一次,你以为给我打个电话就把我打发了,给点儿生活费我就知足了?可是我知道你工作忙,妈理解。"

说话间,我妈盒饭也吃完了。我给她倒了一杯茶水,依偎在她身边帮她捶腿。

她的一席话引起我的深思,像说相声,这个过程一直笑,能开玩笑能打闹还会依赖他。怎么我一下子想起的这个人不是肖文呢?层层叠叠的时光中,那张脸逐渐浮现。

他问我:"姑娘,你们老师都不教'的地得'这三个字的区别和用法吗?"

我摇摇头说:"不教不教,反正教了我也不会。"

他轻轻地刮了一下我的鼻子:"小笨蛋,那怎么写文章啊?"

"所以我投稿之前都会交给你修改审核啊。"我还振振有词地说,"反正你一直在我身边会帮我修改的对吧,所以我不需要会啊。"

直到现在我也还是不分,可是那个让我崇拜、让我依赖、帮我修改的人已经不在身边了。

四周静悄悄的,涛子还在沉睡。我妈突然问我:"好久没见着对门儿的阿文了,你俩怎么了?"

真要命,我还以为她忘了这茬了。

"我跟阿文挺好的啊。"我不假思索地敷衍道。

"挺好的?挺好的他都不陪你来医院?你出差回来他都不去接你?这么大的事儿都不能帮帮你?我记得以前他像个跟屁虫一样鞍前马后

的。你们是不是闹别扭了？"

我以为，最近肖文冷淡的态度是我自己的错觉，没想到连我妈都看出来这种微妙的变化了。我以为就算没有电光火石般的美好，至少也是细水长流的祈愿，总不至于如今这样疏离淡漠吧。

冷淡会耗尽一个人所有的热情，尽管曾经是那样的真实而炽烈。

"妈，阿文帮我们的已经够多了，再说他的工作也很忙。现在咱家都鸡飞狗跳了，其他的事情等涛仔好些再说吧。"

"上次来医院那小伙子，是姓王吧，你以前谈的那个。不是说出国了失踪了吗？又回来了啊，你俩不会又……"

"没有的事儿，我们就是普通朋友。妈，别多想。"

"嗯，我也希望是我多想了。肖文多好一孩子，服你管。至于刘群，你就交给我，反正住对门，我有的是办法对付她。妈就你这一个孩子，肯定不能让你受委屈。我呀，就希望你们能早点儿结婚，早点儿生个孩子，妈趁身体好能帮你们带。我能这么身心健康地活着就这么点儿指望了。如果，我是说如果刘群实在看不起人，咱没必要高攀，妈再给你找合适的啊。会有适合咱们阿云的。"

你琢磨我妈说的这些话，都是真理。都是妈，肖文他妈怎么那么不像个妈，简直蛮横不讲理。我真心疼大半一辈子为我操碎了心的妈啊。

正聊着，涛仔突然醒了，他用沙哑的声音喊了一声"妈"，又喊了一声"姐"。生平第一次管我妈喊妈，管我喊姐，我们还以为他说梦话呢，他又清晰地喊了一遍。确认是真喊了，我和我妈的眼泪齐刷刷地流了下来，又感动又怜悯。

涛仔看向我说："姐，下次来买一把水果刀好不好？这把不够快，我想在水果上雕花打发时间。"

我连忙点头答应。

可怜他一句对命运的不满都没有当我们面表露过，我们只当他心态好,自我开解能力强,所以没有进行心理干预。

　　从医院出来,大门口聚拢着一堆人。后面交通堵起来了,正是下班高峰期,喇叭声谩骂声响成一片。我从来都不喜欢看热闹,心里想着赶紧离开这是非之地。又一想,坏了,那可是我违章停车的地方啊。

　　火急火燎赶往聚集地,王佑泽居然也在人群里,跟几个交警在解释什么。

　　我慌忙挤进去,他也看见了我,嘘了一口气:"你终于出来了,再过两分钟交警大哥就要把你的车拖走了。"

　　"对不起,对不起,本来是进病房送了饭就走,耽误了一下。"

　　交警批评了几句,罚单拍我手心里,赶紧指挥着交通,让我们迅速撤离。

　　发动车子,我悻悻地问双手枕在副驾驶靠背上的王佑泽:"怎么这么巧,你怎么来医院了?"

　　"我去图书馆查资料,这不斜对面吗?路过。"

　　"你跟他们僵持好一会儿了吧?你就不会打个电话啊。"

　　"姑娘,请问你手机带了吗?"

　　我拍拍脑门:"忙晕了。里面早没停车位了,本来就是进去送个饭,结果跟我妈多聊了一会儿,谢谢你。"

　　"两次。"

　　"什么?噢,那什么集齐三个谢,请你吃饭,我不喜欢欠人情。"我回道。

　　"是不是公司有什么难题?"

　　"你脑子里大概都是小说情节,什么情啊爱啊,打啊斗啊,生啊死啊的,我愁的是工作上的事儿,跟你说有什么用。"

　　"别忘了我也是股东,随便你。"他长长的睫毛在鼻翼处投下一处阴影，表情煞是严肃，不怒自威。

我找宽敞的地方停下车，开了后备厢，抽出一件上次那批改后的衣服扔他怀里，告诉他前因后果。

王佑泽慢慢地踱着步，几分钟后突然回头："这件事交给我试试吧。"

我将信将疑地撇撇嘴，把后备厢里几十件样品都搬出来堆在路边，暗自腹诽，让你丫非要蹚这趟浑水，自不量力，然后扬长而去。

一周后，我接到王佑泽的电话："姑娘，这两天记得上线那款裙子，让库房准备好出货。"

我提出疑问："出什么货？卖给谁？说你是外行你不信，我们的客户都是大学生、年轻白领，这款裙子定位是在50岁以上阿姨级别年龄段，客户群体不对，而且现在夏天都快过完了，谁还买夏天的裙子？"

他呵呵干笑了一声，把电话挂了。

所以当很多年轻人一头雾水地发来照片："我妈要买这个裙子，老板还有货吗"的时候，我们电商部的客服也一头雾水，然后就进入疯狂接单模式。

正迷茫呢，有客户给我们发来一个视频网站的链接，是个广场舞比赛的视频。这段视频名字叫"广场舞大妈秒变小清新，我们也要重走青春"，点击率已经超过10万。

本是很寻常的比赛，我却关注到有一队穿的是我们的裙子。阿姨们身材婀娜多姿，而且曲目是经过精心编排的，舞姿曼妙，动作整齐划一，很专业，很有团队精神，最后毫无悬念是冠军队。

视频的高点击率，让这款裙子在网络上意外走红，飞速风靡大街小巷。短短几天，广场碎花裙俨然已经成为大妈们的新宠，谁要没有这么一件广场舞裙都不好意思出去跳广场舞。

上线一周，库存抢购一空，全国各地代理商订单纷沓而至。

这本是一次破罐破摔的恶搞事件，它郑重地告诉我们老祖宗的古训，塞翁失马，焉知祸福。我们的品牌也开发了一个从未有触碰过的市场领域，那就是老年森女文艺风。

生活总是喜欢逗弄我们，在你得意时，冷不丁颠你一下，让你不能太顺心；在你绝望时，闪一点儿火花给你看，惹你不能死心。

我还是拨通了王佑泽的电话，一个专业做电商的人没搞定的难题，被一个门外汉轻而易举地搞定了，这效果讽刺。

"那个，谢谢啊。你是怎么做到的？"

"是不是攒够三个谢了？好像某人说要请吃饭的？"他还卖起了关子。

"啊？忙死了，今天，今天没空儿。"我之前只是随口敷衍的，谁知他还当真了。

"请教问题不得有诚意吗？沿江路新开业的海里捞，晚上五点半，你可以不吃，但是单要记得去买。"

这个人什么时候这么霸道了。

放松一下当然好。我有点儿犹豫，不知道跟他去放松是否合适。又给自己找起了借口，最近工作压力很大，脑子里的弦绷得特别紧，保不齐哪天就崩溃，断掉了。

"好吧，我去。"我像下了决定一下，"跑那么远就为吃个火锅啊，这附近也有。"

"以前我们宿舍刘辉开的，去给老同学捧个场。你见过的，外号叫胖刘。"

"胖牛？"

他一脸平静地看着我说："L-i-u 刘。另外是海里捞，不是海底捞。"

这个人就是喜欢咬文嚼字。有一次在 QQ 上跟他聊天把"看书"打成了"砍书"，他回了一句："书是被砍得大卸八块了吗？"

"管它什么捞呢，您满意就行，谁让我有求于您呢？"我没好气地回了一句。

这山寨海底捞建在市郊半山腰上，曲径通幽处，院子里落花流水，角亭瀑布一应俱全，餐厅上下5层，金碧辉煌，虽然地方偏僻但是前来就餐的客人络绎不绝，停车场一排外国进口小车。

我对这个胖刘还真一点儿印象没有，关键是这人跟外号对不上啊，我还以为是胖得像头牛那种，结果发现人家身材是特别健美的倒三角，八块腹肌，眼神熠熠生辉，气宇轩昂，好像换上跑鞋就能参加田径比赛。一眼望去，品位跟他的店装修得一样，很是高大上，跟一般的富二代相比，因为独特的内在，轻而易举地区分开了。

见了王佑泽，两人寒暄了好一阵，好像失散多年的亲兄弟。

末了，才发觉坐在旁边的我。

"云昔，这是刘辉，外号胖刘。你想想，我们一起在食堂吃过饭。现在瘦了，脱胎换骨了。"刘辉伸出手指比了个四。

我还真想起来了，每次吃饭都要四份的那个胖刘，每次至少吸引周围四十人的目光。

"那我就叫您刘总吧，您的外号得与时俱进重新取了。"

他抓了抓头发，意味深长地看了看我："小师妹真见外，讨厌。别叫总，你叫刘哥、胖刘都成，亲切。老同学怎么高兴怎么来。"

"刘哥我还有一个重要问题，你是怎么瘦的？方法健康吗？好给我们女生减肥一点儿参考。"

"再健康不过了，环球之旅246天，回来就瘦了。"

"又有钱又有闲，真好啊！"呃，好吧，当我没问。我这颗怦怦跳的小心脏立刻燃起仇富的小火苗。

包房落座后，胖刘开了一瓶香槟。

他俩聊了一下各自掌握的舍友去向，胖刘才开腔对我说："小师妹，来，举杯庆祝一下。哎呀，时间过得真快，这几年我们王兄在山里真是吃尽了苦头，能有今天的相聚真不容易啊。"

我礼节性笑笑。又是一个知情者,全世界都知道了吧,就我一个人蒙在鼓里。

"你们要是商量好哪天办喜事儿,提前给我打电话。我闭门谢客一天,就在我的店里办。"

"您给他准备就好,我的就不劳您费心了。"我跟他碰了碰杯,一饮而尽。

胖刘在对面投来一个"尴尬症犯了"的眼神。

"小师妹真会说笑。行,你们先吃着聊着,我先去处理点别的事儿,等会来陪你们,不醉不归,跟自己家一样,服务不好提意见啊。"

胖刘出去后,我们就隔着冒热气的锅底,互相看了一眼对方。

"快说吧,你又没有做过生意,怎么想到的?花了多少银子打广告?给你报销。"

"其实也没什么。我妈妈在物业工作,前段时间听她说社区要进行广场舞比赛,刚好赶上了决赛。我只是借花献佛,给参赛选手赞助了比赛服而已。视频是我安排人发网上的,我还写了几篇软文,发动粉丝转发,上了热搜,所以点击率才上来,歪打正着。"

"那些选手都是专业的吧?"

"这你都看出来了?好吧,我承认,她们是我妈妈以前在文工团的同事,舞蹈科班出身,所以穿起来才有模特的效果。"

他慢条斯理、娓娓道来的样子配合好听磁性的声音,配上"不足为奇轻描淡写"的口气,简直……呃该死,我又花痴一般走神了。

冰凉的香槟下肚,感觉心口热乎乎的。真不知道当时他是怎么琢磨出这个点子的,现在这种方法在网上肯定烂大街了。几年前自媒体营销、软文营销还没有流行起来,这个人认真起来的模样真是太诱人了,以前在学校,他就具备满足一票少女对爱情的所有幻想。

谢云昔,要有定力!

喝酒，喝酒。

包房的投影放着经典老片《泰坦尼克号》。

他盯着屏幕感慨："距离上次看这个片子整整6年了。现在是第三次看吧。"

对，是第三次。

第一次是在我们学校附近的电影院，还是胶卷的。游轮即将撞上冰山的时候，胶卷突然从二楼散落下来，屏幕就定格在了杰克给露丝画像那个画面。然后人群一片骚动，灯亮了，再然后，我觉得自己的脸烫得像火烧云。

"我一直记得你害羞样子，脸红得像苹果。这几年每当我倦怠看不进去书、写不下去字的时候我都会想起当时，你的样子。"

我借着酒意，嘟囔了一句："明明是热的好嘛。第二次是在，在湖北？"

"在湖北，我的老家。那年寒假，我带你去看雪。"

这是我唯一一次想像小学生一样用"一个难忘的寒假"来命名我的那个假期，在这个故事里插播一篇不少于800字的记叙文。

那个寒假，王佑泽说他妈妈打电话告诉他，他们老家下雪了，及膝深。这对于没有见过下雪的南方人太有诱惑力了。他决定带我回去看雪。

一路兴奋，坐火车长途跋涉到武汉然后又坐中巴车到县郊。其实在火车上我就把雪看够了，白茫茫的一片，看多眼睛都会花。现在难题来了，气温比我想象中的还要冷一百倍，刚好赶上化雪，简直就是滴水成冰。

他家是那种很普通的自建三层小洋楼，他爸妈都在武汉市里一家物业公司上班，所以年底放假才能回来。显然他妈妈知道他要回来，已经提前收拾过房间，各种新年要用的东西都买齐了，也铺了新被褥。王佑泽骑着摩托车带我去超市买生活用品。他跟所有路上碰见的邻居打招呼，谦逊而和善。

晚上我们一起做了顿看起来还算丰盛的家常小菜,吃饭的时候他说:"姑娘,爸妈听说你来了,一定要请假回家看你。"

我连忙把头摇得想拨浪鼓一样:"不要,不要啊!下次吧。"

"怎么,丑媳妇没想好怎么见公婆?"他舀了一碗萝卜排骨汤笑盈盈地放在我面前。

"下次吧,等你毕业以后行不行?"

"逃得了初一,跑不了十五。那就下次,下次看你还往哪里跑,呵呵。"说着走到我身后揽着我。

"快吃饭,等下都冷了。"我嗔怪道。

吃过饭在二楼的房间里给我铺了新被子、插上电热毯,然后他就在隔壁屋子里看书写字。因为房间是隔断,上面没有封顶,我们一直说着话。他一直叫我的名字,云昔,云昔。我一开始还答话干吗,干吗,你喊魂啊。最后睡着了还听见他梦呓一样的声音传来。

那几天白天不管去哪里,他都会牵着我的手,很温暖有力,所以一到冬天降温我都会怀念那双手。这样的二人世界,我还蛮喜欢的,跟他在一起怎么都待不腻。

待了五天,我的手指开始发痒,可能要生冻疮了。我妈也打电话来催我回家过年。

走的前一天王佑泽买了很多他们老家的特产,还有我在火车上要吃的零食。暮色四合,又开始下雪了。

那天他突然像想起什么,开门出去,让我等他一下。都快九点了也没回来,屋子里静悄悄的,电视遥控器也不知道放哪里去了,一直在播动物世界。楼上偶尔有老鼠爬过,呼啦一声,供桌上几张老人的遗像都齐刷刷地看着我,吊灯投下巨大的阴影,好像暗处有鬼怪面目狰狞。

我起身出去找王佑泽,外面大雪纷飞,路面已经结冰了,很湿滑。

心里特别焦急，一路走一路跌跟头，还掉到了一个农村盖房子挖的那个石灰池里，一人多深。当时心里就想，毁了毁了，大晚上的不会冻死在这里吧。

我尝试几次爬不上去就放弃了，还不敢乱动，怕把冰弄裂了，万一里面水深更糟糕。没过一会儿就听见王佑泽喊我的名字，一声声的那么急切，由远及近。

我哽咽着答应，然后被一双温暖的大手从石灰池子里拉了出来。

王佑泽的头上、眉毛上落满了雪花，我捶打着他，带着哭腔说："你干什么去了，你干什么去了？把我一个人扔家里。"

他紧紧地把我抱在怀里："好了，好了，对不起。"

原来我刚出门王佑泽就回来了，发现我没在，手机也没带，就跑出来找我。他说他知道我一个人走夜路很害怕，所以也特别着急。

我们相拥着回到家的时候，我一眼就看见桌上放着一个蛋糕。

我诧异地问："坐火车要吃蛋糕吗？"

王佑泽答："姑娘，你还有半个月过生日，到时候我不能陪在你身边，所以提前给你过。"

吃完蛋糕，王佑泽打了一盆很热的水给我洗脚。我真想永远铭记那个瞬间，他蹲下试水温，然后帮我脱袜子，轻轻地按摩脚底。虽然我不动声色但是心里却百感交集，那双能写出优美文字的手那么温柔那么暖和，我感觉自己是天底下最幸福的姑娘。

我有点儿动情，低下头摸着他的鬓角说："王佑泽，我一辈子都要赖着你。"

王佑泽抬头，第一次没有笑，眼神有点儿黯淡地说："我都不放心你一个人坐火车。照顾好自己。"

"那么，毕业了我们就会一直在一起了吗？"

他俯身说："傻姑娘，不仅仅是毕业，我们这辈子都要在一起。"

那个晚上我们一起躺在被窝里看了《泰坦尼克号》，把气氛搞得像生死离别一样，说了很多情话，回忆我们认识的点点滴滴，其实重点就是我只想告诉王佑泽，我真的很爱他，只是我的双重性格有时高兴得像个孩子，有时忧伤得像个病人。我担心他受不了。

他吻我吻得那么用力，关键时刻又松开，让我好好休息，说他有一点儿东西要写。也许是我浑身发抖、不够主动让他误以为我不情愿、反正我没办法好好休息，一直翻来覆去，直到天亮都没睡着。

我心里其实是有点儿郁闷的，写什么东西那么重要？

第二天一早去火车站的路上，我看着窗外冰雪融化，一直流泪，眼泪怎么逼都回不去，王佑泽只是握着我的手，我不敢看他，怕他舍不得。

临上车了，王佑泽把拉杆箱递到我手上，满脸都写着深情。

在拥挤的人群里，在检票员的催促声里，他附在我耳边说："背包里有我昨晚给你写的信，在火车上看。"

"嗯嗯，"我头点得像小鸡啄米，抓紧时间说，"王佑泽，请你原谅我有时候脾气急口无遮拦，有时候神经质说分手，这都是言不由衷、心口不一的，你不能当真好吗？我们毕业后也一定要在一起好吗？"

火车传来巨大的轰鸣声，我感觉到他在我耳边吹气，麻酥酥的，具体说了什么没听见。

上了火车我就迫不及待地打开了他给我写的信。

"云昔，我是一个不善言辞的人，或许文字更能表达我的内心。你带给我的一切都是那么美好，我从没有那么迫切想和一个人在一起。我坚定、笃信，我们一定会在一起，一定。我需要你的肯定给我勇气。我答应你，任何时候都不放弃。

"云昔，你还记得吗？有一次我们一起爬山，路过寺庙，你说我们每人许一个愿望。你告诉我你许的是,咫尺天涯,只求闭眼可见。你一直问我许的什么,跟你有没有关系。我现在告诉你吧,我对佛说,今生一定要有谢云昔在身边。"

这几张纸我视若珍宝,当时看着这封信,哭得狼狈极了。我对面坐着三个壮男不停地给我递纸巾,他们以为我收到的是分手信,失恋了。

而我感觉就像吃了定心丸,原来他也爱我,并且比我还怕失去对方。我们以为后来做的很多事情是为对方着想,替对方铺路,所以把简单的问题考虑得太复杂了。

考虑得太复杂,就像人生面临十字路口,不知道怎么样走才更顺一些,想得越多走的步伐越乱。因为太多的人不遵守交通规则,所以才会有那么多人走错路,才会遗憾,才会错过擦肩。

记忆呼啦一下子就翻到了前面几年停住,对我的好点点滴滴都历历在目,胸口像被一根锥子在扎啊扎啊。曾经的山盟海誓,已经变成沧海桑田,过眼云烟。

我抿嘴苦笑了一下,谁都没有动筷子,一瓶香槟都快见底了。王佑泽拿走我的杯子,放到自己面前。

"你胃不好,别喝了。"

"我要喝,拿来。"我赌气伸手过去,他用左手握住我的手,我们都停在半空中,我的心微微颤了颤。

头有点儿晕,他的眸子里有我欲罢不能的东西,气氛很暧昧。那些肉丸在汤里闹腾得厉害,酒精开始在胃里发酵,头疼欲裂,我真佩服自己的毅力,非但没有倒下,反而特别理智,所以我把手从他温暖的手心里挣脱了出来,嘴里苦涩得像吃了青橄榄,张不开。

"我已经知道你们这几年发生的事情了。你爱肖文吗?"他的神情有种温柔的味道,不似以往的清冷,让人生畏。

我讥讽道:"这跟你无关。没看出来你变八卦了。"

"除你之外的任何女人的八卦,我都没有兴趣。希望你幸福,不要草率决定自己的未来。"

"呵,你觉得什么是幸福?"我抬着酒杯双眼迷离地问。

"初中英语课本上说是,Fine,thank you,and you?"

"什么意思?"

"翻译过来就是,岁月静好,懂得感恩,与你相随。"

我鼻子一酸,这个人怎么能这样,随便说两句鸡汤都感觉像情话。我的脑子像雷达一样敏感,立刻拉响了警报。我甚至想,如果在这遇见肖文,我该怎么跟他解释我们单纯的答谢晚宴。

喝一口酒。

"幸不幸福,如人饮水冷暖自知。你操心好自己就行了。"

再喝一口酒。

"小时候,跟邻居小伙伴娟娟一起去上学,我们家住农村,离学校三公里远,半路上下起了雨,没有地方避雨,全身淋得像落汤鸡。娟娟说要回家换衣服,我一看时间来不及了,坚持去学校,就这样,生了一场大病。我从小就这样倔,不走回头路。"

继续喝。

"你知道吗?时光一去不复返,很多事情都无法回头了。我既然答应了肖文,就不能言而无信。这么多年,创业、守业、撑起这个公司,困难重重,我真的已经很累了,我需要一个结实的肩膀。"

酒被端走了。

"以后,大路朝天,各走半边。你知道的,他很喜欢吃醋,或者说,是个男人都会吃醋。今天,我们就算正式告别吧。"

王佑泽眼里闪过一丝悲悯的光,艰难地说:"好,你说怎样都行。"

那眸子里写着的是含情脉脉,恋恋不舍,欲罢不能吗?我们重逢后第一次这样掏心掏肺,他现在看起来很不快乐,怎么我没有那种报复后的快感?

背景音乐给配一个吧:有一种爱叫作放手,为爱结束天长地久,我的离去若让你拥有所有,让真爱带我走,说分手。

这种感觉真的很像,失恋了。

我抢过酒杯,喝干最后一口。

代驾在前面沉默地开着车,我们一左一右坐在后排两边,中间隔着的不仅仅是一个座位,而是一条银河。

王佑泽把手架在车门上,聚精会神地凝视着我的这个方向,好像一尊雕塑。我缩在他的外套里抱着膝盖,头似有千斤重。风有点儿大,吹得我的眼睛里起了一层层的水雾,看什么都是重影,但是我心里跟明镜一样,还知道回家的路线,知道经过的每一处地标性建筑是什么。

他送我上楼,离别赠言又是那句:"照顾好自己。"

我拉开窗帘,隔着玻璃,看着他站在风中朝车的方向走去,白衬衣慢慢变成了一个白点,消逝在视线里。他的外套还披在我身上,之前明明是记得要还的,怎么下车就忘记了,衣服上有舒肤佳香皂的味道。

心"嗖"的一下就像被掏空了。

我握着手机特别想给他打个电话,哪怕什么都不说。然后电话就响了。

"忘了告诉你,喝点儿蜂蜜水,解酒。"

"忘记还你衣服了。"

"正好,外衣口袋有一张健身卡,你们办公室对面购物广场4楼,每天中午记得去运动一下。"

"你……"有点儿宕机。

"你们周边半公里内一共5家,这家设备最新,课程安排也相对合理。坚持去,天天对着电脑颈椎会痛。"

鼻子很酸。"不要再说下去了……"

"……"

"我不许你对我好,我不许你对我好,我不许你对我好,我不许你对我好,我不许你对我好……"

挂完电话,我的眼泪像决堤的海一样,重复着一句看似撒娇的话,口气却是恶狠狠的。

用现在的网络话说,蓝瘦,香菇。蓝瘦,香菇。

第七章

大家都是演技派的影帝啊

> 人生总是很狗血,喜欢你的你不待见,碰见你喜欢的总是上赶着犯贱。好像我们都在进行着这样的死循环。

国庆活动过后,我们的资金逐渐回笼,楼上的赔偿金也下来了,承担了我们损失的三分之二,毕竟他们也不容易,也不希望发生这样的悲剧。大家心态逐渐稍微放松了一些,办公室里弥漫着自由散漫的味道。

涛仔还住在医院里康复治疗,他的腿基本被医生判了死刑,但是老刘和我妈都不想放弃任何可能康复的机会,我也在网上查找全世界范围内各种类似的病例和治疗的方案。

秋末是个折磨人的季节,万物萧条。闲下来以后,对眼前的一切都提不起精神,觉得索然无味,整个人变得很沉默,除了必要的会议,不爱主动说话,患上了沉默综合征。这种感觉很微妙,有种深深的受挫感。

对于肖文近期的反常,有种唏嘘无力之感。本以为我们是速战速决的短跑,没想到现在变成了漫无目的的马拉松。

我问疯子:"最近肖文联系你了吗?"

疯子摇摇头:"意思是也没联系你?我说老谢,你能不能好好化化妆,这样看起来又憔悴又难看,真像抗战片里爬出来的群演……"

我说:"让你看了啊。滚。"

疯子问我说,"如果把女人比作一栋房子,毛坯房跟精装修你觉得男人会喜欢哪个?"

我斜了他一眼,然后默默地从办公桌抽屉里摸出化妆包开始捣鼓,最后在化妆师小默的修补下达到满意效果。

疯子惊喜地给我一个"样板房"的好评:"哏靓。"

为了不浪费我的化妆成果,疯子打电话约肖文晚上一起K歌。往常肖文每请必到,哪怕就是到了最后买单环节他也马不停蹄地赶来,丝毫不扫兴。但是今天他拒绝了疯子的提议。这个结果在我看来很诡异。

疯子在电话里嗯嗯啊啊地跟唱戏似的,最后用一句"算了吧,改天我去家里看姥姥"结束了对话。

"你说,肖文是故意躲我的吗?减肥有平台期,事业有瓶颈期,感情是不是也有平淡期?就是有段时间不想见对方,看见对方就烦,想躲着?你跟嘉妮会吗?"

他眯着怀春的小眼神:"我们当然不会。嘉妮一个月有二十天都在外地走穴,见面都难,所谓小别胜新婚,如胶似漆这个词形容最贴切。哪里还想躲着,别开玩笑了。"

我嘴角抽搐着:"丫少秀恩爱啊。"

"我表哥对你痴情那么多年,肯定没问题,倒是你,是不是那个谁回来了,骚动了你的心,还遮住了你的眼睛,你丫就对我表哥的深情视而不见了?"

我坐起来一脸严肃地问:"你帮我分析分析,最近肖文家里突然就变得事情多了起来,神神秘秘的也不告诉我什么事儿,说是怕我担心。我不多想都难,他以前都不敢这样子的,难道是他爹腐败被纪委查了?"

"你能盼你未来公公一点儿好吗?他姥姥身体抱恙,全家都得轮流伺候,他哪有心情谈情说爱,更别说移情别恋。忙过这阵子,肯定会好好弥补你的。表哥还问你在不在公司,还好不好。他分明在表达磐石无转移，请问蒲苇是不是韧如丝？"

我派疯子当晚就去肖家看望姥姥，顺便打探虚实。

疯子回来告诉我说，他去过姥姥，有时候神志确实不是很清楚了，而且血糖一直居高不上，小腿静脉曲张得很厉害。重点是老太太趴他耳边跟他说了一句特别清醒的话，她就等喝外孙的喜酒了。这是老太太唯一的念想了。

他还说，有个坏消息。肖文家亲戚又因为肖文的婚事发生了争执，因为候选人有俩，刘朵朵（刘群的一个远房侄女）和我。政局被分为两党，刘群党坚持她侄女，否则就要走在姥姥前头。肖文党坚持不要刘朵朵，谁走都不好使，谁喜欢谁带走。姥姥自然是喜欢我，肖爸爸不在家所以没有明确立场。

刘群跟肖文双方都有实力雄厚人士撑腰，争执不下，这事儿就又偃旗息鼓了。

我突然想投刘群的票，给她赢算了。要是走了这个形式，等老太太百年之后再被休了，那得多惨。

排除掉花粉过敏的原因，我每天喷嚏打的次数比吃了黄豆放屁都多，由此我推断我在刘群他们家每天被提名的次数有多高。就在我哀声怨气，几乎要找上门缴械投降的时候，事情发生了转机。

周末。

有位名人说，周末不赖床，是对周末的极大不尊重。

我在床上把因为运动练得矫健的大腿搭在另外一条笔直修长的美腿上睡得昏天暗地的时候，门铃响了。

我俩都往被子里钻了钻，不约而同用枕头盖住脑袋。但是噪声污染不依不饶地持续着，我裹了条毛巾光着脚冲了出去。

猫眼被对联堵上了，所以我一手扶着毛巾被，一手把门拉开了条缝儿。来人带着一股妖风混合着泰国檀香味儿一下子就挤了进来。

你肯定猜不到，居然是刘群，她就料定我周末在家，奇了怪了。当初还嫌弃我的房子小，空气不好，视野不好，现在一副谦卑讨好的样子。为什么这么说呢？她带礼物了，满脸堆笑，显然是有备而来。

一篮子蓝莓，挺稀有的，刚上市还带着白霜。

"阿姨，您怎么有空儿来了？"

刘群破天荒地语气柔和："云啊，你去穿件衣服别冻着。我就知道你周末在家，没想到来早了，打扰你睡懒觉了。"

她特意把目光在我的毛巾被裹着的位置从胸脯到屁股来回扫射，还把"懒觉"二字特意强调了一下。我心里一万头草泥马在奔腾，才早上九点半啊，你不知道年轻人爱晚睡晚起啊，再说俺们电商行业要熬夜啊，不睡到下午两点也好意思用"懒觉"形容吗？

我一边腹诽一边进卧室快速套上运动服，又捋了捋头发扎了个马尾，顺手带上了卧室的门。

"云啊，你刚出差回来啊？去哪儿了，这儿怎么搁着个大皮箱？"

"不是我的，我朋友的。"

"怎么，屋子里还有人啊？"

"嗯。就是我朋友啊。"

"你也睡这屋啊？"

"我这就一居室，就这一个卧室，阿姨。"

"那阿姨能参观一下你的卧室吗？我就看一眼。"

"阿姨，我朋友在睡觉呢，她喜欢裸睡，不方便参观。您说正事儿吧，我洗耳恭听。"

到目前为止，我还是没搞懂她葫芦里到底卖的什么药。手机距离我一米，伸手就够得着，如果她一哭二闹求我放过肖文，我就打电话让他来处理；如果她非要上吊，我就打给110。反正来者不善，我不能让她的阴谋在我家里得逞。我想着疯子跟我说的她扬言要走在姥姥前头，就毛骨悚然。

看刘群没说话,还在酝酿辞藻,我补了一句:"那个,阿姨,姥姥身体还好吧?"

她伸长脖子,把她的好奇表现得淋漓尽致:"等会儿再说姥姥,先说说屋里这人儿吧。"

"这个人您不认识,没啥好说的。咱说咱的,她瞌睡大着呢,打雷都打不醒。"

"不是,这人没家啊,怎么就来你们家住了,睡一床上?还不穿衣服睡?你确定不是男的吗?"

我沉默,她这个猴急的样子挺有意思的,所以我得绷住,假装心虚搓着双手。

她换了一张严肃的脸,啧啧两声:"可惜了,可惜了,阿姨我呢,实话跟你说,今天来本来是想说我经过这么久的思想斗争,决定尊重姥姥的意见,同意你和我们家阿文的婚事。今天的一幕让阿姨我深深地替你遗憾啊。我改变主意了,你想想,你裹一床单开门我就心里犯嘀咕了,女孩子家家的怎么能这么随便,这开门碰上的要是一男的呢,比如抄电表的?送水的?物业的?或者发小广告的?"

"刘阿姨,我给您普及一下基本常识。抄水电表的人家来之前会先电话预约,或者贴通知,物业周六不扰民,我没叫水不会有人送,我们小区有门禁卡发小广告的进不来。"

她嫌弃地白了我一眼:"别狡辩,我说正事儿。虽然你跟肖文之间,那啥,我以前没同意,那你也不该这么迫不及待地找下家吧。早上我是瞒着肖文来找你的,早知道我就让他也来,让他也看看,他成大五迷三道的是个什么样的人。妖精就是妖精,多亏我突然袭击来这一趟逮住了现行的。"

"阿姨,您弄清怎么回事了吗?说这话负责任吗?"

"我负责任啊,你这烟灰缸里还有烟头呢,还跟我瞎扯说是女的,我就想看一眼,你左拦右拦,不是心里有鬼是什么?"

"刘阿姨,我一向尊重您,我现在正式通知您,一点儿都不可惜,您不用遗憾,您赢了,真的,我弃权了,赶紧把我从备选名单里面除名,去选一个您满意的儿媳妇,别耽误了时辰,姥姥等不起。"

"你……你别逼我,我可是有高血压的,你别拿姥姥压我。你仗着我们家文和姥姥喜欢你,就嚣张得很。我还是死也不同意你嫁到我们家,给我当儿媳妇,你这辈子休想,咱俩注定没有缘分,是你自己不珍惜的。"

我倒了一杯水放在茶几上:"阿姨,降压药您应该备着的吧,水在这里,喝完我送您下楼。"

她大手一挥,杯子"哐当"一声就碎在地上了,玻璃碴子四下飞溅开来。

卧室门开了,嘉妮裹着我刚才的那件毛巾被打着哈欠就出来了。

"什么情况,我再不出来就该出命案了。我一点半才下飞机,四点才睡觉,大老早的,这都是什么动静?人家做个梦都一惊一乍的。"

我说:"刘群阿姨你看清楚了,这性别特征明显吧?"然后找抹布擦水。

嘉妮揉揉眼睛:"哦哟,家里来客人了,我看是不速之客吧,还一个劲儿要来参观我?看啊看啊。阿云姐,你招呼着,要是嫌弃家里不敞亮就请到楼下咖啡厅坐坐,我接着睡了,中午吃饭也别叫我,没胃口。"

这下,刘群尴尬了,我也不说话,就让她尴尬着。

是,被刘群误会的人是嘉妮。昨晚上的接机工作早安排下去了,结果,疯子睡着了误了时辰,所以嘉妮为了惩罚他就关机了直接打车到了我这里。我也乐得有人陪,况且我也挺喜欢这小妮子的。

因为白天晒了被子,都是太阳的味道,所以我俩都彻底裸睡了。

"阿云,我……"这一声叫得柔若无骨的,刚才那些刻薄的、尖酸的话好像都是别人说的。

我没答话,低头搜寻碎片扔进垃圾桶。瓶底那一块掉在刘群脚跟的地方,刘群眼尖也看到了,她把屁股从沙发上抬起来想帮我捡。

我刚拿起来,她就伸手夺,结果我的右手,食指、无名指和中指齐刷刷地割了一道口子。

殷红的血一滴滴地落在地板上,刘群意识到弄巧成拙了,情急之下抽出一沓纸巾把我的手包裹住。

"哎呀,我该死,真该死。你说怎么搞的,我干吗要去抢那么一下。你看现在,怎么办,疼不疼?"

伤口并不深,但是血肉模糊的,我还是不由得倒吸了一口气。

接下来的台词就有意思了。

大致就是回归到主题上。

刘群同志是怎么经过思想斗争觉得谢云昔跟肖文才是天造地设的一对,她之前是多么不明智才会一叶障目,现在决定洗心革面全力支持这对天作之媒,并且决定婚礼越早越好。

我没有表态,经过刚才这么一出,我突然对刘群从口才到思维到情商都产生了畏惧,我很想深入研究一番变色龙是怎么炼成的。我表示虽然不是她的对手,杀杀威风还是可以的。

我们双方一个苦口婆心在描述社会主义和谐社会新时代婆媳相处美好前景的宏伟蓝图,一个在沉默不语低头玩手机里的欢乐斗地主乐不思蜀。双方都表现出极大的耐心,实力不相上下。

刘群还在继续,从她记事儿开始讲起,回忆了生产队放牛的经历,怎么挣工分,顺便普及了一下粮票的知识。那时候肖文他爸是下乡知识青年,在他们村插队,然后两人恋爱、回城、结婚生子几经曲折坎坷。我听得昏昏欲睡,她还沉浸在忆苦思甜的往事中。

独角戏都快冷场了,疯子上场。

他是来接嘉妮的，自备了键盘，搓衣板早过时了不好买，现在流行这个。他跟刘阿姨简单打个招呼就一头扎进卧室。

我打了个婉转的哈欠。

刘群话题一转，特别和蔼可亲地小声问我："阿云，订婚宴就定在下周六，在蟹岛，你有意见吗？"

"为什么？"

我想问的是为什么她突然就同意了，为什么是订婚宴？而不是为什么是下周六，更不是为什么在蟹岛。

"因为，蟹岛下周六才有包房，这周都订出去了。"

"为什么是订婚宴？"我看着手机假装漫不经心地问。

"本来是说直接办婚宴，这不是时间紧嘛。文他姥姥身体越来越差了，老肖他们单位都在反腐倡廉，你弟弟又这种情况，这种时候不适合大肆操办。这个订婚宴就是走个形式，演戏给他姥姥看，婚礼嘛再择吉日，再择吉日。"

一大股难以言说的悲伤被大脑指挥着，从心底涌上来，途经五脏六腑，到达嗓眼儿，眼看就冲到眼眶。什么叫走形式，什么叫演戏？

我并没有看见刘群通知肖文，我更没有。钥匙孔被旋转了两圈，肖文推门进来，喘着粗气，跟急着救火一样。

这是我们两周以来第一次见面。他明显瘦了，也憔悴了，板寸都长成长碎了，下巴乌青色，胡子都几天没刮了，但是丝毫不影响他的颜值，有一种颓废痞痞的气质，心脏莫名地疼一小下。

我面无表情地坐在单人沙发靠背上，右手在一堆抽纸里，裹得跟粽子一样，刘群盘腿坐在沙发上，脸色也不大好看。

"来前儿，我就在琢磨要不要提前通知120在楼下等着，你俩还真争气。云儿，我看看你的手。我救驾来迟，愿听处置。"

我没吭声。

肖文扒开几十层抽纸，一排血印，伤口好像已然初步愈合，没给他心疼的机会。

"妈，您能不闹了吗？咱在家不是都说好了嘛，我自己跟云昔说，您别操心了，行不行？"

刘群嘟囔着："这不就是来问问她意见的嘛。"

他用沙哑的嗓音恳求道："您别问了，什么好话到你嘴里都变味儿了。我自己问。你妈派我到处找你呢，她老人家想吃你包的正宗东北酸菜馅儿大饺子。"

卧室门开了，嘉妮和疯子手拉手走出来。

肖文斜睨了他们一眼："我去，今天是什么日子，来约架的吗？都到齐了。"

疯子在嘉妮面前温顺得像只小绵羊，有嘉妮在的情况下一般都收起兽性，彬彬有礼。只见他莞尔一笑："我来接媳妇回家，您一家三口慢慢聊。"

肖文嘟囔了一句，妈的，真会装逼。

我也收起悲伤，笑盈盈地打发着这对欢喜冤家："赶紧撤退，腾地儿。空气都不新鲜了，等下你表哥又晕倒了咋办？"

肖文脸红一阵白一阵。

刘群也站起来："那我也走了，我先回去看你姥姥了。哦还有，订婚宴要请刘蕊的事儿赶紧跟阿云说啊，我这就打电话订酒席。"

走到门口按了电梯又折回来："阿云，那个，蓝莓别忘记吃哦，你叔叔他们同事特意送给我们的，我们都不舍得吃的。"

耳根子一下子清净了。

肖文拉着我在沙发上坐下。他的手凉凉的，就是干坐着，不说话，这在以前从没出现过，原来我们之间也有尴尬的时候。

他挠挠头："我妈居然同意咱俩的婚事了，太好笑了是不是？"

沉默。

两分钟后。

我吸吸鼻子，说："不就是演戏嘛，她就找不到合适的演员了吗？那个什么刘朵朵，李朵朵呢？"

"如果真的是演戏，我愿意陪你演一辈子。"他垂下头，身子微微地颤抖，"对不起。"

这三个字一经他说出来，我就闭上了双眼，忍了很久的滚烫的泪，从脸上滑过。那么骄傲的肖文居然这么正式地跟我道歉，也许我不该这么逼他的，毕竟他夹在我和他妈中间也很难做。

"她……想让你在订婚宴上认兜兜当干儿子，我去说不好使，你和刘蕊关系那么好，她肯定会同意。"

我脑子有点儿乱，怎么把刘蕊和兜兜也扯进来了。

肖文搓了半天手，眼睛四下看，就是找不到聚光的地方，声音缥缈："如果你是兜兜干妈，那我就是兜兜的干爸，我妈其实就是想……想当干奶奶。她喜欢那孩子。"

这理由也太牵强了，喜欢人家就要认干孙子？我还喜欢国家主席呢，就要认干爹啊？我还想再问一个为什么，肖文就自顾自讲起了缘由。

他说他妈一直不同意我俩在一起，是因为八字不合，我命硬容易克夫。她第一次在医院里陪兜兜玩了一会儿，就觉得特别有眼缘，她要了八字给算命先生一看，跟我和肖文特别合，所以想让我们认个干儿子，这样命就不相冲，就圆满了。

这么诡异。这么迷信。多惊悚啊。闻所未闻。

我张着 O 型嘴半天反应不过来。这都是什么乱七八糟的关系，我跟我的未婚夫订婚，前提是要认他的前女友的孩子为干儿子。以后这小子就经常在我眼前晃，提醒着我，他妈和我老公混乱的过去。

我的手机里传来欢乐斗地主的声音，快点啊，我等得花儿都谢了。

肖文神情肃穆，好像在领导面前做检讨："云儿，我不想瞒着你了，你早晚会知道的。这些天我已经很郁闷了,你能不能看在姥姥的面子上,不要怪我?"

这好像在问:你能不能帮我带份盒饭上来?这样轻飘飘的语气,他怎么能这么大言不惭。

所以,这是刘群同意我们订婚的先决条件吗?

"你也同意你妈的这个馊主意?"我拼命克制着自己,冷静得,我自己都害怕。

"我不同意,她就不同意我跟你订婚啊。"

"哈哈哈哈哈哈哈。太好笑了,太好笑了。"我揪着自己的发梢,不停地笑,"太有意思了,太有意思了。"

笑得我腮帮子疼,毫无头绪地站起来走到门口换鞋。

"云儿,我不想再对你撒谎了,我来的路上很矛盾,一直纠结要不要告诉你这个事情。这段时间我生活在冰火两重天里,我对你的内疚还有家里人的苦苦相逼。订婚的前提就是认兜兜当干儿子。刘蕊那边,我已经解释过了,她只想要现在的生活,不希望被打扰。我说是你的意思,她没有明确反对。不光是我妈,我姥姥也超级喜欢兜兜,我给她看过照片。我知道你最好了,不会忍心老人失望对吧?"

肖文继续叨逼叨:"云儿,你哭出来,哭出来好受一点儿,真的,别憋着。对不起,对不起。"

今天肖文说对不起频率特别高。不憋着还能怎么样?哭吗?闹吗?上吊吗?那样会不会显得特别矫情,还学会道德绑架了。

"云儿,我……"

"闭嘴!"

太他妈的残忍了。不知道的还以为我们在演狗血电视剧呢。我刚才还沉浸在战胜刘群的喜悦之中,一下子又掉到了冰窟窿里被封了起来。谁他妈都不要救我,就让我待在里面冻成标本,省得放出来让一群人当猴要。

我呆呆地盯着肖文,脑子里一直回旋着他刚才说的话。憋了很久,发现自己能脱口而出的脏话数量约等于零。

肖文看着我绝望的表情,神情恍惚就双膝着地了。

他一个七尺男儿就这样"啪"的一声戳在我的面前。我的心一惊,我压根儿没想到事情会发展成这样,我拉也不是,不拉也不是。好像事情没有严重到这个地步吧,况且这也不是什么十恶不赦的事情。老人总是迷信,站在他们的立场上求个心安好像也能解释得过去。

只是我心里别扭,不想任人摆布,不想被道德绑架。我只想好好嫁个人,怎么就这么难?

我们就沉默地对峙着。这么多年,从来没有哪一刻,如同我们现在这样,像身处不同的河流,怀揣各自的心事,冷漠而隔绝。

他就站在我身边,可是他的心犹在天边。

时间仿佛凝成了一块坚冰。我不知道在沉默中我们对峙了多久,肖文终于开口了。

"除非你答应我,否则我不起来。"场面有点儿失控,我也不知道该怎么办了。

我僵住了,站在鞋架子前,怎么没有一双适合我穿的鞋呢?明天就上街买几双。

随便挑了一双换好,出门,漫无目的地开着车。心里对刘蕊有种难以言状的感情,想起失恋后她通红的眼睛,绝口不提分手的原因。还有上次吃饭她骂肖文人渣,眼神里的决绝,欲言又止的表情。很想打个电话给她,才发现除了车钥匙,我连外套都没有来得及穿,钱包和电话都忘在了鞋柜上。

已经深秋了,天空灰蒙蒙的,就像头顶倒扣着的一口大锅,让人喘不过气来。天气潮湿得能拧出水来,不知不觉车子竟开到了医院。

在住院部楼下的长椅上，我像吸饱了水分的植物，再也没有控制住自己长久以来压抑的情绪，像山洪暴发，哭得肝肠寸断。旁边好多病人和家属路过、驻足。我听见有人说，哪儿来的傻瓜。

有人在我旁边坐下，递过来一张纸巾。

"谢谢。"我接过来擤完鼻涕继续哭。

过了一会儿，又递过来一张。我再一次停下来道谢，然后继续哭。如此反复。

幽幽地传来几个字："又攒够三个谢谢了。"

我从纸巾的缝隙里看见有人举着手机，缓缓地说："你自己照照，都成花猫了。"

听见有人安慰，哭得更伤心了，而且这个"有人"是王佑泽。

又过了一会儿，我才平静下来，思索一个新的问题。这个世界上哪有那么巧合，像八点档的偶像剧，男主角都没有正事儿干，都围着你转，这也太玛丽苏了。

"你怎么在这儿？"我抽噎了一下，替有疑问的观众问一下。

"刘妈病情恶化，又一次送到医院抢救。我下楼买点儿日用品。"

我刚想起身去看她，王佑泽阻止了我。这刚哭过的一张脸，看着都丧气，很容易让人引起误会。

肖文就在这时候从斜对面的小径上，边打电话边走过来，挤出一丝笑说："媳妇，我帮涛仔在对面餐厅订了汤，应该快好了。走，去看看。"

我还没说话，他走过来把手搭我肩膀上，拍拍我："亲爱的，别难过，涛仔会好起来的。那个，老同学，我们先走了。"

我站起来看了王佑泽一眼，就被肖文拉走了。

拐了个弯，肖文理直气壮地说："我可不是故意跟踪你啊，我是怕你想不开。你俩约会的地点可真奇葩。"好像被他抓到了把柄，我们就扯平了，所以他才特别有底气。

我无力争辩。

以前每次我哭，肖文第一反应就是问怎么了，谁惹你哭了？别哭了，我给你讲个笑话啊！随便哭两声表示一下就完了呗，别没完没了了。我奇怪的是刚才王佑泽怎么一句没问。

或者说，我以前跟王佑泽在一起的时候，很少哭。如果有哭过，一定没有这么伤心，要不然我怎么一点儿印象都没有？

我假装撩头发，回头看了一眼王佑泽。他还是坐在那里，手很自然地搭在靠背上，望着我们离开的方向，那道视线平静而沉默。

肖文跟涛仔聊着政治、新闻，涛仔吃着南瓜羹，难得被他逗得开怀大笑。其实这个邻家大哥哥一直都是涛仔的偶像，这些也是他写在日记里的。除了肖文本身仕途很顺之外，更重要的是肖文有个疼他的妈，可以随便使唤，不需要像对我妈一样，每为他做一件事情，都要感恩戴德，因为客气而显得疏远。

我妈在一旁削着水果招待肖文。看他们聊得尽兴，我拐到13楼去看刘妈。

刘妈拉着小尾巴的手不知道在说些什么，声音很低，因为鼻孔插着氧气，所以语速很慢。我的鼻子泛酸，强忍着没让眼泪掉下来。

刘妈看我进来，脸上逐渐舒展开来，像慢镜头缓缓地笑，笑得像一朵开败了的花，病床前还围着小尾巴的几个亲戚。护士过来查房，让我们轮流探视，不能影响病人休息。

刘妈支开众人，说她想单独跟我聊聊。

她的鼻息很弱，握着我的手摩挲着，问我："阿云，跟刘妈说实话，你们俩真的没有希望了吗？"

"我俩？我和王佑泽吗？您安心养病，我们都，都挺好的，出院了再操心也不迟。"我噙着泪说道。

"嫌刘妈烦啦？阿泽真的从未变过心，这点我做证。他为你做的一切啊，我都看在眼里。你弟弟出车祸的事情我也知道了。昨天阿泽来看我，刚好刘院长来查房，他是小尾巴爸爸的战友，所以对我们特别关照。阿泽从没求过我什么，但是他昨天跟我开口了，求我跟刘院长说情让你弟弟再接受一次专家会诊。刘院长不仅答应了，还同意医药费都可以延迟一些日子再交。"

"刘妈，我知道了，谢谢您。别说了，耗费体力，等出院了慢慢说。"

刘妈打断了我："我怕没机会了，对不起啊阿云。阿泽三年前走的那天我是知道的，早上八点不到就给我打电话，他纠结了一夜，说他要走了，拜托我继续像亲女儿一样照顾你。他希望你好好创业，做出成绩。他问我这样想对不对？我当时犹豫了一下，没有反对他的做法。我是有私心的，我希望他在文学这条道路上走得远一点儿，稳一点儿，谈恋爱是很浪费时间和精力的，所以我同意他暂时离开的想法，可以静下心来创作，等你们双方都有成绩的时候再在一起就圆满了。

"我没想到啊，这几年你虽然事业上小有成就，但是其实很不快乐，每次你来家里我都难过得很，我也是看在眼里疼在心里啊。每每听你说你们以前的事情，和你自己的各种瞎想，我都忍不住想告诉你实情。可是我啊，糊涂啊，我当时狠心啊，我在等他写完我安排的长篇。

"我得知自己病情以后，才豁然顿悟。人生苦短，活在这个世界上最大的成就应该是跟爱人在一起，而不是错过就算了，随便将就一下。阿泽说他最大的愧疚就是你了。他要留在广州发展，不管你怎么选择，他都希望你幸福。这么大费周章，我都感觉是我把你俩拆散了，你能原谅我吗，孩子？所以我一直想找机会跟你说这些，如果不告诉你，我就算走了，也不会心安的。"

刘妈说完，猛烈地咳嗽了几声。

心以180迈的速度一会儿上一会儿下，最后恨不得摔成八瓣拿来填马路。

"刘妈，是我要谢谢你，这几年我真是没少烦你。谁都没有错，缘分这东西谁能说得准呢？我希望你快点儿好起来，我还想吃你亲手包的虾饺呢。"

她确实需要休息了。我默默地给她掖好被角，从病房退出来，和小尾巴一起站在寂静无声的走廊上相对无言。

小尾巴一直提不起精神，晃晃悠悠地在走廊上来回走。过了一会儿，问我："范璐还会来广州吗？"

我想了一下，说："会的吧，她放假肯定来的，她也是你妈妈的得意门生。"

"那你说，王佑泽哪里好？为什么你们都喜欢他？"

我有点儿讶异他会说出这种孩子气的话。

"你都是在帝都上班的人了，问这么幼稚的问题。你们是指谁？"

"我在网上问过好几次范璐为什么，她都没有告诉我啊，所以我想问问你。是不是因为他们一起支教过，独处机会多，然后日久生情？我也可以带她一起去支教啊。"

这是什么情况？连小尾巴都知道王佑泽和范璐去支教的事情。这几年大家都知道他的下落，只有我一个人蒙在鼓里，天天跟个傻缺进了迷宫一样到处乱撞。

我有点儿心疼刘妈，每次我来她家她都陪我长吁短叹，装得真跟不知情一样。还有疯子，居然也瞒得严严实实。大家都是演技派啊，影帝啊，我竟然一点儿都没看出破绽。

还好，我寻来寻去，最后都忘记最初寻找的意义了。大概是在这一千个形单影只的日子里，我迅速成长，伤口结了厚厚的痂把自己包裹起来了。一切都不复从前了。

我是应该先给小尾巴的痴情点个赞，还是先劝他感情不能勉强，还是给他讲讲道理说你妈还躺在医院里生死未卜,你就猴急想着怎么撩妹。

我的范璐学姐,每当提到你,我该用什么形容词来表达我的情愫呢。

人生总是很狗血,喜欢你的你不待见,碰见你喜欢的总是上赶着犯贱。好像我们都在进行着这样的死循环。

之后每天下班,肖文都去医院陪涛仔聊天,那感情好得就跟亲兄弟一样,等涛仔睡着他再回家加班。老刘简直感激涕零,我妈看在眼里,喜在心里,让我一定要好好跟肖文相处。我们谁也没再提兜兜的事情,我只能自我安慰,老人思想愚昧,非要整这么一出,他也是迫不得已而为之,也就当是演戏吧。

专家会诊的结果出来了,目前国内的医学水平能把涛仔治疗到这种程度已经是非常乐观的了,美国有一家医院有成功的案例,如果有条件能去,也许还有一线希望。

这个结果比最坏的,要稍微好一点。我妈反复说那天皇历不好,不应该让涛仔去上学,或者放学的时候应该让他爸去接。

如果意外都可以控制,或者预知,那就天下太平了。

宽心我妈的话我一句都说不出来,估计她也麻木了。这种压抑的日子持续久了,人都不自觉老了十岁,看着让人心疼。到底怎么了?我身边的亲人都在承受着不该有的痛苦。

涛仔准备出院的前两天,肖文神色严肃地给我看他姥姥的病历本。看到封面上的红十字,不禁一哆嗦,现在对医院、病情、化验单,都特别敏感,好像雷区。

我一边翻看医生的狂草,一边问:"姥姥怎么了?"

"反正不太乐观了。这是她老人家最大的一个愿望,周六,能不能出席咱俩的订婚宴,让姥姥也高兴高兴?"

"我怎么觉得像……交易,你每天陪涛仔就是为了铺垫这场戏吧。"

"不是,我希望一切圆满。"他站得笔直,双手在胸前扣在一起,像足了外交发言,"那,兜兜,你打算……"

"我再考虑考虑。"

我是傻缺才会愿意被人当枪使。刘群这招一箭双雕使得不错呀,既孝顺了自己娘亲,又白得一个干孙子,满满的都是套路。真想发飙,爱特么谁谁,又想起疯子说的姥姥的病情,终究还是于心不忍。

"走吧。去你家。"

"啊,是不是要去找我妈拼命?这虽然是她的主意,还是算了吧,我怕你不是她对手。"

我看着肖文平静地说:"带我去看看姥姥。"

肖文悲喜交加,有点儿难以置信。可是这就是我刚刚做的决定。

老太太比我想象中的情况好一点,精神矍铄,在阳台上坐在躺椅里晒太阳,手里捧着一个陈旧的小孩枕头,带刺绣的那种,上面绣着牡丹花儿、金鱼,还有"乖宝宝"几个字。

肖文搬了一把椅子给我,说:"这是我小时候的枕头,不知道从哪里翻出来的。姥姥今天蛮清醒的,还认得我,有时候把我认成我爸。你陪她聊会儿。"

姥姥还是喊我小白云儿。

她说:"小白云儿啊,你放牛回来了?这个月你挣了多少工分?饭吃得饱吗?"

我应着姥姥饱着呢。笑着问:"姥爷呢?"

她指着窗外说:"晒稻谷去了。太阳这么好,要多翻晒才不会发霉。小白云,我想喝米汤,我想喝几口米汤。"

我起身去厨房,有节奏的切菜的声音,是一个黝黑的姑娘,大概十八九岁的样子,动作非常麻利,小嘴特别甜,带着一点儿东北口音,张口就叫我姐姐。肖文从洗手间出来,告诉我这是他家新来的小保姆小芳，负责一日三餐和姥姥起居。我揭开电饭锅，米饭都做熟了，没有米汤。

肖文拿了一瓶无糖饮料给姥姥。姥姥拉着我的手非要给我喝。

过了一会儿，像突然想起来什么似的，挣扎着坐直，颤颤巍巍地伸出一只手摸我的脖子，有点生气地问我："小白云儿啊，你怎么没戴我送你的宝贝啊？"

我愣了一下才想起来是说那块玉："对不起姥姥，不舍得戴，怕丢了。我下次戴，下次一定戴。"

老人眯着眼睛，心满意足地歪着头，看着阳台上睡在旧棉袄上的大花猫，打起了盹。她的手特别暖和，让我想起了我姥姥。

刘群从房间里出来站在我身后，笑得高深莫测，显然对我的答案特别满意。如果不是因为提前剧透知道是演戏给姥姥看，我还真以为我们这一大家子其乐融融呢。

现在我真想转身抽她两个大嘴巴子解气。

肖文把一杯鲜榨果汁递到我手上，我接过来一饮而尽，说："我走了。"

刘群追过来："阿云，在家吃了饭再走吧。尝尝小阿姨的手艺，新来的，提提意见。"

"不了，阿姨，我还有事儿。"

"阿云，"刘群欲言又止，最后叹口气说，"好吧，你去吧，回去看看也好，房子很快就要易主了。"

肖文追到门口："我陪你吧。"

我摇摇头，从外面关上了肖文家沉重的不锈钢防盗大门。光锁都上了三道，一看这大门就知道是有钱人家，而且这只是他们房产的其中之一。俗话说狡兔三窟嘛。官场潜规则我们都懂的。只是肖叔叔比较低调谨慎，为了掩人耳目，所以一直住在这里。

我家锈迹斑斑的铁门上贴着：此房低价出售。下面是门牌号，和老刘的手机号。惨白的一张大纸，耷拉着一个角，好像宣告一个家族的衰落。

屋子里没人，陈设还跟之前一样，只是许久没有人收拾，落了一层浅浅的灰。窗户开着，窗帘被风吹到外面，单薄的一层，呼啦啦作响。

躺在我的单人小床上，细细地摩挲粉红印花的床单，有几根长头发。慵懒地挂在床头靠背上，鼻腔一股热热的液体不受控制地流了下来。

一上火就流鼻血，大滴大滴地滴在枕头上像开了樱花。

我用纸巾塞住，然后果断地给疯子打了个电话。

"啥事？老谢。"

"冯总监，什么时候有空儿？我跟你商量一下上次说黄总收购我们公司的事情。"这是我为数不多地这么正式地叫疯子在公司的头衔，以示这是一次正式的谈话。

"我没听错吧？哪次我提这事儿不是被你骂得狗血喷头？发生啥事儿了？不是要嫁有钱人就看不上咱这点儿业务了？要金盆洗手了？噢，该不是有 baby 了吧？"

我叹口气："哪有，我急用钱。是我弟弟涛仔的事儿。听说美国有一家医院有成功的案例，我想送他去那边看看。涛仔不救，我良心上过不去。"

电话里安静了一会儿，疯子哑着嘴："这样啊，那我们再凑凑。再不行，先从公司挪用一部分救急，我没有意见，毕竟公司一直都是你在管理，这里有你的心血。"

"心意我领了，你的钱不是还留着带嘉妮环游世界的嘛。公司的钱也不能挪，之前开会就明确过，我不能坏了规矩，再说现金流也紧张。你不是也有这想法吗？公司那么多货不太容易短时间变现，只能走釜底抽薪这一步了，也许女孩子就该像肖文他妈说的那样吧，三从四德。"

挂了电话，一种深深的无力感从脚后跟蔓延到头顶。

老刘从保险公司回来，到医院接替我妈。他说中介又带了几个客户去看房，但是价格开得太低就没有同意，我提议房别卖了，给涛仔留个念想，毕竟从小到大生活的地方，我想想别的办法。我妈叮嘱我不能打公司主意,她有路子借到钱。我说治病要紧,别耽误了涛仔的最佳治疗期。我们三个小声争论的时候,涛仔哼了两声,此前我们都以为他熟睡了。

我走到病床前,摸了摸他的光头说:"把你吵醒了吧。想吃什么?我们正在想办法凑钱,很快就可以去美国治疗了。"

我妈也无限慈爱地握着他的手,点点头给他打气。

涛仔用无神的眼睛看着窗外,干笑了一声。这个笑声我至今记得,那应该是特别绝望吧。也许就是那次争论让他觉得他是我们大家的拖累,所以后来才……

第八章
原来你是这样的肖文

临走的时候,刘蕊和肖文互相对视了一眼,过去的爱恨情仇都定格在那个眼神里。刘蕊的眼神带着怨恨、鄙视,肖文一触到那个目光,就迅速躲闪。

晚上我开车把妈送回家,她特别疲倦地说:"出售房屋的信息我已经让中介撤下来了,等一段时间行情好了再卖,涛仔说他在这里住了这么多年,求他爸千万别卖。你也千万别打公司的主意,我找谢桓借了一笔钱,这两天就会打过来了。"

谢桓是我亲爸。

我"哦"的一声,不知道该如何接话。我妈又补充了一句:"不能跟老刘说这钱咋来的,我怕他多心,我一个人不安就行了。"

我就试探性地问:"谢老头,他咋样?还健在吗?"

我妈说:"生意越做越大,已经步入土豪行列了。如果不是你弟弟的事情,我真甩不开这张老脸去求他。他开了一个家具城,娶了一个广西女人,跟你差不多年纪,还挺好看,又生了一个丫头。"

"啊?妈你咋跟说别人家故事一样,评价情敌还挺客观。这女的怎么想的啊,嫁一个大他20多岁的老头儿?"

"你傻啊,图钱呗。千把平方米的家具城,明眼人一看,就知道家底不薄。"

"之前那个呢?"

"也离了,孩子归他。你爸呀,他肯定过得也不好,只是嘴硬,不告诉我罢了,以后老了没有能力赚钱就知道后悔了,就知道谁才是亲人了。阿云啊,到那个时候真要没人管他,你答应妈,必须管,不管怎么样他都是你亲爸。"

你说做人的差距咋那么大呢?这就是我的亲妈啊。这个女人陪我爸白手起家,在开始过上好日子的时候被莫名其妙地甩了,然后一个人含辛茹苦供我上学,为了我再嫁,对非亲生儿子几天几夜守病房寸步不离,为了筹治病的款放下尊严去求前夫。

我的心疼得直抽搐,问我妈:"那些艰难的日子你都是怎么熬过来的?"

她想了想说:"大概是有一种强大的精神力量支撑着我,想死又不甘心。我还要看着我的阿云成家,看着你弟弟涛仔能站起来,一家人健康在一起,我就知足了。"

我在厨房里一边煮面一边流泪,心里五味杂陈,心酸,还有一种莫名其妙的委屈,感觉压抑了很久没有释放出来的洪流冲击着眼眶,为我有这样一个善良的妈而自豪,为她这么隐忍自己而难过,为不能及时帮她分担而自责。

电话响了两遍我都没反应过来,直到我妈帮我从兜里掏出来。一看屏幕显示是王佑泽,就帮我接了,催促我快讲话,显然她已经知道了刘院长的特殊关照和王佑泽有关系。

我妈说了一句好好谢谢人家,就拿着抹布去客厅了。

"我猜一下,在家煮面?"

"你怎么知道?"我用袖子蹭了蹭发涩的眼睛。

"嗯,煎了鸡蛋,应该是三个,还糊了。记得盐比平时少放一点儿,不能吃太咸容易高血压。"

"你怎么什么都知道,这根本不科学啊。"

"玄学。"顿了一下,解释道,"这个点就是吃饭时间,你和阿姨一起回去,你这么孝顺肯定是你做饭。这么久家里没人,肯定也没有菜,就算有,你也不会做别的,就只会鸡蛋面,然后每次都放很多盐,咸得齁死人。"

"啊?以前没听你说过啊。"我诧异。

"呵呵,因为我每次盛面之前,都会往里加开水,我怕打击你自信心。"

我艰难地扯了扯嘴角,还好他没有站在我面前看我脸上挂着"尴尬"二字。

"说正事,我在网上收集了一些跟你弟弟情况差不多的护理资料,还有跟病友家属交流到的一些康复经验发给你,好好看看也许能帮到你。"

他是故意的吧?故意要摧毁我的意志力吧!明明知道我不想欠他太多,拼命抵抗诱惑,还这样上赶着献爱心。

"谢谢你。刘妈说出版社催你交稿,你还是抓紧时间码字吧,以后别操心我们家的事儿了。"

"你就当是社会人士献爱心了。"

"那你不能匿名吗?这么明目张胆有邀功的嫌疑。我说你那边怎么那么吵?"

"我在电台,晚上十点半的,有空听听。我有个朋友是这里的主持人,非拉着我临时客串一下晚间情感嘉宾。这几天没有灵感,就当体验生活了。"

我都差点儿忘了,他靠一副好嗓子也能混口饭吃。这老天爷给他开的天窗也太多了,不公平。

"你吃面吧,等下都凉了。在家了就好好休息,别想着医院的事情,需要帮忙随时叫我。"

挂了电话,心情稍微好些,好像上次海里捞之后我就没有那么抵触他了,说话也没有那么尖酸刻薄。我默默地看了一下时间,然后计划着十点半听听广播。

推开厨房的门,客厅沙发上坐着两个人。没想到这个时候疯子跟肖文来我家,真是稀客。

我妈正在审问肖文:"你和阿云到底是怎么回事?是结束了啊还是还没开始啊?我看阿云天天也愁眉苦脸的,是不是刘群又从中作梗啊?"

肖文抽空儿就打断我妈的话:"阿姨,我们挺好的,要订婚了,今天就是来商量订婚这事的。"

"啊?有这回事儿,我这个当家长的都不知道?"我妈显然没有思想准备,抹布都快塞嘴里了,觉得这个消息来得太突然了。惊讶、惊喜、惊悚,反正表情挺丰富的。

我和疯子互相用眼神问了一下好,就呆呆地看着他们一问一答。其实经过这几天的思想斗争,我也基本同意"订婚+认兜兜当干儿子"这个提议,只要刘蕊和肖文能划清界限,好像我也没有损失什么。我是不打算告诉我妈这件事的,只要订婚宴当天通知她出席即可。如果她知道刘群说过是演戏给姥姥看,那肺都得气炸了。我怕她生扑刘群。

我左手拿着手机,右手端着拌面,努着嘴示意肖文不要讲了,他马上心领神会,心虚地闭嘴了,生怕踩雷。

我朝疯子客套了一句:"吃面不?"

疯子伸长脖子看了一眼我的碗,小声嘀咕道:"老谢,你也太抠了,马上就嫁入豪门了,还这么替他省干啥啊。4斤重的鲍鱼龙虾整上啊。你看你都瘦了。"

肖文用胳膊拐了拐疯子,说:"别打岔,说正事儿呢。我俩本来准备去医院找你,结果在楼下看到你的车。不是日子快到了嘛,明天有没有空儿,我陪你去买礼服。"

我一看餐桌上的果篮不咸不淡地问:"这是啥?聘礼啊?"

"这样的聘礼一火车皮也不够啊。这是孝敬阿姨的。"肖文推了推眼镜吐了吐舌头，这个人永远像没长大，以至于你看着他那张无辜的脸连犯错了都不忍心责备。谁要真跟他结婚了，再生个孩子，弄不好就是俩孩子，那岂不是操碎了心。

我妈本来就喜欢肖文，听见他这么说，又一顿猛夸，最后被我支使回房间帮我换被罩了。

疯子应该还不知道这是演戏这回事儿，我妈更不适合知道，所以我不停地用眼神提示肖文：点到为止。

肖文小声说："我直奔主题了哈，因为要低调嘛，一切从简，原则上就请两边的近亲，我们家这边的亲戚基本你都见过，你要邀请的人列个名单，你妈这边，还有你亲爸那边请不请，抓紧时间给我名单。"

疯子："啧啧，你看这小子多有诚意，迫不及待了。只是我没明白干吗要订婚仪式，多麻烦，直接领证娶回家不完了吗？合法了，想干吗干吗。"

这二逼把"干"字读得特别重，显得说话的这个人特别猥琐。

肖文踹了他一脚："去，边儿去，我们当事人都不觉得麻烦，你嫌什么麻烦。订婚仪式是多少女孩梦寐以求的，显得重视，反正跟你个恐婚族没法沟通。"

疯子鄙夷地说："闻出来了，一股铜臭味儿。大户人家，有钱，折腾。"

肖文看了我一眼，讨好地说："云儿，我姥姥这两天糊涂的次数更多了，总是说胸闷，心慌气短，所以你受累，百忙中抽空儿出席订婚宴就好，不会耽误你太久。"

我心里一万个草泥马啊，"抽空儿""耽误"这些词真心不合适跟"订婚"搭配在一起。

我漫不经心地说："成天太忙了，我这也没什么空儿准备。"

"你不用准备，我妈已经都准备好了，你盛装出席就行。流程我都打印了，两三桌亲戚朋友，就当大家聚餐了。"

见我没反应,肖文碰碰我的胳膊小声问:"委屈你了,云昔,认兜兜的事儿你考虑得……"

我随意点了点头。

疯子随手剥了个橘子边吃边说:"老谢,你已经知道兜兜的事儿了啊。不是我说你,你这思想道德够高尚的嘿。说实话,刘阿姨这招也太狠了,逼你认下她亲孙子。你真是大度,要是嘉妮知道我有个私生子,不杀我全家她肯定不会善罢甘休……"

肖文冲过来,捂住这张还在继续嘚瑟的嘴,朝我妈的房间里看了一眼,恶狠狠地警告,"嘘,你小子别声张,口无遮拦啊你。云儿完全是为了我姥姥才委屈自己,先把这关过了,回头跟你说这事儿,赶紧闭嘴。"

"等会儿。私生子?亲孙子?"我拿筷子的手不停地抖,碗也在抖,全身都开始像帕金森患者一样抖。我这几天不是没有怀疑过,只是从疯子的嘴里说出来,我有点儿接受不了这个最坏的事实。

肖文焦虑地又做了一个"嘘"的口形,把头摇成了拨浪鼓,示意这个话题不适合进行下去了。

但是我妈已然从房间里冲出来了。

"岂有此理!欺人太甚!我就知道刘群有诈。让阿云当后妈,门都没有!"

说完,拖鞋都没换,像离弦的箭一样冲出家到对面猛拍肖文家的门,嘴里还嘀咕着,什么玩意儿,狗眼看人低。楼道里的感应灯忽明忽暗,看样子免不了一场腥风血雨。我妈冲动归冲动,还是很识大局,照顾卧床的姥姥的情绪,没有直接发飙,冷冷地朝大门里甩了一句:"刘群,你跟我到院子里来,立刻,马上。"

我拦在楼梯口:"妈,妈,回去吧,别闹了。"

我妈回头看了我一眼,手指着我,直哆嗦,声音颤抖,呐喊道:"你,给我让开!脸都被你丢尽了。"

感应灯一到五楼全亮了,这一次特别亮,我都看见我妈的眼睛里写满屈辱、愤怒、悲凉,还有一些我看不懂的东西。

俩人一起一后约着到了大院子里的槐树林里,我们赶紧追了过去远远地看着。我心里特别忐忑,生怕对打起来,我妈那小身板怕不是刘群的对手。但是她的心情一定很糟糕,人在极端的情绪下是很容易爆发的,所以胜负难以预测。

辩论比赛开始。

我妈:"刘——群——你太过分了!"

刘群:"亲家母,你吃饭了吗?黑灯瞎火的约我到这旮旯干哈啊?"

我妈:"你到底葫芦里卖的什么药?"

刘群:"我没卖药啊。涛仔情况好一点儿了吧,你也别太着急上火了。对了,我还准备了好多订婚宴用的东西,你要不要去家里看看还缺什么?"

我妈:"订屁啊,不上你当。你别装,看不上我家,你可以给你儿子找更好的。你真卑鄙,我都知道你的鬼把戏了,你儿子都有私生子了啊,你还在装什么啊,你把我女儿当什么了?"

刘群:"亲家母,你听我解释,真是误会了。没,没有这回事。"

我妈:"别叫我亲家母,我觉得你干得出来这样没脸没皮的事儿。"

刘群:"咱看老人的分上先把订婚宴热热闹闹定下来吧。回头我给你赔罪,好不好?"

见我妈没吭声,以为我妈被糊弄过去了,打了一个哈欠,抬腿就要走。

我妈大喝一声:"站住,我不同意。谁说过你同意了,这事儿就非得成了?你不是在小区里说好多姑娘挤破头要进你家门儿吗?偏偏我们不稀罕!订你的鬼去吧。"

说完挤到刘群前面先走了。刘群愣愣地站在原地。

我总感觉肩膀有一股热气,像对着汽车排气管,原来是疯子在距离我不足20厘米的位置张着嘴伸长舌头喘气。形容不出来是幸灾乐祸还是忧心忡忡。肖文呆呆地站在旁边，一付痛心疾首的样子。

　　大家心情都烦透了。有一堆词汇堵在我脑子里，可没有哪个是可以拎出来此刻用的。因为刚才的争吵，很多阳台灯都亮了，邻居都饶有兴致地看两个女人撕逼。我并没有打算在这里跟肖文理论，或者说我并没有太过震惊。自从上次刘群造访我的公寓后，这对母子已经循序渐进给我上演各种精彩纷呈的大戏了，满满的都是套路。也许我的心理承受能力已经逐渐被锻炼出来了，也许之前我就有预感，只是我不敢承认，也不敢相信，肖文会瞒着我做出这么多超出我能承受的底线的事情。

　　他却告诉了疯子，疯子又在不知情的情况下泄露了出来。

　　事情到了这个地步，怕被我妈唠叨死，就没敢跟着上楼。疯子自知捅了娄子，一脸呆逼的样子缩着脖子。

　　肖文一拳砸在车的引擎盖上，发出duang的声音，回过神来一看原来是自己的车，又踹了号牌两脚。我一看主人都这样了，赶紧也跟着补两脚撒气。

　　然后我们三个就以各种狼狈的姿势钻进车里，又不约而同地报了目的地：江边酒吧。

　　一路上疯子接着电话，一路聊，所以根本没有给我问肖文事情始末的机会。

　　这个酒吧倒是来过几次，很劲爆，今天又是如此，台上台下已经汇成一片欢乐的海洋，群魔乱舞，摇滚音乐震耳欲聋，啤酒泡沫满头飞。两年前倒是经常来，每次来都是心情不好的时候，还都是跟肖文来的，最近一年心情逐渐走回正轨，渐渐来得少了。

　　其实我心里憋着一口气。为什么肖文不能跟我坦白，为什么把他们家的圆满建立在我们家的痛苦上，这一切都是为什么？真不怪我妈会生气。我有点儿可怜我妈,她一个人在家指不定咋胡思乱想呢。

想着想着眼泪就流下来了,肖文在吧台点了一堆酒,花钱可以掩饰他内心的慌乱。疯子不知道跑到哪里去了,我坐在圆沙发里,托着腮,混合着节拍,心伤得很有节奏感。

肖文坐过来,服务生跟在后面,啤酒、果盘、香槟、鸡尾酒摆满桌子,时不时有打扮得妖气侧漏的女人过来跟肖文和疯子打招呼。音乐声很大,他们脸贴着脸咬耳朵,好像很熟的样子。

他从来没有变过,号称夜店小王子啊!变的也许只是我自己的心态而已。

小腹不舒服,趁他们交头接耳之际,我起身去洗手间,因为发现自己生理期到了,一股暖流从身体里涌出来。收拾好,回到舞池,之前的喧嚣已经不在了,吉他手在弹唱一首很舒缓的曲子。

他们背对着我在聊天。

"我说疯子,你脑袋让门挤了吧,在云儿家胡咧咧什么,我就不该让你来掺和。"

"我又不知道老谢蒙在鼓里。你这事儿确实过分,我说错了吗?她早晚会知道,你早坦白早托生,等她自己发现性质就不一样了。再说你还骗她什么八字不合,算命先生乱七八糟的,你当她是三岁小孩啊?"

"可是她信了啊。眼看后天就订婚了,你看现在弄的,坏了我好事,怎么办?"

"那是她善良,愿意相信你。明明是你们家对不住老谢,你还跟我来劲了。为什么你妈今天还夸那个腾腾,怎么又把她扯进来了,你不说你们是普通朋友吗?怎么回事?"

肖文灌了一口酒:"唉,跟云儿订婚是缓兵之计。一来,姥姥高兴,二来,找个由头认下兜兜。说白了,就是演戏。如果姥姥真的走了,真的结婚的人可能不是,不是云儿。"

"你为阿云着想了吗？她被王佑泽伤得不轻，这伤刚痊愈，你这不是补刀子吗？"疯子灌了自己一口酒有点儿急了。

"我也不想啊，毕竟她弟弟的这种情况，我妈觉得是个拖累。她也是为我将来的幸福着想吧，我再找机会跟我妈说说。"

我站在他们身后，好像历经一场声势浩大的拆迁，眼前尘土飞扬。耳朵里"嗡"的一声，好像被什么击中，所有的声音都不在了，唯有那吉他手深情演绎的曲子的旋律在耳边回荡。

时光已逝永不回/往事只能回味/忆童年时竹马青梅/两小无猜日夜相随/春风又吹红了花蕊/你已经也添了新岁/你就要变心像时光难倒回/我只有在梦里相依偎……

就在我试着喜欢上你的时候，就在我说服自己接受并不完美的你的时候，意外得知我竟是陪你演戏的临时演员。

从来不知道，眼泪也可以汹涌澎湃……

我撩起帘子往外走，却看见刘蕊抱胸定定地站在门口看着我。这城市真大，大得心流浪这么久都没有合适的栖息地；这城市真小，小得一抬头就遇到能摆平心事的熟人。她的司机就在树下百无聊赖地朝里张望。

"不必惊讶，我就是来找你的。也别尴尬，以后咱也算半个亲戚了。"刘蕊拉着我坐在室外吧台前，一副视死如归状，"谢云昔，你多坚强啊，怎么哭了？"

"哈哈，我高兴还来不及，凭空多了个干儿子，我哭什么。"我摇着头，朝肖文他们那个方向看了一眼。不知道疯子说了什么，他笑得很开怀。这人心真大，这个场面真的好陌生，陌生到让我以为正在做和我自己无关的噩梦。

"我没想到，你为了他竟然什么都肯。你当年直接跟他好不就完了，干吗要把这人渣介绍给我？你知道……"

我打断她:"蕊,疯子居然说兜兜是你和肖文的儿子,我从没有听你提过,你快告诉我不是真的,这不是真的,对不对?是肖文他们在开玩笑呢。他一向这么不着调。"

刘蕊啪就从兜里拿出几张纸,扔在桌上,是一份《DNA检验报告书》,报告上写着,肖文的基因符合作为江子涵亲生父系的基因遗传条件,亲权概率为99.9999%。

她低低地说:"你不是一直好奇,我们为什么分手吗?我怀孕了,那是一条命啊,我怎么舍得打掉。当时我死命求他,可是他都不要这个孩子。他说他还没毕业,怕被他妈打死。我一咬牙说我不怕,我要这个孩子。可是我也怕引起非议,我没有工作我怕养不活啊。我老公人真好,他为了我们娘俩生活得更好,天天豁出命地工作,到现在都没有怀疑过儿子不是他的,他一直都相信我真的是早产啊。呜呜……我真是后悔,我不该那天去医院带着兜兜,我怎么也想不到刘群一眼就看出来,兜兜长得像肖文小时候。那女人简直是福尔摩斯,你不是她的对手。你怎么能这么傻,非要嫁给这个人渣。他什么都拿他妈当挡箭牌,其实是他自己内心的想法,他妈才左右不了他。他想要的东西他肯定会想方设法,要不然当年那20万,他妈怎么会给他?他得到想要的以后,就换了一副嘴脸。你知道你是什么?人渣收割机,比我还惨。哈哈哈哈哈哈。"她笑得一脸泪水,整张脸都因为夸张地笑而变形了。

"那,你为什么还答应他认干儿子的事儿?"我呆呆地问。

她冷笑一声,仰头看着天:"你以为我愿意?如果我不答应,他肯定会把鉴定书给我老公的,我的好日子就要被他毁了。我以前没有告诉你这些,是身份尴尬,不好说,但是你真的不能再继续傻下去了。"

她再一次看向我的时候,睫毛膏都晕染到下眼睑上。我见过两次刘蕊如此狼狈,第一次是被分手,第二次是现在。

执手相看泪眼,竟无语凝噎。

这是我认识的肖文？我再次机械地回头，想辨认一下这是天使还是恶魔。他们身边多了一个女人，仔细辨认竟然是小荷，安静地坐在疯子旁边，我没看见她是什么时候来的。

心生疑惑，今天是刮了什么妖风，该来的不该来的都来了。

临走的时候，刘蕊和肖文互相对视了一眼，过去的爱恨情仇都定格在那个眼神里。刘蕊的眼神带着怨恨、鄙视，肖文一触到那个目光，就迅速躲闪。

回去的路上，疯子和小荷坐在后排，我坐副驾驶，开着窗，只有风呼呼的声音。为了打破可怕的沉闷，疯子非要出脑筋急转弯给我们猜。

我想，刘蕊几次暗示过，但凡有点儿智商的，都会疑心兜兜的来历。我就是太单纯，太信任他们，才会自我安慰是我自己想多了。现在回想起来，疑点真多。我智商都这样了，还能猜脑筋急转弯？疯子看没人搭理他，也就闭嘴不言语了。

肖文几次想张口跟我解释，被我打岔转换话题了。还嫌不够丢人，非要在外人面前继续自暴家丑吗？

我不想吵架，然后撕扯，然后复合，或者决裂。我要想想怎么接受这些糟糕的结局，我需要时间理一下思路。

我以为这就是我能承受心理范围内最糟的局面，没想到还有更惨的在后面。所以跟拍婚纱照一样，订婚的事情，哦，不，是演戏，也夭折了。

后来我后悔了，那天晚上，我应该上楼接受我妈的唠叨、批斗，或者我出去之前应该告诉她我去了哪里。再或者我应该接她的电话，整整20个未接，把我的手机电池耗干了。

那些未接电话时间集中在一点半到两点之间。我妈打给我的时候，是怎样的心情，我想想都揪心。她在那个时间段正给涛仔铺床、收拾房间，等待第二天接他回家，憧憬着合适的时机陪他去美国治病，却突然得知，涛仔走了。

　　这件事过去很久以后，老刘告诉我，她睡衣拖鞋都没换，披头散发直接冲到大街上。午夜的街道异常安静，树叶沙沙地作响，拖鞋摩擦着地表，啪嗒啪嗒的声音。一辆出租车都没有，她歇斯底里地喊来人啊，来人啊，拉我去医院，然而没有一辆出租车愿意拉她这个疑似精神方面患者。

　　然后她就一路跑一路给我打电话，她希望在那种如世界末日来临的情况下，我能在她身边，哪怕接她电话安慰她一下，最好的运气是刚好我们回来了，能陪她去医院看涛仔最后一眼。可是这些假设都没有成为现实，她把坡跟拖鞋也脱了，拿在手里，以竞走的姿势一直走了两公里，换来一脚的燎泡，才勉强坐上车赶去医院。当她推开车门的时候，因为脚软一下子跌倒在医院大理石的台阶上。

　　次日，我从别人嘴里得知这一切。我妈在举目无亲万般无奈的情况下，给王佑泽打了电话撞运气，没想到他真如留电话的时候承诺的那样随叫随到。

　　那天下午，我妈和龚丽丽坐在通往太平间的地下车库入口，天下着小雨，因为是斜坡，龚丽丽靠着墙，我妈靠着龚丽丽，谁也没有说话，眼泪一直不停地沿着鼻翼流在干得发白的嘴唇上。龚丽丽不停地给我妈擦脸，拍她的后背，手里举着半瓶矿泉水。不知道的人肯定以为我妈才是涛仔的亲妈，龚丽丽是来陪同的。

　　老刘强打着精神配合协调后事，有人跟他说话，他的嘴唇嗫嚅着，动作迟缓、表情呆滞，这辈子再也不会从他脸上看到下棋的时候险胜时得意的神情了吧。

　　不时有从太平间里面传来消息，在化妆，在戴发套，在穿寿衣……

　　涛仔的叔叔跑前跑后忙碌招待那些听到消息赶来的亲朋好友。那天我妈一句话都不跟我说，一口水都没喝，她是真的恨我呀。

王佑泽搀着她去看太平间看涛仔最后一眼，我没敢进去，但是我听见不知是谁的特别悲惨的哭声，很尖锐，很绝望。我倚靠着墙，感觉刺骨的寒气从脚底冒起。

王佑泽后来告诉我说，我妈在车上反复说她太恨自己了，不该回家，应该守在医院里。她想知道她走的时候涛仔还好好的，怎么不到一天就阴阳相隔了。涛仔拔掉身上的针管、氧气管、导尿管，用我买的那把水果刀割开了自己的动脉。他咬紧牙关强忍着疼，直到血渗透了床单一滴滴流淌到地上。而他亲爱的爸爸就靠在床尾，因为过度劳累刚刚进入梦乡。惨况是被查房的护士发现的。

他不曾留过一句遗言。他的一生永远定格在最美好的青春时代。

我坐在石阶上看着灰突突的天直冒冷汗。

泪眼模糊里我看见涛仔拍着篮球在我面前上蹿下跳，用第一次我到他家的那种戒备的眼神看着我。

我想起有一次我在家上洗手间忘记锁门，涛仔一头扎进来，满脸通红吐着舌头跑了出去。想起每次家里炸鸡腿，他都故意不吃说不喜欢，留在冰箱里等我回家。还有一次下大雨我去学校给他送伞，同学问他这是谁，他眼里闪着骄傲的光，头一扬故意满不在乎地说是我姐，她自己开公司了可牛掰了。想起他深夜打着手电筒趴在桌上给女同学写情书，被我发现以后先是慌乱地藏起来，后来明目张胆地请我出谋划策。

涛仔，你可知道你的阿姨一直把你当成亲儿子？你喊她一声妈妈，她激动得一整宿睡不着。

王佑泽蹲下来，拍拍我的背，用沙哑的声音说："想哭就哭吧，人死不能复生，谁都没办法避免老天爷安排的意外。眼下你要做的，就是打起精神，好好照顾父母。"

王佑泽说这些的时候,眼眶红红的,语速很慢,虽然一夜没有睡有点儿疲惫,但是目光特别沉寂坚毅,让我一刹那从心底涌起无数的感慨。

肖文是傍晚的时候赶到医院的。

已经是深秋,他穿了件耐克的夹克衫,白底蓝花,还是新的,折痕都很明显,特别扎眼。看到这种场景直拍脑门觉得这身装扮不是特别适合,站在车前征求我的意见要不要回去换一件。

腿软绵绵的,四周小声的抽泣声、惋惜声、讨论声交织成一片悲伤的海洋,我没有力气和心思跟他讨论这个并不重要的问题。

肖文搓搓手:"我才知道消息,就请假赶过来了。云儿别太难过了。"

我打了一个响亮的喷嚏。

"会不会是感冒了?昨天喝那么多酒,又没好好休息,要不要到车里休息一下?"

他拉了我一下。

看到王佑泽买了纸杯回来,肖文把脸一沉,说:"哦,大作家,你倒是会雪中送炭,见缝插针。怎么哪儿都有你?"

王佑泽淡淡地回答道:"你别弄错主次了,今天不适合讨论这些话题。"

他自知理亏,打了个响指,白了王佑泽一眼,过来就要拉我走。

"走,陪我去看看叔叔阿姨。"

我抽噎了一下说:"还是别去了吧,再说我妈看见你想起昨天晚上的事儿,指不定更生气。"

肖文回头用失望的眼神看着我说:"阿姨生我家人的气我知道,我也不想这样,可是兜兜毕竟是我……我儿子,我妈她也是希望能当亲戚走动走动,经常见见,不是很过分吧。那我们家订的酒席都泡汤了,亲戚也都通知了,我找谁发火去?"

我用难以置信的眼神看着肖文:"所以,你是来发牢骚的?还是来索赔酒宴钱的?我没力气吵架,要不然你先回去吧。"

"我好不容易请了假来帮忙,这就赶我走了是吧。涛仔没在了我也难过,但是这也不是我造成的啊!还有,出了这么大的事儿,为什么他来是帮忙,我来就是添乱?我是外人是吗?"

老天做证,那天我的情绪一直游走在崩溃的边缘,所以我也顺势发飙了。

我说:"外人?在你们家人眼里我什么时候不是个外人?你妈怕涛仔的病拖累你们家,你妈还出什么演戏的馊主意,兜兜是你的亲儿子你有打算告诉我吗?我思想斗争有多厉害我才答应你。我并不是为了讨好你妈,我怕姥姥难过你知道不知道?我是为了兑现自己对你的承诺,我逼自己不要反悔。拜托,你有没有换位考虑过我妈的感受?"

还说了很多其他的我都不记得了,总之我确实很难过,口无遮拦,中途被王佑泽两次打断,我都坚持说完。我确实憋了太久需要发泄了。

肖文愣愣地站在我面前,手里拿着车钥匙,半张着嘴看着我歇斯底里,表情异常复杂。

肖文哪里受过这样的气,这是我们有史以来爆发矛盾最激烈的一次了。

他点点头,后退了几步,步伐有点儿踉跄:"好,好,好。谢云昔哈,你牛,每次你都有理,我贱皮子,我特么的一直就是个暖宝宝,寂寞空虚冷了抱一抱。不管我做什么,我怎么哄你高兴,怎么装孙子,给你公司投资,给你装修房子,哪怕我倾其所有,又有什么用?只要他一回来,我就哪儿哪儿都不对了是吧?我怎么没看出来你是个心机这么深的女人呢?"

王佑泽终于忍不住咳嗽了一声:"不要吵了,都冷静一下,这是什么地方?肖文,是个男人就让着女人吧。别说了。"

头都快炸了,我有气无力地指着肖文说:"让他说,让他说。有什么都说出来。原来我在你眼里就是这样的人,翻旧账是吧,钱我会尽快连本带利还给你,不会差你一分一毫。"

肖文脸色青一块红一块,从裤兜里摸出烟和打火机,"啪"的就点上了。气氛都凝固了,烟雾缭绕中,肖文的脸变得扭曲又缥缈。

"谢云昔,为了他,你这是要跟我划清界限是吗?"

"今天说的这些事情跟他有关系吗?我在你眼里不就是个心机深的女人吗?我不值得你倾其所有,你去找值得你这么做的女人吧,我高攀不起。"

天知道,女人被激怒,怎么就会这么口不择言,只知道五脏六腑被生拉硬扯得生疼。一阵阵悲凉、气愤,肖文你说,你干吗挑这种时候跟我吵架?

当然我也有错。我明明知道肖文说的是气话,知道肖文难过得不行了,只要我一句对不起,或者一个委屈服输的眼神,肖文就会收回刚才那些不经过大脑的话,跟我道歉。如果是这样,事情也不会到了难以控制的地步。

那一刻,我彻彻底底地后悔了。

我恨自己,破坏了我们之间原本的默契。如果我们还是"兄妹之情"或者"好闺密",不至于互相伤害得这么彻底。

"你记住你今天说的,谢云昔,请你记住啊,我对你这么多年的鞍前马后都抵不过他在你心里的根深蒂固。我再请教你一下,你跟我上床的时候,那么勉为其难不就是因为他吗?也怪了,王佑泽啊王佑泽,你没事不在山里待着跑回来干什么?"

真正闹掰,大概就是这一句了。上床,上床,上床……这都是什么鬼,我快站不住了。直到此时,我还是不愿意把他归类到"渣男"这个类别里。是我的错才会让他变得这么极端。

在我还没有反应过来之际,王佑泽青筋暴露的拳头"嗖"的一声一拳正中肖文鼻子,"哪"的一声肖文倒在车的引擎盖上。他挣扎着想站起来,王佑泽特别利索地又补了两拳。

肖文躺倒在地上,刚才那个飞扬跋扈口不择言的人此刻像只斗败的公鸡。

如果不是我亲眼所见，我没法想象这双提笔写字的手，这个握话筒谈笑风生的人会突然动手伤人。这是那个在图书馆里温文尔雅，看你的时候低眉浅笑的人吗？这是那个说话慢条斯理，着火都从容不迫的人吗？这是那个不管我说什么气话都不温不火，任何场合都能得体发挥的人吗？

王佑泽一字一顿地说："这第一拳，是我替谢云昔打的。你可以不爱她，但是我不允许你对她有一丝一毫的不尊重。后面两拳是替我自己打的，不遵守约定的是你自己，你没有像你当年承诺的那样对她。"

我站在这种悲催又突发戏剧性的场合下不知所措，脑子嗡嗡的。

待我反应过来，忙蹲下去查看肖文的伤势。他的鼻子受伤了，鲜血蚯蚓般往外漫延，新衣服本来就花，这下颜色搭配更热闹了。我方寸大乱，忙找纸给他堵鼻孔，颤抖着打电话给疯子赶紧来接肖文。

我想伸手扶他起来，他挡开我的手，有点儿怨恨的，想自己用手肘撑着身体站起来。满脸的痛苦、不服，眼神里也有若隐若现的畏惧。王佑泽下手不重，他应该是想反击的，只是撇了一眼双拳紧握冷冷眼神的对手，就颓然放弃了。

那天忙到凌晨三点多才结束，亲戚朋友都散了，把我妈和老刘、龚丽丽送回化工厂大院安顿好，王佑泽送我回公寓。

西二环上，下起了零星的雨，一股泥土的腥气钻进鼻腔。

我靠在挡风玻璃上，王佑泽始终没有讲一句话，时不时过来一眼，我也不知道他是看我，还是看右视镜。

良久，我叹了口气，开了口："今天是不是太过了？万一肖文……"

王佑泽把左手架在车门上，平静地回答："等他冷静下来，我会找他谈的，我和他也应该了结一段恩怨了。如果他要追究，我全责，只是他不要为难你就好。"

"他不是那种人,因为几句气话弄成今天这样的局面,真的太难堪了。退一万步讲,大家也是朋友,同学一场。"

"他说我什么都可以,就像几年前那样侮辱我、谈条件,只要他是真心实意对你好,我都不在乎。可是今天我发现肖文不是我想象中的那个人。虽然钱可以解决现实的问题,但是钱不是万能的,我误解了成全的意义。"

"现在说这些,还有什么意义……其实,平时也真的挺好的,今天不过是话赶话,大家都在气头上,我也不对。"

"他首先爱自己,他的爱都是有条件的。你心气儿那么高,那么敏感,怎么可能感受不到呢?"

我把发夹拿下来,头伸到窗外,夜风卷起我的头发上下翻飞。

"呵,我都习惯了。怎么过,跟谁过还不是一辈子。"风把我的话吹得很零散,王佑泽一脸沉重,没有接话。

那真的是回忆里最悲惨的一天。

不管你经历什么,在旁观者看来都是微不足道的,第二天太阳还是会正常升起。

处理完涛仔的事情,花了几天的时间陪伴和安抚我妈和老刘的情绪后,我又马不停蹄地赶回公司上班,一大堆工作等着签字、拍板。

这一年,因为掉以轻心,准备不充足,我们错过了双十一,但是看到了电商行业迅速崛起的苗头。

我重新思考了一下公司定位,对未来的发展进行了深刻的反思。经历很多事情以后,想通了一个道理,一个公司不能两个方向,既抓实体招商,又自营淘品牌,导致四不像,有很多冲突的地方。管理者要将理念、方向、人格魅力传递给员工,核心层需弥补短板,吸收优点,凝聚执行力和战斗力才是上策。于是当机立断采取了一系列改革措施,希望逆转疲软的运营状态,促使公司往好的方向发展。比如转让掉几个亏损的直营店，砍掉实体招商部，精减人才，把重心放在网店运营上。有部分爆款为了货期，可以找工厂合作打版，将自己的短板——设计宣传工作外包。

同时，重金聘挖了一位行业内知名的设计师桑梓，重新定位了慢时尚的视觉包装，专心研究此前从未接触过的款式和CRM(客户关系管理)。初见成效后，桑梓和其他老设计师一起设计了下一季服装，也出人意料地获得市场认可，引领了当时棉麻领域的潮流。

忙工作那段时间，肖文没有主动联系过我。说实话，有时候晚上躺在床上，心里还很不是滋味。我知道对于挨打一事他是不会善罢甘休的，长这么大他都没有受过这种鸟气儿。至于怎么处理我就不知道了，我不希望事情弄到更难堪的地步，毕竟从心里讲，虽然经历过被骗、争吵、失望，我还是记得肖文对我的每一次好，我也相信他曾经对我都是真心的。

哪怕是这个时候，我还是对他抱有幻想，期待我们像之前每一次小吵小闹之后的感情回归。

一个月后，某一日晌午，给肖文打了个电话，他没接。一直挨到下班，他也没有回过来。我也没有再主动联系他。

大家都在自觉加班，公司一派繁忙的状态，氛围积极活泼。这里不得不提到我们的改革方案，我们的产品线由生产、设计、商品企划组成，运营模式上，企划作为需求方，制定好款式和目标价格，设计师在指定的框架内完成设计，挑选面料，确定工艺，直接与面料商和供应商对接，三方相互牵制，形成利益共同体，薪资和业绩挂钩。这种架构缩短了整体工作流程，运营更加扁平化。

虽然效率提高了，稍有成就感，但是网店整体竞争激烈，我也并没有敢松懈。那天看数据累了，就踱步到摄影棚。

棚里时不时传来姑娘们银铃般的笑声。这种气氛下，却听不见疯子的声音，这很奇怪。走进去一看，疯子坐在转椅上，脸上挂着愁容。今天的照片都是小李拍的，模特是小荷。我看了一下电脑上的样片，跟疯子的水平相距甚远，能用上的不多。我建议疯子安排他们先拍到这里，早点儿下班。

小李还兴冲冲地拍得起劲呢，有点儿不情愿。

"师傅咋了？还有两套，咱一次性拍完吧，省得小荷明天再跑一趟了，大老远的。谢姐都加班呢，咱们也别这么早收工好不好？"

小默鼓着腮帮子表示不满："大家都快累死了你倒是会邀功，还不知道你那点儿小心思，不就是怕小荷再跑一趟受累吗？这不正好给你俩制造机会再见面嘛。"

疯子挥挥手，示意解散。

小荷羞涩地笑了一下，去换衣服了。

人逐渐散去后，疯子把摄影棚窗帘全部拉开。华灯初上，城市的夜景像一幅宏伟巨制，美不胜收，只不过我俩都无心欣赏。我心里还在惦记着我的数据，疯子把脚搭在飘窗上，漫不经心地擦着镜头盖。

"亲，你瞧你那熊样，为情所困啊。瞒得过你徒弟，可瞒不过我。"

"人生，太操蛋了。"

想起这段时间灰暗的日子，我也感慨："是挺操蛋的。兄弟，知音难求啊，等会楼下喝几杯。那天你送肖文去医院检查，没事吧？"

"身体上倒没什么事儿，鼻黏膜毛细血管丰富，破了点皮儿而已，弄得有点儿狼狈罢了。那天走半路他死活不同意去医院，我俩去泡温泉了。"

"他没说什么？"

"就是因为没说，我才觉得有问题。肖文这人我了解，这不在沉默中爆发就在沉默中爆发，肯定早晚要爆发。事情虽然过去一个月了，但是我觉得没完，这是要秋后找王佑泽算账呢。"

"你这是啥意思？幸灾乐祸吗？肖文跟你这么铁的关系，你好歹说两句好话把这件事和谐掉吧。"

疯子站起来，从化妆台抽屉里摸出一根烟点上，幽幽地说："你们真是把他往绝路上逼啊。不是哥们不帮你，实在是无从下手，我提都不敢提。被情敌打了，还当着你的面，你想想吧，这没自尊的事儿也太特么的窝火了。"

"言之有理。要不，叫嘉妮过来，晚上请你们吃饭，你们帮我研究研究策略，老这么僵着也不行啊。"我拿出电话就要给嘉妮打电话。

疯子冲过来阻拦我："别，别，别，别给她打。"

"怎么了？你有约了？还是你俩闹别扭了？"我诧异地问道。

"不是，没闹别扭，是我这几天……不想见她。我……我……需要静静。"疯子神情有些慌乱，我心里咯噔一下。

"静静是谁？这绝逼不是你风格。快，跟姐说说。"

疯子吐了一串烟圈，吞吞吐吐地说："我……我想，想跟嘉妮分，分手。"

"你说什么？脑子被门挤了？"

疯子神色严肃地燃了一支烟，答："你没听错，是我想主动跟她分手。她没有什么对不起我的地方，甚至比以前对我还好。但是，我重新审视了一下我的爱情观，我特么的突然不喜欢她总是高高在上的女王样儿了，我再也不想被呼来唤去无条件付出了。凭什么每次吵架都是我赔礼道歉？她想找我，我就得24小时手机专门为她设成专机，不能关机不能欠费更不能不接。而我想找她，她直接摁断，事后理直气壮地说在工作。还有，还有，从来不让我介入她的朋友圈子，不介绍她朋友给我认识，更别说主动带我回去见父母了，当然，更不催我结婚。天天飞这儿飞那儿，半个月见不到面，如果说是正常男女朋友关系，好像有点儿不正常啊。"

"你怎么突然顿悟了？以前不是说小别胜新婚吗？噢，被肖文洗脑了？想换新人了？说说你新爱情观是什么样的？"

他摸着下巴，恢复一脸意淫样："对方得是温柔型，小家碧玉，千万别比我赚得多。我工作累了不说给我倒杯水哪怕甜甜地笑一下，就像小荷那种就恰到好处，这一天的疲劳烟消云散。晚上回家有盏灯等我，有热腾腾的饭菜，柜子里满是太阳味儿的衣服，跟我说今天又碰见什么趣闻了，简单地说就是上得了厅堂下得了厨房，举案齐眉，相敬如宾。好歹我也是七尺男儿需要尊重。"

"别铺垫得这么委婉了，你这么多解释里，我就听明白一句台词，你看上人家小荷了。你这……容姐姐劝你几句，嘉妮这么霸道，就是你惯的，她心里是非常爱你的，可能爱的方式有点儿极端吧。她霸道、撒娇、蛮不讲理是因为你是她男朋友，是她最信任的人。她可能缺乏安全感才会这样对你，如果你不喜欢她这样可以跟她沟通，我觉得她会改。"

"改？我跟她说过好多回了，让他在我朋友面前注意给我面子，她就是不听，一个破八线麻豆表现得跟一线国际大腕儿一样清高。上个月她出差去三亚，那天我听说有龙卷风，就打电话去关心一下，结果挂了我电话。我打过去又挂，又打又挂，我只好发短信过去，问她怎么了？结果半夜快两点给我回了一条短信，你猜是啥，你知道你错哪里了吗？我特么哪里知道，我关心你我还有错。结果我也晾着她，心里真是生气，就想跟她分了算了。但是回来那天我沉不住气买了礼物去机场接她，她也热烈回应了，我们就忘记了冷战这回事儿，我又心软了。"

"那么，小荷，她知道你喜欢她吗？"我托着下巴看着窗外万家灯火。

"知道。她总是那种淡淡的纯纯的表情你发现了吗？私底下很善解人意，跟她在一起完全没有压力，不用担心晚上点的菜她不爱吃，不用害怕又说了什么惹她不高兴的话，你买什么她都说挺好啊，反正就是很娇羞地笑着，笑得你心痒痒。我觉得我跟她在一起更合拍一些，我活得更像个男人。"

"这种女孩才深藏不露呢,心里想的啥都不说出来,笑面虎,你都不知道。还有,小荷是嘉妮带来的,她怎么可以跟自己朋友的男朋友瞎搞?你至少应该先处理好跟嘉妮的感情吧?否则以后见面多尴尬。"

疯子摸摸后脑勺:"我再好好想想吧。给我点儿时间,我有空试探试探她,看看她什么态度。就算今天不是小荷,也会是小花、小草,总之不是女王,我hold(控制)不住了。"

我已然知道劝不动疯子了。在感情问题上,站在他的立场,他说的这些好像也对,鞋子舒服不舒服只有自己知道,只有他碰见了更适合自己的那双鞋才会发现之前那双不合脚。我不能说他是陈世美,我也一点儿都不替嘉妮惋惜,她说过,不合适就分开。站在女人的角度来讲,遇见真爱之前,总会碰见几个情感骗子吧。

但是,这个真相肯定不会是我告诉嘉妮的,吃力不讨好的事儿我不干。

又等了两天肖文还是没有任何动静,我猜他也可能自知理亏打算息事宁人,我内疚得都不知道怎么好,却又找不到台阶下,只好就这么干耗着。

哪知下午午睡的时候,疯子突然举着电话冲进我办公室说:"老谢,老谢,肖文约了王佑泽在兰圃见面。"

"蓝普?什么地方,干吗的?"

"上学的时候有一次社团活动去的兰圃啊。我们去过的,养有很多兰花的兰圃。"

"哦,想起来了,不会是去打架的吧?"我站起来拿外套。

"没问,他让我等会儿开车去接他。我怕事儿闹大,所以还是觉得你应该知道。"

"那别愣着了,赶紧的,跟我去看看。"我抓起包就朝电梯间跑。

我们俩冲向地下车库，疯子二话没说主动当起了司机，我拿起电话打给肖文，结果关机了。

我深呼吸了一下，拨通了王佑泽的电话。

彩铃声是《烟花烫》，我的心微微一怔。

这是以前他码字的背景音乐，这么悲凉，听久了揪心地疼，那种孤独无依的宿命感。

"姑娘，你怎么了？"

"啊？哦。"我才回过神，"你，你是不是跟肖文在一起？"

王佑泽的语气异常平静："我们在聊天，没事儿，晚点儿再联系。"

我不死心："要不然你让他接电话，或者你让他开机，我真有事情跟他说。"

"姑娘，听话。再见。"

然后，然后电话就挂了。

我拍拍疯子正在换挡的右手，目光坚定地说："展示你飙车技术的时候到了。五挡，全速前进。"

疯子瞥了我一眼，学着王佑泽慢悠悠的语气说："姑娘，咱别闹了，听话。这是市区，前面这么多红灯，咱开的也不是飞机，快不了。"

我心里有种不好的预感。

三十分钟到达。

长这么大，我是第二次来这里。第一次是在几年前跟文学社成员一起来的，有肖文、范璐、疯子，但是王佑泽因为参加市里一个青少年歌咏比赛的主持所以没有来。

因为快闭园了，门卫死活不让我们进，最后好说歹说用两包烟收买放了我们进去。偌大的一个公园去哪里找呢？我跟在疯子后面不停地东张西望。疯子略微沉思，突然说："我大概知道在哪里了，跟我来。"

那是靠西南的一个拐角，有一处深潭，水质清澈见底，一座仿古八角亭矗立在水面上。远远看去果然有两个人在亭子里，王佑泽抱胸靠在柱子上，肖文坐在栏杆上，抽烟。

看来真是我瞎操心了，没有我想象的腥风血雨、打架斗殴，只有安静祥和，多么美好的好基友的画面。

看见我们气喘吁吁地赶来，他俩谁也没有意外。我观察了一下两个人的表情，还好，处于风平浪静的状态。

肖文沉默地抽着烟，垃圾桶盖上的烟灰缸聚集了一小堆烟头。

很安静，只有我和疯子因为跑得太快缺氧，此起彼伏的大口喘气声。

肖文淡淡地看了我一眼，把烟换到右手上，伸出左手说："云昔，手机借我用一下。"

我赶紧翻包，疯子的手机刚好攥在手里就递了过去。肖文挡了回来嘟囔了一句，不要你的。我总觉得肖文就像是个说单口相声的，有个包袱没抖出来。

我狐疑地把手机递过去，他接过去像个顽皮的孩子一样鼓了鼓两腮，走到亭子边下了台阶。

我扭头看了一眼王佑泽，刚巧他也抬头看我，淡淡地笑了一下。我想问他到底怎么回事，还没开口，只听水面"扑通"一声，银白色的影子在水面一打晃就掉下去了。水下开始浑浊，小鱼虾米虫子那些都被打扰到了，惊慌地四下逃窜。

"靠，老谢的手机掉下去了。"疯子叫道。

我第一反应并不是心疼手机，记忆突然倒回几年前，这个场景好像出现过，就在这里，疯子也是这样的嗓门儿喊："谢云昔的手机掉水里了。"

只是那次是我不小心拍照的时候手滑掉下去的，那时候手机还很稀罕，通信录里也没存几个人。

这个场景似曾相识。

那时候水比现在还要清澈一些，我当时二话没说就要脱鞋下去捞。

肖文拨开人群，一把拉住我说："你疯了吧，大冬天的水都快结冰了，你不要命了？"

我说："我不管，我只要我的手机。"

肖文讪讪地说："不就是姓王那小子给你买的吗。捞上来也用不了，进水了就废了，要不我送你个新的？"

"不，我就要这一个，救不活我也要尸体。"

"那我帮你通知王佑泽来捞，你不能下去。"

肖文虽然这么说，但还是哆嗦着挽着裤腿下到刺骨的水里给我捞手机，动作有点儿滑稽，上来的时候裤子都湿透了。肖文的脸色已经冻得惨白，疯子脱了外套给他披上。我当时特别内疚，跑到大门口拦了一辆出租车给他送回家，在车里肖文始终沉默，大概是冻坏了，牙齿发抖，不管我说什么都不回答。

今天的肖文是想用这种方式帮我回忆一下当时发生的这一幕。

疯子肯定也记得，只是他也诧异肖文用丢手机的方式情景再现是不是太狗血了。

我勉强挤出一点儿笑容："没事儿，你开心就好。"

只是可惜了手机里存的那些客户名单。

肖文背对着我，幽幽地说："当年那部手机如果没有捞起来不晓得还在不在这里？"

我一怔，不知道肖文到底想表达什么。不仅仅是提醒我欠他一个人情。

肖文凄然地看了我一眼，开始动手拧烟盒，先是拧成麻花状然后拧成一坨。这会儿他又突然来了兴致，大步流星走到我面前。

"谢云昔，你觉得我爱你吗？"

我被这光天化日下莫名其妙的一句话问蒙了，而且当着疯子跟王佑泽的面。我迅速看了一眼王佑泽，他一脸波澜不惊，置身事外的样子，看着夕阳里掠过水面的鸟。

"没关系，你实话实说好了。"肖文摘了眼镜一脸无谓地捏眉心。

说实话，我思考过这个问题。如果是几个月前，我们的关系还不曾改变，他一定是爱我的吧。尤其这几年每个难熬的时光，他都陪伴左右，我的吃喝拉撒都事无巨细，一掷千金。可是，就有那么几根刺活生生地扎在我咽喉里，不影响美观但是难受得要命，连呼吸都是痛。比如非典抛弃我屈从了他妈，比如瞒着我逼走王佑泽，比如借醉酒强迫我那啥，比如刘蕊口中的人渣，比如隐瞒兜兜的身世，比如骗我订婚，不能再比如了，好像有点儿多。

这些客观事实让我心生间隙，好像一张漂亮的脸蛋长了一个大瘊子，帅得不行的美男子却有个坏心眼子。

"肖文，你……"

"如果我的爱让你不开心不快乐反而沉重，我们为什么还要继续这样下去？"

第一次遇见诗人加哲学家肖文。他一向表达方式都是很冷幽默的。

他叹了一口气，再抬眼，感慨："有些事情是勉强不来的。我认输。"

我愣在了那里，不知所措。心里的天秤呼啦就偏向了肖文，就是那种钝钝的痛感蔓延至每个神经末梢。他到底怎么了？

肖文站起来，向着夕阳，身后拖着一个长长的影子，慢慢地转身走到我面前，像变魔术一样把我的手机递过来，尚带余温。

我惊讶地接过来："那，那刚才掉下去的是什么东西？"

"打火机。"

疯子给了肖文一拳："你丫够坏的，不要给我啊，大牌子的呢，丫扔水里。"

我转身问王佑泽，迟疑地问："你……又对肖文做了什么？"

王佑泽摇摇头，笑而不语。我电话响了，来电显示是肖文他妈。

有点儿疑惑，但还是接了。

刘群在电话里声音有点儿颤抖，特别急迫："我找阿文，快，我要找阿文，让他接电话。"

听了刘群这种命令的口气，我吸了一下鼻子："阿姨，您儿子成年了，也没托管给我，您怎么每次都到我这儿找人？"

"可是每次我都在你这里找到的啊。他不在单位，电话关机，我们都快急死了，怎么也找不到他人，你快帮我找他啊。"

"哦，是不是，姥姥出事了？"

"不是，姥姥好好的。阿姨求求你，帮我找找阿文，我有急事，我有特别着急的事找他。"

肖文和我的眼神一对视，像弹簧一样弹跳起来，双手抢过电话看了一眼屏幕，语无伦次地问："妈，我姥姥怎么了？"

不知道刘群说了什么，肖文的脸色"唰"的一下惨白，浑身明显向后倒了一下。我走到他身边，心一震，他失魂落魄地挂了电话胡乱塞进我手里，环视了一圈，说："疯子，跟我走。"

我也合上包，紧跟后面小跑了几步。肖文回头，有气无力地摆摆手，看了一眼王佑泽，不耐烦地说："你让他送你吧，以后，我们没有关系了。"

以后，我们没有关系了……

以后，我们没有关系了？

我又被分手了？肖文跟疯子的奔跑速度有点儿百米冲刺的感觉，我预感应该是很大的事情，我无心再去深入研究这句匆忙的话的意思。

天色渐暗，我和王佑泽也并排向大门走去。

"怎么回事？刚才你们俩说了什么？"

他沉默不语。

"那真是怪，他为什么要认输？你不会是把他脑子打坏了吧，这太不像肖文了。"

还是沉默不语。

"他刚才说我们以后没有关系了,是什么意思?"

又一次沉默不语。

"你没有说什么难听的,刺激到他吧……"

继续沉默不语。

我想从王佑泽的眼睛里探寻个究竟,谁知他一看我剑拔弩张的样子,就偏头看向别处,这更让我怀疑他心虚。从他在医院动手的那一刻,我似乎感觉他性情变了。那个谦和、温良的男生,如今也开始追逐名利,变得自我,要不然为什么接受媒体采访,同意大肆炒作自己?再或者,我从来都没有真正地洞察到他的野心?

从什么时候起,我变得敏感多疑,像个惊弓之鸟,对身边的人都表示质疑。

天色渐晚,水面上开始升起氤氲的水汽,空气里也都是薄雾的味道,晚风吹过耳畔撩起头发,落日的余晖倒影在水里,好像一幅精致的水墨画。不过我们都无心欣赏,各自满腹心事地往外走。

王佑泽坚持要送我,我拒绝了。"要不,一起吃晚饭?"

"不了。我困了想早点儿回去休息。"这个理由很牵强,但确实没有什么胃口。

"嗯,好好照顾自己,我走了。"王佑泽看出我的不快情绪,所以没有多加勉强。

"等等,差点儿忘了,"我从口袋里拿出一张银行卡,"给你,这是上次你在医院替我弟弟交的医药费,我爸妈都让我跟你说一声谢谢,在我们最需要的时候帮助了我们。"

我没见过连说谢谢口气都这么冷冰冰的。

他不由分说地推回来:"我用不上,你拿着吧。"

"那不行，我拿着算怎么回事。好借好还。"

我把卡塞进他的外套口袋里，他也没再说什么，定定地站在原地。

"那个，既然你在，我就通知你一下，本月20号来公司开股东会，商量公司去留问题，我想尽快把钱连本带利还给肖文家。既然创业没有意义了，也许趁早散伙是个不错的结局。"

说完，转身走了。

天边最后一抹夕阳的余晖藏进了远山里，城市进入浅夜。

第九章
悼念一下我死去的爱情

我又恢复单身了,但是我不是因为分手才想要征婚,我只是想认真地开始我以结婚为目的的下一段感情。我希望多年以后我也能笑着对他说,今日嫁得良人,感谢当年不娶之恩。

右眼皮一直跳,出了电梯,我从包里拿出的钥匙不小心掉在了地上。感应灯没亮,八成是又坏了,隐约看见栏杆处有人影,空气里有香烟的味道。我咳嗽了一声,那人没动,我浑身汗毛都竖起来了,然后想掏出手机照一下亮,结果死活没找到。我赶紧用脚探到钥匙捡起来,把门打开,闪进屋里。关门的那一刹那我借着屋子里的光瞟了一眼那黑影,怎么像嘉妮呢?

我试探性地喊了一声:"嘉妮?"

"嗯。"她闷闷地哼了一声。

"真是你啊!黑灯瞎火的不吭声,多吓人啊!也不先打电话,万一我回我妈那里了怎么办?"

"我只是碰碰运气,再过半小时你不回来我就走了。"

我一直盘算,嘉妮这表情是预感疯子要跟她分手,还是已经分了?

进屋以后,她直接把鞋随脚一踢,光着脚缩在沙发上,我洗了杯子接水给她,顺便打开了电视,调到电影频道。

"阿云姐，我问你一个问题，你会不会觉得我们这个圈子很……很乱？"

"贵圈，不敢妄加评论。这个要看自己怎么想了，不管咋样，希望你不忘初心，方得始终。"

"我不想在这个圈子里混了，人总要为自己将来考虑。我想结婚生子，然后我喜欢喝奶茶，我开一家奶茶店怎样？"

"结婚生子？好想法。你有告诉过疯子你的想法吗？"我试探性地问。

"呵，"嘉妮点了一根烟，吐了一个华丽丽的烟圈，凄然地说，"我干吗要告诉他啊，我也没说一定要跟他结婚。但是，确实是因为他，我才有这种想法。"

"嗯？什么意思？"

"别装了，你肯定比我先知道这个消息，我们分手了。他有这个意向，由我明确提出，最后一致同意和平分手。"

我削着苹果的刀顿了一下，没说话。

"哼，一个人一旦有了分手的心思片刻不能等啊。我太了解疯子了，说什么好聚好散。我倒是有一次一起吃饭走神的时候想过这样的结局，我有预感我们如果分手不是因为父母不同意也不会是因为性格不合，肯定是我们各自有更喜欢的人。可是我还没找到那个人啊，他却找到小荷替代我了。我琢磨着，我跟小荷到底差在哪里。你看过《还珠格格》吧，我像无理取闹的小燕子，小荷像善解人意的晴格格。作为女人我真讨厌小荷的性格啊，因为太特么的招男人喜欢了。当你面打个喷嚏都要软软地跟你道歉，什么时候都一副小鸟依人、弱不禁风的样子，对男人保持若即若离的距离，就像挠你痒痒，心里酥麻麻的，这种女人其实才真是男人的软肋。我以前觉得自己对付男人有一套，现在才知道大错特错。只有我自己知道，我没有公主命，只有自备女王心。"

"我靠,这种时候你思维这么清晰,大师啊。这是你自己作的,你对谁都知书达理,偏偏折腾疯子,对他趾高气扬,高高在上。再说小荷不是你带来的吗?"

"哼,我早发现他俩走得比较近,只是我大意了,觉得疯子就那样骚的性格。这趟回来,再看他俩的眼神才发觉不对劲,我预感有事儿,果然吃饭的时候疯子就在那绕啊绕啊。我这么骄傲的人尽管心里痛但是我嘴犟啊,所以我早他两分钟提出了分手。我说咱俩性格不合,不如散了吧。他挺失落的,可能是没想到连分手都没占上风。呵呵哈哈呵呵。"

"你们俩当是过家家吗?不嫌浪费时间,浪费青春啊。太草率了。"我用牙签插了块苹果递给她。

"我只是他流浪的一个地方,腻了就下一站了。纠缠只会让彼此难堪,归根结底是我自己的问题。我太强势,不拘小节,人多的时候不给他面子,所以他长期在我的淫威下渴望被人崇拜,被人尊重,恰恰小荷就充当了这么一个角色,所以她轻而易举地拿下我的阵地。"

"你觉得他俩是真爱吗?"

"鬼知道啊,八成她也只是疯子流浪的下一个起点。疯子玩性大,且得流浪呢。我们在一起这么久,我都不敢问他是不是真的爱过我,呵呵。累了,我想在你家疗伤,悼念一下我死去的爱情。"

我脱口而出:"呸,这还值得悼念啊,你也赶快振作起来,不是说忘掉旧爱的最好办法就是找个新欢吗?"

"我先缓缓神,感谢一下疯子。因为他,我的心智才开始成熟,我的感情世界才开始开花,我的灵魂才得以安放,所以值得悼念三五分钟。然后,我要尽快清空他占的内存,轻装上阵。"

我松了一口气接茬道:"听你这么说,我就放心了,比我想象的要好多了,你刚才进门的时候我还在想把菜刀藏哪儿呢。"

"切,你怕我想不开自杀啊?"

"不是，我是怕你借我们家的刀去解决疯子。我低估你了，如果当年王佑泽离开那会儿，我能早点儿遇见你这位大师，有你开导，估计我也早走出感情的这片沼泽地，没有烦恼了不是。说不定也结婚嫁人，说不定都是娃她妈了，省得我妈天天在耳边叨逼叨。"

"现在开窍也来得及，人生最美好的风景是下一站。积极地面对生活，哪能因为个把男人就跟自己过不去。放心吧，我很好，生活也依然美好……"

嘉妮说她就是站在我家楼道里想明白的道理，她喂了自己满满一碗鸡汤。在她理解生活就像是个段子，目的是让人笑，如果我们以悲剧的视角读它，自然读哭了。爱情更像女人，希望有人疼，如果以仇人的心态看它，自然结怨了，自己硌硬。索性做个没脑子的二师兄，随遇而安，嘻嘻哈哈过一天，稀里糊涂过一辈子。她说，也许这些有一部分是为了给自己找补面子，或者是自我开解，但我知道，她需要一个独立的空间来释放自己。

我借口有事就从家里出来了。外面下了淅淅沥沥的雨，没有开车，沿着江边慢慢溜达。

中心广场上，大妈们已经开始激情奔放的舞蹈，那舞姿整齐划一，歌名是《我和草原有个约会》。俯身、展臂、探头、抬腿，比年轻人都矫健，仿佛一到小广场听到音乐就被激活了。这精神头跟一上公交车就颤颤巍巍病恹恹的形象格格不入，站个几十站地都不成问题。

手机突然响起来，显示是刘妈家的座机，我的心一下提到嗓子眼儿。

我找了个安静一点儿的位置接了电话："喂，小尾巴吗？是不是刘妈怎么了，快告诉我。"

"云姐，我妈她挺好的，比在医院那几天气色还好一些，多亏你们照顾。呃，是，我妈，她让你有空儿来家里一趟。"

"哦，那我就放心了，我现在就有空儿。是不是发生什么事情了？"

我诧异地问。刘妈从来不会没事找我，就算每次想我们，也是打个电话让我们有空儿再来。

"来了再说吧，我们等你吃饭。"我答应着，走到主干道上，随手拦了一辆计程车。

刚上车收到小尾巴发来的短信：云姐，刚才电话里不方便说。我妈冲王佑泽发火了，你快来安慰她一下，医生不让她生气。

刘妈竟然冲最得意的门生发火？这很不可思议，刘妈以前说过她对王佑泽寄予的希望比对她亲儿子的还要大。刘妈现在这种身体状况，王佑泽也不瞎，肯定心里清楚啊，怎么还敢惹她生气。这增加了我对他的不满情绪。

我一边催促司机师傅快一点儿，一边心烦意乱地翻微博，嘉妮写了一段征婚启事，时间就在前五分钟。

她写道：我又恢复单身了，但是我不是因为分手才想要征婚，我只是想认真地开始我以结婚为目的的下一段感情。我希望多年以后我也能笑着对他说，今日嫁得良人，感谢当年不娶之恩。

配了一张清纯的素颜照片。一席米色的吊带长裙，靠在飘窗上，素净的小脸上似笑非笑，眼神落寞，仿佛一眼看穿人间。

几分钟的时间就有十几个人留言评论了，有疑问的，怀疑盗号了；有支持的，旧的不去新的不来；有应征的，留了电话求女神勾搭；还有说风凉话起哄的。

本来想打个电话安慰一下嘉妮，司机已经停好车，说到了。刘妈的身体要紧，我收好电话付了钱赶紧上楼。小尾巴开了门，看见我进来朝卧室努了努嘴。刘妈在卧室床上半靠着被子闭目养神，身上盖着鹅黄色的毛毯。雨滴顺着玻璃往下滑，也不像小尾巴说的大发雷霆的模样。我还从来没见过刘妈生气的样子，所以我也根本想象不出来，这么脾气温和的女人发起火来是什么模样。

客厅里很安静,有淡淡的泰国香米刚刚蒸熟的味道。厨房隐隐约约传来抽油烟机的声音,我推开厨房门,居然是王佑泽在下厨。

白色的衬衣袖子卷起,台面上小碗一字排开,葱姜蒜香菜小辣椒,还真有模有样。蒸南瓜、爆炒猪肝、清炖鸡,锅里鲫鱼豆腐汤已经变成了奶白色。

我冷哼一声:"呦,真像那么回事儿。大才子还没忘这手艺呢!"

"这是天赋不敢忘,再说我在山里的时候,经常给孩子们做野味儿补充营养。"

顿了一下,狡黠地笑,说:"你看,我们还是一起吃晚饭了。"

他偏头边笑边切菜,一副游刃有余的样子,好像几个小时前什么都没有发生过。那么肖文呢,他在家做什么?难过得没吃晚饭,还是在酒吧跟朋友把酒狂欢?

刘妈还没醒,我关了抽油烟机,悄声问王佑泽:"咱妈为啥生气?医生都交代了,你怎么能让她生气?"

"诺,菜快凉了,我端出去,你去叫醒她,吃饭时间别提这个,吃完再说。等下劝咱妈多喝点儿汤补补身子,能不能劝得动就看你的本事了。"

我张张嘴没说出话,他就端菜出去了。

刘妈大抵也闻到香味,或者被我们端盘子抬凳子的声音弄醒了。她微微动了动身子睁开了眼,小尾巴赶紧过去扶着,把老花镜递给她。

她脸色蜡黄,比在医院更清瘦一些,可能是吃药的缘故,头发都白了一大半了,发际线也后移得厉害。她把手搭在我手腕上,冰凉,没有一丝热度,手背上因为每天要输液还埋着留置针。

忍不住一阵心酸难过,一阵悲悯的情绪蔓延全身。

刘妈抬手想看看时间,才发现手表没戴在腕上。我赶紧报了时间:八点一刻。刘妈摇摇头,似乎为错过了新闻联播而遗憾。我们都知道,这个习惯她保持很多年了。

我们也小心赔着笑脸,劝她吃慢一点,多吃一点。

不知道是不是王佑泽做得不好吃还是大家都有心事,没人夹菜。那些菜啊汤啊就在我们沉默间黯淡了色泽,消失了香味。

生平第一次在一种类似默哀的气氛下,小心翼翼地扒着饭,大气都不敢喘。伴随着法制栏目结束的音乐,刘妈放下了筷子,小尾巴扶着她去洗手间漱口,我和王佑泽对视了一眼。

我用唇语问:"到底怎么了?"

王佑泽撇了一下嘴,捂着胸口做出中枪的表情。

从房间里传来刘妈的声音:"阿云,阿泽,你俩吃完饭进来。"

我放下汤碗,跟王佑泽一前一后进到刘妈房间。她是最爱干净的人,即使病重,房间也收拾得一尘不染,衣帽都整齐地挂在衣柜里,书静静地立在书架上,那些阳台上的多肉植物长势喜人,有些零星地开着点儿碎花,一股雨后泥土的清新扑鼻而来。

刘妈坐在写字台前像当年一样,摘了老花镜,颤抖地滴了点儿眼药水,良久才开口,呢喃软语。

"你们倒是坐啊,坐吧。时间过得真快啊,人的一生何其短暂,这几天晚上我老是梦见小尾巴他爸。我知道他在那边等我呢,我还没怪他撇下我们这么多年,他反倒责怪我,儿子怎么还不成家啊?这小子老说缘分未到,再等等,再等等。我怕我是等不到那一天了,随他去吧。哎,阿云,我八卦一句,他是不是还喜欢范璐啊?"

"嗯……应该是的吧,我也不太清楚,改天我问问范璐。"

"嗯,问问也好,如果她没那个意思,就算了,强扭的瓜不甜。我想起他爸走后,有好多老师给我介绍对象,有几个条件好的,我就是没有同意,怕这臭小子受委屈。这二十多年我宁愿委屈自己啊,一个人拉扯孩子长大确实不容易,现在他长大了,可以自力更生了,我也就可以放心地去了。"

"刘妈,你别去啊去的,你辛苦一辈子还没开始享福,还没看小尾巴成家去哪儿啊。你一定得坚强,我还等着你好了再下厨给我们做松鼠鱼呢。"

"其实我比操心小尾巴还操心你们,你们都长大了出息了,个人问题也该解决了,老拖着也不是个办法。阿泽的心意,阿云你知道吗?"

我咬着下唇,支吾着。

"假装不懂是吧?你们叫我一声妈,我就有做家长的义务。我不知道以后还有没有机会,今天我们就敞亮了说,有件事我想听听你的意见。今天我因为这个事情对阿泽大发脾气,事后我换位思考,假如我是你们其中的一位,会怎么处理这些事情?我终于想明白了,解铃还须系铃人。我不能阻碍你们做任何决定,就像当年阿泽去支教,我给了参考意见,现在看来也不是什么好事儿,老觉得是我耽误了你俩的青春。所以阿泽这件事,我想听听云昔的意见。"

"你怎么了,王佑泽?"我转脸问他,刘妈表情这么严肃,我感觉应该是个大事儿。

王佑泽一脸无辜的表情,沉默着。

刘妈扫了我们每人一眼,咳嗽了两声:"我来说吧。事情是这样的,阿泽要接一个枪手的活儿,虽然待遇丰厚,可是,这是自毁前程啊。他还说做完这个活儿以后不再写书了,他要学着经营公司。"

"为什么?"

"阿泽一直不肯解释原因,也许他有难言之隐。"

王佑泽整个过程一言不发,像株挺拔的松树,真是打算顽抗到底。那表情就是:我要急死你们。

刘妈叹口气说:"关于这个问题,他不肯解释,也许他有自己的考虑,但是不写了真的很可惜。这条路虽然苦,但是既然已经成功地迈出第一步，以后会越来越顺的，不要为了眼前的一点利益毁了前途啊。道理我跟阿泽说了几遍了，想必他肯定懂，今天阿云也来了，当我们面你说个子丑寅卯。我这个当妈的不是不通情达理，只要理由充分，我也不会怪你。"

王佑泽抿着嘴，继续装哑巴。

我点点头说："刘妈，你放心，我会问出结果的。你好好休息，按时打针吃药，我们改天再来看你。"

从刘妈家出来，王佑泽刚把车倒出库，倾盆大雨从天而降。我们坐在车里看着外面瞬间水流成河，在地上溅起千万个水花。

"熄火，熄火，等雨小一点儿再走，先谈谈。"

"好。"

想起刘妈的满脸忧虑，酝酿了一肚子无名火，这是这么几年来我第一次对他排山倒海般的埋怨、指责、愤懑，什么后果也没有考虑，因为我太生气了。

是时候拿点儿脾气给他看看了，只是当时因为着急，表现得气急败坏、上蹿下跳、手舞足蹈——这是很久以后王佑泽对当时战况的总结。

"你有病吧。你这个人就是这样，总是自以为是，什么都不考虑别人感受，什么都不需要跟人商量，说做就做，说走就走。上学的时候刘妈是怎么苦心栽培你的？现在刚上道，眼看就可以更上一层楼了，你自个儿自暴自弃要走下坡路，你对得起谁？刘妈病成这样子，说话都费力，还能在这个世上活多久都不知道，你却在这自作聪明另辟蹊径，你到底在搞什么鬼？你怎么那么爱钱？以前你不这样的啊，这几年你到底经历什么？穷疯了？"

"还有吗？"看着他脸上带着三湘四水的温润，显得如此多情。这种表情在刚被骂的人脸上出现真是少见，我怎么联想到以前跟他一起吃奶油蛋糕，他也是这样偏过头边帮我擦嘴角边问：还吃吗？

妈蛋，怎么走神了？

"当然有，你如果懂得尊重人，就应该好好跟在乎你的人沟通，不能再跟几年前似的，说走拍拍屁股就走。你以为这是成全，你知道蒙在鼓里的人有多伤心又有多难过吗？你知道那样的日子有多难熬吗？你什么都不知道，你只会一意孤行。你为什么不问问我当时为什么非要开公司创业，你为什么连分手都不敢说就走。你呀你，你简直了，我跟你说，我不想跟你说了……"

"发完火了？气大伤身，平静一下，喝口水。"他伸出手递过一瓶矿泉水，盖已经拧开了。

我特别女汉子地推开："不喝，别想打岔。刘妈今天说的这个事情你必须说个一二三四出来，否则你对不起刘妈。哎，你当枪手这事儿，你到底为什么，缺钱？"

"的确为了钱。"这句话他说得很低，我感觉滚滚惊雷在耳边在头顶轰轰作响，还像炮竹噼里啪啦的炸得脑袋疼。

"为，为，为了钱出卖自己灵魂？这是你吗？这是那个清高得要命的言尽先生？"我冷笑着问道。

"我想过了，我手上还有一些，加上这笔钱，你就不需要转让公司了。我们可以三倍赔付肖文，这样你也不会觉得欠肖文了。你为了公司付出这么多，在事业最辉煌的时候放弃，太可惜，我于心不忍。"

我瞪大眼睛："敢情是为了我啊。你于心不忍，所以呢？所以你就当个清高的圣人，在我需要钱的时候提供援助，这就是你说的弥补吗？我需要你这么委屈自己来帮助我吗？你这种做法太愚蠢了。你果然还是那么自以为是，想当然，自己觉得怎样就怎样，你为什么从来不考虑一下自己，为什么老是牺牲自己成全别人？你不知道这样做，其实也伤害了最关心你的人吗？比如刘妈，你看见她今天多失望了吗？"

我说到最后，已经破音了，我感觉有东西堵住了嗓子眼儿。

我把水从他手里夺过来,他看着雨刮一起一落,继续玩弄着车钥匙,一开一合。

"如果没有签合同,你收回你的好意吧,我不需要你这么做!怎么?你不说话是什么意思?你还是打算一意孤行?让刘妈知道原因她得多恨我,你想让我当千古罪人吗?我偏不上你当,我绝不领情,气死你。"

末了又补一句总结:跟你丫说话真费劲,好像对牛弹琴,表演单口相声。

天际一道闪电,雨下得更大了,这种天气百年不遇,太适合撕破脸了。

我生怕他以为我不够生气,继续做傻事。于是拉开副驾驶的门,想体验一下暴雨中暴走是什么感觉。刚开一条缝,雨水就拼命地往里灌,肩膀和一条右腿一下就全湿了。王佑泽手疾眼快探过身子把我拽进来,拉上车门,然后按下车门锁。

"放我下去,我不跟圣人待在一起。"

他侧过身,眼神变得凌厉,半晌终于发声:"谢云昔,你不是说遇到事情要两个人一起扛吗?我之所以没有告诉你,就是因为我知道你要强,不会允许我这么做。我只是想替你分担一些压力,尽我所能。为什么我怎么做都是错?回避是错,面对是错,远离你是错,靠近你也是错。你告诉你,你到底希望我怎么做?"

我呆呆地看着面带愠怒的他,一时语塞,不知道该说什么。

雨刮一左一右,欢快地打着节拍,车玻璃起了蒙蒙的雾气。王佑泽拿纸巾给我擦脸上的水,我执拗地别过脸去,看着窗外的水幕,不再说话。

经过刚才的歇斯底里,居然有了困意,雨也小一点儿了,王佑泽发动了车子。

"云昔,其实……"

"等等,我先接个电话。"

我伸手从口袋里掏出手机,是疯子。我没好气地接起来:"干吗?"

"老谢，嘉妮跟你在一起吗？我打她电话她不接啊。"疯子的语速特别急促，像刚跑完马拉松。

"疯子，你真疯了吧。你俩已经分手了，是你甩了人家，你现在又如此这般火急火燎的想干啥？"

"我没有跟她分手，都是假的，哎，都是假的，我回头跟你解释。我现在必须找到她，她家里没人，我担心她。她在微博上晒出好多酒，等下喝醉了怎么办。你说你没跟她在一起，她那些同事姐妹也都说不知道，我怕她出事啊。你要知道就赶紧告诉我，人命关天哪。"

"你等会儿啊，我看看照片是哪儿。"

好家伙，这姑娘真生猛，坐我们家地板上，把我所有玩偶都摆成一圈，中间围着一瓶红酒、半瓶白酒、N瓶啤酒，还附言醉生梦死，一醉方休。

"她在我家。不过如果她知道是你，肯定不会开门。你回办公室拿备用钥匙，在我左边第二层抽屉眼镜盒里。"

"哎，关键时刻我就知道你不会掉链子。谢了啊。"

"你呀，作得一手好死。你麻利儿的赶紧去，嘉妮要是有个什么闪失，唯你是问。还有，劝她息怒，都别吵吵，别连累了我的房子。"我语速飞快地嘱咐道。

"我现在就在路上呢，我比你着急。晚上你就甭回来了。你今晚回大院你妈那儿，顺便去看看肖文，他们家水深火热了，你去宽慰宽慰他的心。"

"他家怎么了？"

"出大事了。哪个王八犊子举报了肖叔叔滥用职权、贪污受贿，被纪检委喊去谈话了。肖叔叔真要是查出问题，进去了，肖文工作就不保，这个家就毁了。"

挂了电话，我的心狂跳不止。我用袖子揩了揩车窗，说："不要上桥，桥洞下第二个出口右转，我要回我妈家。"

有些唏嘘。如果肖叔叔的事情是真的,姥姥那么大年纪了,又有病在身,怎么经得起这么大的打击?人生在世,真是不可能永远一帆风顺的。那个从小就有优越感的肖文和走路脚指头都要傲上天的刘群女士,此刻都在干什么呢?他们肯定做梦都没有想到,命中会有这一劫。还是祈祷肖叔叔没事吧,毕竟他看起来不像是那种人。

到了目的地,我板着脸,严肃地警告:"今天的事情,纯粹是你自己咎由自取,没有人领情啊。如果你真这样做了,不仅刘妈不原谅你,在我看来也没意义。"

"谢云昔,我要怎么做,对你来讲,才有意义?"

"坚持你的梦想,做你自己该做的。"我不假思索地答道。

我真怕我心一软,说了感动的话,他又一意孤行,真的自毁前程,那样我就成千古罪人了。这就算是善意的谎言吧。

我怎能不明白你的心意,但是王佑泽,你要学会先爱自己。

我们就这样,不欢,而散了。

到家,换了拖鞋。客厅开着一盏幽暗的灯,一点儿人间烟火气息都没有。茶几上摆着涛仔的黑白照片,俩老人像石化了一样呆呆地看着,怪瘆人的。

我想去厨房给他们做点儿饭,但是被拒绝了,于是我们三个都静静地坐成三尊雕像。老刘机械地点了一根烟,我从茶几上拿起他的茶杯帮他添了点儿热水。

我说:"那个,妈,我搬回来住几天吧,陪陪你们,正好淡季这段时间公司也不是很忙。"

我妈点点头,说:"好孩子,回来好,回来陪你爸说说话。"又幽怨地看了一眼老刘,说:"老刘啊,人总要朝前看,你也别太难过了。这几天你瞧瞧我们俩都过的什么日子啊,饭也不定时吃,门也不出,人都没有精气神了,再憋出个三长两短,可怎么过以后的日子啊。"

我接话道:"是啊,是啊,我们都要向前看。我晚饭没吃饱,饿了,我们去吃宵夜吧。我知道咱家后门那条街新开了一家私房菜,麻辣兔头特别地道,营业到晚上两点呢,一起去尝尝,怎么样?"

老刘勉强挤出一丝笑意,摁灭烟头,拍拍身上的烟灰,有气无力地说:"走吧,阿云,我陪你们去。你妈这段时间太累了,是我对不起你们娘俩。"

我们一家三口锁好门就出发了。下到一楼,我抬头看了一眼肖文家窗户,黑灯瞎火的。我挽着我妈胳膊,小声问:"阿文家……怎么没人啊?灯都没亮,这么晚了,不应该啊。"

"可能有人,老太太年纪大了能去哪儿啊,也许睡了吧。你回来的前几分钟我听见刘群嚷嚷着什么,然后锁门下楼了。你还不知道吧,说来也是挺气人的,你肖叔叔被带走调查了,说是受贿。好不容易过两天安生日子,怎么出了这事儿。老肖多老实的人,没想到知人知面不知心。"

老刘丢了垃圾,说:"咱自己家都已经这样了,就别讨论别人家了。都是邻居的别让人家听见。"

看到肖文的车停在院子里,我断定他在家里,想喊他一起吃点儿东西顺便安慰一下。拿着手机犹豫了一下,拨通了肖文的电话,一直没人接,我就一直打,最后一次他接了没有说话,几秒钟后挂断了。

我隐约开始担心在兰圃他已经身心受挫了,加上他爸爸的事情,双重打击。他从来没有遇到这样的事情,万一心理承受不了怎么办。

再打电话就关机了。

我绕到他家后窗对着他的房间喊了两嗓子:"阿文,阿文。"

没有人应答,我丧气地回到大门口跟我妈会合。老刘走在前头,背着手弓着腰,手指里夹着烟,走路有点儿飘。

我捅捅我妈胳膊,说:"你跟我刘叔说说,少抽烟,对肺不好。"

她责怪道:"以后不许刘叔刘叔的,就叫爸听见没有?"

我张张嘴,呃,叫不出口。

我妈叹口气不再说话。

吃饭的时候老刘有点儿走神,我还以为不对胃口呢,赶紧招呼服务员加菜。

他伸手摆了摆,用纸巾捂住鼻子哽咽地说:"看见萝卜牛腩我想起一些事儿,涛仔他妈带着家里全部的钱走了以后,当时你们还没来,我们爷俩过了一段苦日子。我亏待了涛仔,他正长身体,营养都没跟上。涛仔最喜欢吃他妈做的萝卜炖牛腩,放学回家闻见香味就往厨房跑,一看我们家什么都没有,原来是对门老肖家做菜的味道。我总是跟他说,爸也不会做,等过几天我带你下馆子。十天半个月才吃一次肉,涛仔眼睛都放光,但是他会故意给我留一些。我也舍不得吃,就给他打包放饭盒里带学校吃。在医院的时候,有次我陪床,梦见涛仔说爸我想吃萝卜炖牛腩,炖烂一点儿。醒来我也没当回事,一心想着等他出院了回家再吃。如果他现在还在,我愿意每天给他炖一锅。"

物是人非,我借上洗手间的名义,在盥洗室里忍不住掩面痛哭。这一段时间简直就是人生最大的低谷,低到地狱里去了,遇上各种各样的糟心事儿,而且你不知道接下来还会有什么更奇葩的人或者事儿在等着你,一切发生得那么诡异无常。

吃了宵夜把他们送上楼,我回到院子里的凉亭透透气。灯火阑珊,夜风薄凉,四处静悄悄的,花池里偶尔有不知名的昆虫制造一点儿动静,让人有点儿无所适从。

我这特么的得罪哪路神仙了?本以为自己的感情跟随自己的内心走,顺其自然就够了,偏偏安排这么多考验,人生真不是一个简单的活着就可以。我亲爸、老刘、我妈、郁闷离开的王佑泽、作死的疯子、被甩的嘉妮、病床上还操心我们的刘妈、死去的涛仔——在眼前浮现。

我给王佑泽发了条短信：那谁，对不起，我今天话说得有点儿过。你千万不能辜负刘妈，不能偏离你的梦想轨道，你还是我欣赏的言尽师兄。

他很快就回了：姑娘，此话当真？

我拿着手机没有回复，过了两分钟，他又发来：肖文怎样了？还好吧！其实我也想知道答案，我突然想起来疯子应该知道吧。我怎么早没想起来这事儿应该问疯子呢？肖文每天喜欢穿什么颜色什么款式的内裤他都门儿清。

疯子电话接得挺迅速，我捂着话筒听了一下动静，还挺热闹，此起彼伏的干杯声。我不忘挖苦几句："找到你前女友了没？还是这么快就跟新欢庆祝上了？"

"切，什么前女友啊，会不会说话？我们刚和好，刚展开崭新的爱情故事，重走青春。我们压根儿也没分手，你知道的都是假象。那个，那个小荷配合我演的一场戏而已。"

"这不是作是什么？嘉妮那么抢手，万一演过火了对你死心了，去找下家了咋弄？"

"是啊，我也后怕，我这不是为了杀杀她的女王气焰，让她认识到自己的缺陷，跟人家小荷学习学习怎么当贤妻良母吗？柔，柔，柔一点儿啊……"

接下来电话里就是噼里啪啦的施暴和被施暴者大呼救命的声音，想想也知道怎么回事。

刚准备挂电话，传来嘉妮气喘吁吁的声音："我让你柔，我揉死你，滚。你跟阿云姐胡说什么呢？刚才是谁哭着喊着求我别离开他，承认自己犯了低级错误的？云姐你别听他瞎说，这家伙就是没事儿找事儿。我们没和好，在观察期，观察期哈，胆敢再犯从严处理。"

然后就传来瓶子倒地的声音，以及乱七八糟的尖叫声、打闹声。我靠，这不会是在我家里吧？敢情是把我家当战场了，听这动静打麻将肯定够人数。

还没来得及问肖文的事，电话就挂了。

真是长见识，这样胡闹也可以和好。面对这对欢喜冤家真是无语啊。

不过这也算这些阴霾里唯一的喜事了，我也相信有些烦恼终究会过去。

窗外又开始下雨了，雨打在窗台上动静有点儿大。也许是有心事睡不着，想起来喝水，走到过道上，看见沙发上忽明忽暗的烟头，开了小台灯，老刘苍老的脸被暖黄色的灯光缓缓照亮，看着心里怪难受的。我简单打了招呼就回到自己房间，隐约听见我妈出来和他小声说话。我不得不说，在经历过涛仔的事情以后，他们的感情比以前更加融洽了。也许老刘经过这个事情终于意识到，我妈早把涛仔当成了自己的亲生儿子，他们也成为了真正的患难夫妻。

只要我妈觉得这就是幸福，我就会很欣慰。

第二天一大早我就起床了。下了一整夜的雨，院子里水池都满了，地上到处都汇成了小溪。我原本以为生活在这座城市里，有房子和车子就够了，没想到还差一条船。

门铃响了。

居然是刘群，真是太意外了。以前刘群每次到我家都伴随着斗嘴甚至动手，理由是来找她老公或者来找碴儿。

她浑身发抖，脚上穿了一双雨靴，裤子都湿透了，脸上写满了焦急，头发随意地散着，刘海一绺一绺地粘在额头上，深陷的眼眶里，眼神涣散，布满了红血丝，眼袋很大，完全没有了平时的一丝不苟，整个人憔悴不堪。这个形象可是第一次见，让我吃惊不小。

"阿姨，您找什么？"我的戒备心一下子放松下来，让开门，请她进来。

"不，不用了。我，想问问你家有退烧药没有？太早了，药店都没开门。"

"您生病了？要不要去医院？"

"不是我。你快告诉我，你家有还是没有。"

"噢，我不知道，我问问我妈。"

我爸已经把药箱提出来了，看了一眼刘群，轻声说："都拿去用吧，看一下有效期啊，用酒精兑水降降温。"

"阿姨，是谁发烧了？是姥姥还是阿文？我能去看看吗？"

刘群接过药箱，面露难色地说："是阿文发烧了。不过……他姥姥还不知道他爸爸的事情，你可不要提，我们瞒着她说老肖出差了。也不要提工作，阿文，被停职了。还有……"

看出她的欲言又止，我点点头示意她还有什么话尽管说。

刘群说："就是钱的事情，文他爸爸出了这种事情，打点关系需要钱。能不能把之前投你们公司的钱拿出来应急，要现金，现金。"

然后不等我回答，她转身蹒跚着把自己家门打开，看了我一眼，就进去了。

肖文的房间窗帘半开着，房间很暗。他背对着我以一种很扭曲的姿势趴在床上。听见开门没有翻过身来，剧烈咳嗽了几声。

"妈，我说了不去医院，我就在家躺会儿，你给我杯热水，嗓子要冒烟了。"

我赶紧给他倒了热水端进去。

"妈，你出去吧，我想再睡会儿。"

"阿文，是我。你想吃什么吗？"我把被子往上拉了拉，轻轻地问。

他扭过头，揉了揉眼睛，面露一丝喜色，才两秒，就恢复了病态的惨白。

"回去吧。"

很久以前我们还是好朋友，他会故意装病，骗我来看他，不管我带了什么吃的，他都会特别夸张地大口大口吃，跟饿了八百年一样。然后，我就有一种被需要的满足感。

"我来看看你。"

"这不看完了，请吧。"他的口气非常硬，以至于让我觉得我们从来没有做过朋友。这么多年第一次像不共戴天的仇人，让人不寒而栗。

刘群拿着药进来。

"阿文，这个是消炎的和退烧的，你先吃了。"

我接过药："刘阿姨，先给他吃点儿东西吧。阿文胃不好，药最好饭后吃，我妈煮面了，我去端来。"

"我不吃，不吃，什么胃口都没有。我等下还要出门，跟人约好了，还有重要的事儿呢。"阿文固执地拒绝。

"哪儿也不许去。吃也得吃，不吃也得吃。"刘群吼完肖文，转过身对我歉意地笑，"小云哪，我发自内心地谢谢你了。有句老话说，路遥知马力，日久见人心，就是这个道理。这种时候，来看阿文的也就你了……"

"你俩唠嗑出去唠，我还要换衣服呢。出去吧都出去吧。"肖文烦躁地打断了刘群的话。

我端了面送过来，肖文房间的门是关着的。我嘱咐阿姨一定要看着他吃完，又婆婆妈妈地站门口跟他说多喝温水、好好休息，把自己累垮了更解决不了问题什么的。

刘群欲言又止，最后什么也没说，但是眼圈泛红了。

后来听我妈说，肖文他爸被调查的那段时间，她听见过刘群在楼道里打电话压抑地哭，因为事情起因就是刘群在老家亲戚面前夸下海口，答应帮一个表亲的忙，所以逼她家老肖必须给解决孩子上学的问题。老肖经不起软磨硬泡，为了刘群在老家的面子，和图耳根子清净，到底冒着风险给亲戚孩子顶替了一个艺术特长生的上学名额。后来才知道被顶掉的那个女孩家里虽然是农村的，但是不知道怎么着人家在网上发了帖，晒了成绩单,讲述了自己的悲惨遭遇,控诉贪官污吏和有关部门不作为。事件在网络上发酵成热帖,网友们经过人肉搜索就挖出来了肖叔叔是幕后黑手。可怜平时小心谨慎的肖叔叔,临退休了落得个滥用职权、贪污受贿的坏名声。

虽然我们痛恨贪官污吏,看到哪个贪官下马拍手称快,可是落在身边人的头上,还是同情多于唾骂,毕竟他是肖文的爸爸。

钱是刘群收的,还好不多,只有三万。表亲说还送礼了,具体是些什么,我们也不得而知了,无非是东北农村那些小米、大豆、土鸡一类的。因为被举报,那亲戚的孩子学没上成,表亲也翻脸了。同时,肖文他爸另外一起收受茅台的案子也浮出了水面。

一个失败的男人背后,有一个拖后腿的女人就够了。人生总有一些际遇让你措手不及,不知道明天身在何处。

在车上,我给刘妈打了个电话,汇报了王佑泽的思想动态,表示他坚决不会做违背良心和梦想的事情,是刘妈及时帮助他悬崖勒马,他已经知道错了,并表示积极创作,不辜负刘妈的期望,让她一定要保重身体,等到王佑泽大红大紫的那一天。

刘妈甚是高兴。

挂上电话我长长舒了一口气,在公司楼下刚好碰到疯子也在停车。

"谢老大早上好啊。"疯子春风得意地打完招呼,一头钻进我的雨伞下。

"这天跟漏了似的,从没见过这么倒霉的天气。库房的货都要发霉了,今天安排人去查一下,看看有没有什么异常情况。"

"得令。"疯子这语调都扬到广州电视塔上去了。

"真是人逢喜事精神爽啊,看来你跟嘉妮真的破镜重圆了。没给我家放火烧起来吧?"

"哪里哪里,除了脚印,全部带走;除了酒气,全没留下痕迹。哥们儿都是有素质的人,放心。回头我送你新的床上四件套,米色也太没情调了。"

我靠,不敢脑补,蹂躏我的床单被罩还嫌弃没情调。

我拿包砸他:"你特么去五星级酒店啊,那里有情调。"疯子憋着笑躲闪着。

"以后千万别作了,太伤感情了。嘉妮真是一个很好的姑娘,她说不想在模特圈混了,特别想相夫教子,过寻常人的日子。如果你懂她,就好好珍惜,不要再当什么浪子,不靠谱儿青年了,她更没安全感。"

疯子耷拉着脑袋,吐槽道:"兄弟我也是弄了这么一出,才发现其实是我根本离不开她。她的豁达洒脱果断,让我没有安全感,我不靠谱儿的外表下面其实是一颗对嘉妮忠贞不二的心。我眼睛里从没有过别的女人,只是希望她改改女王脾气,当时怕你说漏嘴,所以只好连你一起骗。我本以为她会一哭二闹三上吊,结果可好,角色反过来了。由此,我和嘉妮都深刻地检讨了我身上的所有毛病,争取结婚之前统统改掉。"

这也可以叫偷鸡不成蚀把米吧。

走神半天,才反应过来他要表达的重点。我惊讶地问:"你俩要结婚了?恭喜呀!什么时候?"

"嗯,明年春天,我们打算旅行结婚,去日本看樱花,嘉妮一直很喜欢樱花。份子钱就给你们省了,客还是要请的,等肖文家事儿过去,请亲朋好友一起聚一下喝顿喜酒就算明媒正娶了。到时候你给我们当个证婚人。"

后来我问嘉妮,为什么要发那样一条征婚微博,还专门艾特疯子看。她说,总归是不甘心吧,爱情就是一场豪赌,不是赢就是输,她赌疯子骚浪贱背后的第四个特点——隐藏很深的痴。

"那个,说起阿文,还想问问你呢,肖叔叔的事儿怎么样了?我去过他家,阿文不肯说。"

"他从小养尊处优惯了,没碰见过什么大事儿,这下也没主心骨了,情绪很低落。我早上打了阿文电话他简单说了几句,今天他和律师要去找他的一个朋友帮忙,也不知道会怎么样。"

我沉思了几秒,在楼梯口停下,跟疯子说:"等会儿,在公司不方便说话,咱先商量一下统一意见。既然阿文家求人办事肯定需要活动经费,关键时刻我们必须得精神和行动都支持他才行。刘群阿姨也说了有这个需求。"

疯子一本正经地说:"那肯定的,表哥这么多年帮衬我们的地方太多了。他家正是用钱之际,我这两天就给他送钱去,不过,他不让你插手。"

"为什么?"

"他说,说……他跟你之间,上次兰圃一别,再无……关系了。不能做情侣他也不想做朋友。他还说……"

"还说什么?"

"还说就当是给自己最后的自尊,请你尊重他的决定。还问我他是不是很爷们儿。我听他那意思可能是不想因为他爸的事情连累你吧。"

这么见外。这算什么?一丝丝心酸在胸口淤积。

我默默地进了办公室,靠在沙发上,脑子里有一团乱麻理不清,浑身没有力气,深秋里,好像中暑。

我没有就我们的关系下任何结论,他倒给单方面了结了,莫名其妙的。疯子总结说,有一种爱叫作放手,为爱放弃天长地久。这是多么爷们儿的人需要怎样的胸怀才能做到的啊。

在我看来,这简直是无声的嘲讽。

尽管如此,我还是和疯子积极给肖文家筹集资金。那几天所有的事情都是小事,只有他们家的风吹草动才是大事。我嘱咐我妈没事去看看肖文姥姥,多跟她聊聊天,不能让她知道肖叔叔的事情。刘群已经去被顶替那女孩儿家里做思想工作了。

大概距离上次见肖文一周左右,我又一次在我妈家楼下董记蟹馆碰见他。

我临时把车停在马路边上,一抬头就看见坐在饭店窗边的他。彼时他气色大好,特别绅士地把剥好壳儿的虾给他对面的女孩儿。我在门口外卖窗口打包卤味,隔着一层玻璃还有水帘,听不清讲话内容,只是觉得他也在看我,还抬手比画了一下。我假装挑选凉菜不去看他,然后他就摇摇晃晃出来了,站在我旁边,不好意思地挠挠头。我穿的平底鞋,显得他比我高一头,我平视到他外套 logo 的位置。我没有抬头正眼看他,只是听见他说,你车堵着路了,后面好多按喇叭的。

是啊,这么大动静,那喇叭声此起彼伏、震耳欲聋,我怎么会一点儿没听见呢?打包好外卖那个服务员说多少钱也没听清,就愣在那里动不了了。但是奇怪得很,我能听见肖文说的每一个字。

他跟以往一样若无其事地说:"车钥匙给我,我帮你挪到饭店的车位上。"

那个女生也拿着鳄鱼皮的手包出来了,嘴一张一翕地说着什么,浑身上下都是国际名牌,显然为了这次约会精心打扮过,可惜颜值差了点儿,腿挺长,似曾相识,一时半会想不起来在哪里见过。脸上的哪个器官都有明星相,唯独组合起来像她自己。

我挡开肖文的手,假装镇定地说:"不用了,这就走。"然后递给收银员一百块钱转身走了。上了车,我摇上玻璃,狠踩下油门狂飙而去。

我心里真是有诸多疑问,你家都乱成一锅粥了,你爸在看守所受苦你还有心思在这泡妞呢,还一脸灿烂的样子。我们虽然不认识什么达官贵人走不了后门搭不上关系,但是精神上都全力支持着你呢,也发动各界社会关系到处打听怎么能尽快解救他出来。你可倒好,在这享受上美酒佳人了。我真是高看你了啊,肖文。狗改不了那啥。管他的了,我特么再不管你家的破事儿了。

转念一想,不对,肖文不是这样的人,这会儿不会是算准了知道我要来买外卖,然后故意在这儿秀恩爱告诉我他找到新欢了?然后故意让我知难而退,不要掺和他们家的事情。他是怕牵连到我吗?这算不算用心良苦呢?想到这里心情又十分复杂。

这两个截然不同的推论在脑子里打架,可惜没有一个结果。

开门换鞋,对面的门也打开了,是肖文的姥姥。我想着她一个人在家肯定还没吃饭,就给她看我买的叉烧和小菜,请她来一起吃晚饭。

姥姥有点儿不好意思,我硬是给搀着过来了。我妈已经烧好了青菜,炖好了汤,老刘也倒了一杯小酒,心情比之前好些,话也多了起来,跟姥姥聊着天。

姥姥时而爽朗地笑,她说她家里很久没有坐在一起吃团圆饭了,小保姆也回老家去了,她一个人和一只老猫在家老没意思了。平时没人做饭,又怕猫饿着,想吃的东西都没人帮她买了,她也想回老家。说完用纸巾擦了擦眼角。

我妈给她盛好汤,说:"她姥姥,以后无聊了就来家里坐坐,最近天气不好就不要出去了,眼神不好,免得摔跤。要是有什么想买的跟我说,我帮你买。"

我爸也插嘴说:"对,对,平时阿云工作忙不怎么回来,就我们俩吃饭也没意思呢,你来家里,我们陪你唠唠嗑。"

我夹了一个卤鸡腿给老刘说:"哎呀,刘叔这是埋怨我不常回来呢。我以后工作再忙,也会经常回来陪你们呢。"

姥姥说:"以前啊刘群总是跟你们家过不去,我都不好意思来。她那个人争强好胜的,老觉得阿文他爸窝囊,这下捅娄子了,捅娄子了。"

我们一下子愣了，面面相觑。难道姥姥知道了？

"他们都以为我不知道。我是老了，病了，可是我脑子没坏，我不糊涂啊，领导来找他谈话肯定是犯错误了，犯错要被批斗的，电视上也总演这样的，出差不可能那么久不回来。但是这次啊，我一定要撑着，撑到这个家没事了，再撑撑看能不能等阿文把终身大事给办了，也算老天厚爱我这个苦命的小老太太了。"

"姥姥，原来你什么都知道啊。"

姥姥放下汤匙，无限感伤地说："我都知道的。我女婿被抓走了，我天天装聋作哑，就是怕他们为我担心。我心里急啊，憋着一口气呢，闷得慌才跟你们说道说道。你们也别说出去啊，我还得继续装。刘群这回也长教训了，已经这样了，知错能改就行了，不能把她往死路上逼，你们说是不是？"

我听着心里怪酸楚的，接着安慰道："嗯嗯，姥姥，您也别怪刘阿姨了，她也是一时糊涂，而且她对您真的特别孝顺。前段时间阿文说您身体不好了，大家都快急死了。尤其是刘阿姨天天愁眉不展的，到处打听秘方。"

"那是我故意吓他们的。我就想啊，阿云跟阿文这多好的姻缘，哎哟喂，急死我了，计划好好的，你说……哎，可能是缘分还不到，急不得。上天自有安排。"

门铃响了，特别急促。

我妈说："谁啊，这大晚上的？"

我们一齐放下碗筷。

我嘀咕了一句："还能有谁啊，我去开门。"

跟我猜的一样，肖文提着餐盒，慌里慌张地问："云儿，我姥姥不见了，你回来的时候看见她了吗？"

身后是那个穿粉裙子的长腿MM。长腿MM有点儿冷，双手交叉抱着胳膊，裸露的小腿儿，真白，真是楚楚冻人啊。可惜面无表情，苹果肌僵硬，笑得比哭还难看。

我扯着嘴角笑着回答："你既然这么担心，约会怎么不带着姥姥啊？"

"好，我错了，你到底见着没有？我这正着急呢。"

说着姥姥就蹒跚着出来了，笑眯眯地说："大孙子，不用担心我，我在你刘叔家啊吃饱喝足了，走，咱回家。"

肖文跟我爸妈道了谢，跟长腿 MM 俩人一边一个小心翼翼地扶着姥姥回家了。

谁也没介绍这女的，他姥姥显然见过她，也没多问一句，而且这心情还不错，欣然接受她的搀扶，俨然一家子。她的手指头嫩得跟葱白似的，哪家的千金小姐这么不开眼，这种时候投怀送抱？肖文都抢手到这种地步了？不知道为什么，我心里有一丢丢酸涩。

我妈免不了一通八卦，也没什么有用信息，粗略得出一结论：看面相也知道这娇小姐不是一好伺候的主儿。

几天以后，疯子特别神秘地告诉我，肖文他爸快要出来了。他们家福分不浅啊，遇到贵人了。

我一边看设计师样稿一边漫不经心地问："怎么回事儿啊？"

"朴腾腾你认识吗？肖文的高中同学，你应该也认识吧。你们不都是 × 中的吗？"

"朴……腾……腾？"我转着铅笔，若有所思地说，"我上高中的时候倒是有个叫这名字的，我对这个名字还印象蛮深刻。"

当时我们语文课代表是从别的班转过来的，发作业本的时候看错那个名字，喊了几声扑腾腾，扑腾腾是谁啊？没人搭理，全班哄堂大笑。他以为是有人恶作剧，就特别郁闷地把本子扔在了讲台上。然后朴腾腾就"腾"地从座位上站起来，甩开两条大长腿，三两步跑到讲台上，手叉腰，推了推近视眼镜，因为她鼻梁太扁，所以眼镜老掉。

她特别气急败坏地数落语文课代表:"就你这水平还当语文课代表呢!还扑腾腾,你直接扑腾河里算了。你看清楚了,本小姐姓朴,p-i-a-o。我是朝鲜族,没文化真可怕。"

语文课代表一脸蒙逼:"这不是朴树的朴?"

别看她长得不好,但是脾气不小。家境好,有公主病,从不在学校食堂吃饭,每天放学都有检察院公车接送,穿的衣服都是名牌,大家也就自动忽略了她的长相,对她另眼相待。仅同学了一个学期她就转学去珠海了,据说是因为她爸工作调动举家搬迁。

"这个人跟这件事儿有什么关系吗?"我迷茫地问。

"那肯定有啊,给你看张照片。"疯子故作神秘地说。

居然扒出来人家的微博,这不就是我两面之缘的长腿 MM 吗。

"除了腿长这个特征对得上,性别女的,其他方面完全不相符。可能是同名吧,就这名字都能有同名的,真是奇葩。"

疯子撇撇嘴说:"肯定是一个人。我听说她上学暗恋肖文,转学走了念念不忘。她大学也考到广州了,之所以你对不上号是因为她自己嘴硬说女大十八变,其实吧是花大价钱去韩国整容了。鼻梁不塌了吧,眼角不耷拉了吧,胸也挺起来了吧,据说还做了大腿抽脂术。其实现在也没多漂亮,可见底子很差。嘿嘿!跟咱家嘉妮不能比,咱那是纯天然的,以后生了孩子没有后顾之忧啊,个儿顶个儿漂亮。省了整容的钱。我一想起我们全家拍集体照个个靓女俊男,这小心情就莫名兴奋……"

"行了行了,别自恋外加肉麻了啊,回家美去吧。在单身狗面前秀恩爱,找死。先关注眼前这个事儿。就算她是朴腾腾,她有什么能耐起死回生?嗯?据说进了看守所再想捞人挺难。"

"她是没有,研究生刚毕业还没踏入社会呢。如今这社会讲究拼爹啊,她有个有能耐的老爹呗,检察院的,动动关系方便。这忙一帮,你觉得肖文欠人家的人情咋还?阿文可没求她,只是随口一提,是她自己主动提供帮助的,有美女出手相助傻子才会不领情呢。所以继你之后,她顺理成章,成为了肖文的现任女友。"

肖文对我说的实话,都没有疯子跟我说的多。这时候,我才明白,关于上次吃饭的第二种猜想,我是多么的自作多情。

"以前好像没怎么听你和肖文提起过她呢!"

"前几年阿文那么多花边新闻,谁提得过来啊。你们都是老同学你都不知道。再说阿文泡妞也不每次都带我啊,对不对?别的女孩儿都是说着玩玩儿的,谁都不会当真,只有这姑娘又痴情又认真,她一认真阿文就害怕了,因为阿文说她太黏人不自由,所以阿文一直回避这个事儿,但是也没有翻脸,一直当朋友处,最近,我们一起吃过几次饭,唱过两次歌。这不是怕你吃醋嘛,所以没敢告诉你。她对阿文有意思,可是阿文不这么想,纯粹革命友情。哈,这些都是社交资源,以后没准儿用得上。你说这阿文怎么这么好运气,反正你俩也分手了,也别介意啊,八卦八卦,你猜他俩睡了没有?要不要打赌?我去求证。"

这疯子脑子里就是一个龌龊加一个龌龊填充起来的。

我突然想起什么,问道:"你说的吃饭唱K是什么时候?"

疯子想了想,报了一个日期,我掐指一算,是兰圃事件之前,我们关系开始变得冷淡那段时间。恰好那时他爸爸听到一些风声,也许他是有预感的。至于他在兰圃和王佑泽具体说了什么,不得而知。如今我没办法去还原那个场景,当事人不愿意说,就没有真相揭晓的那一天。

结合他当天的表现,我猜出一个答案,在医院那天故意激怒王佑泽,挨打以后,他就坡下驴,无非是想顺理成章地和朴腾腾在一起。亏我还内疚这么久,他都没有好好跟我说一句道别的话,就有新的感情栖息地了。这才是真正的情感流浪者。

心口好像被插了一刀。

疯子还说:"幸好,你俩没订婚啊。"

"为什么?你也觉得我俩不合适?"

"不是,上学的时候,我们打赌,如果肖文他能追上你,我就得在你们婚宴上裸奔三圈。"

插着的刀被拔走,空空荡荡的我血淋淋的心窝子啊。

原来,我只是一个陈年的赌注。

"算了不说他了,这都是命吧。说说工作,你约海欣的黄总吧,一起吃饭,正式谈收购的事情。这个事儿我已经通知王佑泽了,你也跟肖文说一下吧。我想尽快把肖文家的钱结算清楚,然后我也流浪去。活着真特么累,我都开始怀疑人生了。"

疯子背着手在我办公室来回走:"别赌气,淡定淡定。说真的啊,现在是电商发展最迅猛,我们做得最顺、离成功最近的时候。反正我觉得啊,你之前说得有道理,这就像我们一起带大的孩子,你心里不舍得这么干对吧,而且现在也渡过难关了,没必要折腾了吧。那好,肖文家,我来解决。"

"哎,你,你这思想怎么转变这么快?"

疯子欲言又止,最后下定决心说:"那个黄总,她是朴腾腾的朋友,朴腾腾介绍的,肯定是有目的的,动机不纯,所以我们不能进了敌人的圈套。那个,我也是最近刚琢磨明白啊,所以这事儿还是算了。"

我没有说话,也没有表示太大震惊。也许我确实太草率了,一下子放弃犹如自己亲手抚养大的孩子还真是于心不忍。疯子既然也不赞成,就从长计议。可是我又很疲惫,从没有过的无所适从,突然失去了奋斗的意义。厌倦了每天单调枯燥的工作,生活中一堆又一堆烦恼,让我这半年犹如起伏颠簸的梦境,每天不得不睁眼,清醒过来,面对无奈的现实。

疯子建议,我给自己好好放个假,休息一下。既然肖文他爸的事情马上要被摆平了，放一大笔现金在家也很敏感。他去找肖文和他妈协商，修改一下股东协议，算他们原始股投入，从今年起参与分红。

末了，疯子还感慨，他说肖文这命怎么这么好呢。这么多次分手，这些个女孩儿不仅不纠缠，还都能愉快做朋友。像大学时候的刘蕊，后来的莉莉、苏沐、唐悠悠、你，还有那些个不算正式的。怎么有那么多好姑娘肯为他前赴后继呢？还排着队，井然有序的，这功力够深厚啊。他是怎么做到的呢？

最后他若有所思地总结道：肯定是肖文的床上功夫特别好。

第十章
可能这就是青春吧

他就这样卡在生死的临界，打出他认为的最后时刻、最重要的几个电话。如果当时我知道会发生那样的意外，就算爬，我也会跟在他身后，就算死，也要死在一起。

涛仔走后，我们家的气氛一直笼罩在一种看不清的雾霾中，所以春节期间我打算带我妈和刘叔出去旅游一趟，散散心。他们年纪也大了，我以后结婚成家有了孩子，能陪伴他们的时间也越来越少了。

你看，我潜意识里是特别希望结束这种单身寂寥漂泊的生活，和一个爱我的人组成小家，过着平淡温馨的小日子。

有几天没回我妈家，也没跟任何人打听肖文的消息，他也没有联系过我，不知道这样算不算各自回归到各自的轨道。我自我安慰，这样挺好的。但是一回化工大院，站在门口，看见他家那道紧闭的门，再也不会像从前那样突然打开，那个挤眉弄眼的少年探出头来对我说，小白云儿，我姥姥想你了，我也想你了。

再也不会了。

他就这样悄无声息地淡出了我的世界，心里隐隐的酸楚，为我们遗失的曾经的种种美好。

我又开始一头扎进工作里，对疯子打听来的那些八卦，充耳不闻。

和王佑泽的关系，不远不近，不咸不淡。

有段时间我发现他的微博每天更新。

他说他有心事不知道和谁说，我沉默着突然好难过。

一失眠，全天下的星星都有了名字，有的和你同名，它们分别叫北斗云，织女云，天狼云，船底云。

我以为日出就一定有日落，我以为有开始就一定有结果。

最后鸟患上了恐高症，鱼变成了旱鸭子，全世界的逻辑都被推翻重置，我发誓我还是没忘初衷。

面对他含蓄隐晦的深情，我假装视而不见，也许我怕再次受伤，所以像只很怂很怂的乌龟，一有风吹草动就把自己藏在虚设的躯壳里，试图把纠结矛盾的心抚平，然后掩埋进沙砾里，不敢见天日。

一根筋的姑娘，伤不起啊。

元旦过后，有同学来广州出差，特意喊了同学群里几个在广州的凑一起吃饭，这是当年的学生会干部QQ群，没想到同学们呼朋引伴，号召力还蛮大，像滚雪球一样，就形成一个小型聚会，地点定在海记明珠酒楼。故人名单都赫然在列，为了避免尴尬，我喊嘉妮陪我一起参加。

因为没到下班高峰期，路上不堵车，我们到得比较早。那天来的同学很多，包房四张桌子都快坐满了，大家争先恐后回忆在学校里的趣事，很多以前上学的时候比较胖的姑娘现在都瘦成一道闪电了，而当时瘦瘦的小男生，踏入社会以后大腹便便了。

又有人来了。

清俊的身影刚入场，刚才还人声鼎沸的包房里一切好像被按暂停了。他虽然很低调没有出声，却好像自带气场，把大家的注意力都吸引在他身上。播音室的搭档向阳奔向他，带头鼓掌，还有人喊了一声，王主播来了，大作家来了。很多老同学跟他热情地打着招呼，他淡然地笑笑，回应着。目光巡视了一圈，看了看我，便收回视线，被那帮人簇拥着坐在隔壁一桌。才几分钟而已，我以前带过的一个编辑二饼，在向阳耳边不知道窃窃私语了什么，一众人就把他劫持到了我旁边的空位上。我们这一桌几个女生正热火朝天地聊着今年的流行趋势呢。

奈何王佑泽魅力太大，他的书，他支教的学校，还有他的感情史都成为大家讨论的焦点，这桌的话题又被转移到他身上。

这之间自然把我牵扯其中，众说纷纭，成为追忆校园生活和青春的导火索，其中各种曲折被啵啵熊这么一渲染，好像成了薛平贵与王宝钏的改良版，大家都唏嘘不已。

我想我的脸应该已经红到耳根子了，却争辩不过众人，越解释越像欲盖弥彰。

王佑泽一直平静地回答大家的各种问题，也几次刻意转移话题问大家现状。渐渐地有人开始聊股票、房市，聊各自的工作，谁结婚了，谁已经为人父母了。

我也松了一口气。

菜品刚上，酒就被灌了几杯，感觉胃里排山倒海。平时都不会这样，也许是空腹的缘故，就多在洗手间停留了一下，补补妆。嘉妮看我很久都没进去，出来找我，她居然面如桃花，气色好极了，一打听原来是一口没喝。

我捂着胃打趣道："还是你有办法，还什么怀孕了都敢拿来当借口，躲过了一劫。"

"有本事你也用嘛。"

"去你的，我可不想再成为话题了。都是同学，这么几年不见，大家难得聚一起，高兴，喝就喝呗。人生难得几回醉。"

嘉妮一本正经地说："我可没开玩笑，我真怀孕了。"

"啊！真的啊？真好，真好。"我一下子有点儿惊喜过头，都不晓得说哪句祝福的话合适了。

嘉妮咯咯地笑了："这回啊，我真的要退出模特圈了，回家相夫教子，学着怎么做个贤妻良母啦。"

"太好了，你俩有情人终成眷属了。到时候得让我当干妈。"

"哎呀，疯子已经跟肖文结干亲了，这咋整？"

听到他的名字，我顿了一下："那不管，你得生俩，给我留一个。"

我俩边说边往回走，远远看见肖文和大长腿朴腾腾走在前面，在服务员的带领下气宇轩昂地进了我们所在的包房。那恩爱秀的，半个身子黏在一起，肖文对朴腾腾一路都体贴入微，甜言蜜语。

嘉妮碰碰我："你瞧瞧你瞧瞧，真够过分的。"

我虽然早有心理准备，还是觉得有点儿狗血。苦笑一下，打起十二分精神回包房。

他俩已经入席我们这一桌了，我和嘉妮也回到自己位置上，朴腾腾跟胖刘打成一片，已经罚酒三杯了，原来他们是旧相识。肖文跟光头强聊得火热，那种高高在上领导训话的模样，还真有人受教。有人插嘴问他工作忙不忙，他顿了一下，明明是停职了，却说休假了。一堆不知内情的人开始天花乱坠地恭维。他看见我们，促狭地笑了笑，算是打过招呼了。

朴腾腾走着猫步扭过来，端着高脚杯，她人本来就高，还踩着细高跟鞋，真像长颈鹿。她走到疯子旁边的空位上，风情万种地说："冯总，又见面啦，我和阿文陪你喝两杯。"

不知道为什么她说这句话的时候眼睛一直瞟向我，探寻着。

我就稳稳地坐着，按兵不动，一会儿假装低头摆弄手机。

肖文也在斜对面抬了一下杯子，一饮而尽。

敬了大半圈，这朴腾腾就移步到我面前，看了一眼肖文："这位是……"

妈的，真会装。估计就是看肖文怎么应对。

肖文尴尬地笑了一下："腾腾，这是咱们以前的高中同学，谢云昔。你还记得吧，大家做过一个学期同学。也是我邻居。"

这种介绍真官方，我已经从未婚妻变成了老同学、老邻居。

"我当然记得，我是怕谢大才女不记得我了，那多尴尬。您当年可是阿文眼里的七仙女啊，呵呵，阿文是不是啊？"

肖文嗯呢啊的，也不知道说什么，打着哈哈。

我夸了她一句："那都是谣传，我和他并不熟。倒是你，女大十八变啊，走大街上还真不敢认，这身材，这脸蛋，绝对的网红路线啊。"

"为了七仙女的这句夸赞，我得喝一杯。白的，我干了，你随意。"

不由分说，酒杯已经空了。我的胃里火烧火燎，条件反射般又一阵翻涌。

王佑泽站起来："美女，阿云她不胜酒力，我替她喝三杯。"

"谢云昔，这么快又有追求者了？够贴心的哈，哈哈哈。"

她可能不知道我和王佑泽的关系，大家都跟着起哄，我们也没说话，她认为是什么就是什么了，让她抢尽风头，全场就看她表演了。成对角线的肖文也跟旁边的人碰杯，时不时瞄一眼这边，观战中。

跟王佑泽喝完，她就扭到肖文面前撒娇去了，大概是埋怨他也不替她挡酒，问肖文她的脸是不是很红啊，妆花了没有啊，白酒太烈，红酒太涩，味道不对啊，等等。声音不大，但是很尖细。肖文小声地安慰着。

大家都互夸完，准备甩开膀子争买单，谁知服务员说朴小姐已经刷过卡了，焦点就再次转移到了朴腾腾跟肖文身上，在大家的起哄下开始逼恋爱史。

经过大家润色加工、添油加醋，两人的爱情追溯到高中时代，他们一见钟情互相倾慕，又门当户对，然后异地恋，然后重逢，历经千辛万苦终于喜结连理,中间那些别的情敌啊前任啊都自动忽略不计了。在场的人除了我们几个知道内情的,其他人都听得津津有味,恨不得马上给他俩举办婚礼送进洞房得了。

很多同学也知道我和肖文的一段过往,只是今天这种场合,大家都很有眼力见儿,自动删除了。

下半场是 K 歌。

疯子陪嘉妮早点儿回去休息了,我不想去唱歌,王佑泽说他也不想去,顺便送我回家。我站在停车场门口等他。

朴腾腾去了洗手间,肖文走过来,他很随意地吹起了口哨,像很多年前一样。

我开口道:"姥姥还好吧。其实她早知道叔叔的事情,怕你们担心,假装不知道。估计也受了惊吓,既然事情过去了,好好安慰她老人家。"

他靠着墙,浑身酒气在冷空气里散发,语调轻松地说:"挺好的,我们都担心她这次熬不过去,没想到病好一大半了,居然还能择菜洗袜子了。我爸过几天就出来了。我又该继续为人民服务了,哎,累啊。"

"你和朴腾腾……你们?"

"她啊,漂亮吧?研究生学历,人特聪明,就是特别黏人,特依赖我,烦。"

他表现得特别自然,好像得了失忆,忘了我们曾经有过那一层关系,甚至都没有好好道别,就迅速投入另外一个女人的怀抱,还说这种得了便宜还卖乖的话。我也想像疯子那样问一句,这是怎么做到的,功力如此深厚?

"蛮般配的,郎才女貌。"我冷笑。

肖文回头看了一眼洗手间的位置,见朴腾腾还没出来,压低声音说:"呵呵,她爸爸挺有本事的。想在官场混,以后还得靠有本事的老丈人呢。别怪我,我生病了,病入膏肓,已经丧失了爱一个人的能力。真是奇怪得很,我还以为天都塌了呢,原来病因是我不成熟。经历过我爸的事情,我才发现人生有很多事情,哪里能为了我爱着你、你爱着他就患得患失。我承认以前的我太幼稚了,才会上赶着作践自己。女人都那么回事,所以打算成熟一回,也想体验一下被人爱得死去活来、捧上天,云里雾里的感觉,然后可怜她假装答应她,然后移情别恋,你说是不是很刺激?"

"你……变态。"这个披着精致狼皮的人,满嘴醉话,面露狰狞。我开始心慌气短,这不是我认识的肖文,绝对不是的。也许只是喝多了,乱说一气。

"哈哈哈,开玩笑的。我是说啊,天涯何处无芳草,何必单恋一朵云。谁离了谁都死不了,别把自己太当回事儿。"

"千万不要辜负和利用一个喜欢你的人,好自为之,再见。"说完转身欲朝出口的方向走。

"阿文,跟旧情人,你们在这聊什么呢?还眉目传情的,讨厌。"朴腾腾疾步走过来,朝我挥挥手,然后把包往肖文怀里一塞,挽着胳膊撒娇,生怕晚来几秒我把她的人抢走了。

"聊上高中那个站讲台扯着脖子喊扑腾腾扑腾腾的那个语文课代表呀。"肖文双手插兜又恢复了一副纨绔子弟的模样。

朴腾腾咯咯地笑了,我们像几颗被冻伤的小树苗一样立在那里。朴腾腾发抖是因为穿得少,冷;我发抖是因为心寒;肖文抖,大概是因为抱得美人归,嘚瑟吧。

她站我面前高我半头,假装亲昵地伸手帮我整理围巾,说实话有点儿突兀,我们并不熟。她低头贴着我耳朵说:"谢云昔,闲着也是闲着,借这样的场合跟你说两句话。阿文已经和你分手了,你要接受现实,就别绷着一张苦瓜脸了,也别惦记了,我保证他吃饱穿暖,争取把他改造成五讲四美三热爱好青年。嗯,还有啊,我不管你们过去发生过什么,我只关心将来，我们俩的将来。虽然缘分来得晚一些，还好我没放弃，因为我上学就喜欢他，这么多年了一直都喜欢，是我年少时候就开始做的美梦，你懂吗？"

有点儿示威，有点儿祈求。肖文肯定是听见了，扬扬得意地笑，随即被朴腾腾支开，去找保安联系代驾了。

围巾被她系得有点儿紧，勒得我脖子疼。蓦地，在她身上我好像看到了当年的刘蕊和我的影子，还有那个在我前面的唐小姐。她被肖文甩的时候，有没有留什么遗言？

看着眼前这个耀武扬威、傻得可爱、智商很高、情商很低的女孩儿，我有点儿惋惜。

"腾腾，我不知道该说点儿什么，既然是美梦，早晚都有醒的那天。在爱情里女孩子智商都很低的，谁先认真谁就输了，但愿你能明白这个道理，学会保护好自己。"

"你说些什么狗屁风凉话，恭喜二字不会说吗？你被甩了凭什么就诅咒我？"

话不投机，半句多啊半句多。

不知他们从哪儿找的二逼代驾，肖文的红色宝马犹如低空飞行的飞机，载着云里雾里的肖文和杀气腾腾的朴腾腾，呼啸着飞出了停车场。

我也随后上了王佑泽的车。红酒的后劲儿很足，有点儿晕乎乎的。不知道怎的，就想起了很多年前他骑车载我去火车站吃饭，然后交换礼物的情景。

果然是时光一去不复返，往事只能回味。

车子行至一个不知名的小广场，王佑泽提议下来走走透透气。

一开车门，空气中冷飕飕的味道扑面而来，远处有看不见却散不去的雾霾，眼前一片浅灰色，每一棵树，每一栋建筑都因此变得沉默而模糊。

"云昔,你还想走一次情侣路吗?"王佑泽用清冽的声线,缓缓开口问我。

"现在吗?"要知道从这里开车去那条路至少需要一个小时,大半夜的,何况他还喝了几杯酒。要知道他在我印象里是十分克制有条理的人。

他点点头。

"不想了,学校论坛说,那是一条有魔力的路,据说很多情侣走着走着就散了,所以那是我的伤心地,不去了。"

他说:"还有一种言论,也有很多普通朋友走着走着就成情侣了。"

这是什么逻辑?

"我还想陪你去一次学校的播音室,陪你回一趟老家看雪,陪你去一次山里,去看看那些纯朴的孩子们,他们都知道你的名字。如果你愿意,我想陪你过完这一生,用你喜欢的方式。"

我借着微醺的醉意,特别夸张地笑:"哈哈哈,文艺青年讨女孩子欢心还真文艺。不过呢,你说的这些我不会当真了,以后遇到合适的女孩,这套台词你就派上用场了。范璐学姐就很不错啊。"

他没有接我的话,大概觉得我这个人喝多酒还挺扫兴啊。

沉默半响,王佑泽从兜里拿出半块鹅卵石,摊在手心里。

"姑娘,你的呢?"

我的心一怔,差点儿被自己的口水呛到。

我没想到他还留着这半块石头。那是我们唯一一次周末去深圳小梅沙看海发生的事。那天有个长相一般、身材一般的女人在沙里刨出来一枚一克拉的戒指。很多群众演员都围住男女主角起哄,促成了一次轰轰烈烈的求婚仪式。

那个羡慕忌妒恨哪。

然后我也开始愤愤不平地在属于我的小范围沙子里刨,没想到刨出来一块巴掌大椭圆形的鹅卵石。不但形状漂亮,而且七彩斑斓。

王佑泽把它放在石头上,沿纹路磕成两半,递给我一半,认真地说:"喏,这是这个世界上独一无二的石头,也是我给你的定情石,一人一半,良辰吉日我可要回收的。"

我没想到一个男人辗转这么多年,半块石头居然可以留这么久。

我的那半块石头以前一直都在我枕头底下,睡觉前我习惯拿在手里说一会儿话,不过两个月前我把它扔花盆里当肥料了。

> 是谁那么慌
> 剪破四月的时光
> 飞鸟和别姬都碎在镜子里
> 谁刻过你的手掌
> 宠爱画得那么长那么长那么长
> 给我个信仰
> 永把当年情不忘

磁性的声音低低地传过来,很有穿透力。一首《烟花烫》他唱出来也别有一番滋味。

寂寥的广场上,夜风卷起塑料袋肆无忌惮地在午夜翻飞,那些飞起来的黑色影子,不停地挣扎但最终仍旧坠落。

我就站在那里停住,听着他借歌煽情。这意味着什么呢?这是我的软肋啊,这是王佑泽的撒手锏啊,当初我就是被他的声音迷倒的。显然他是有备而来,带了石头,还唱起了歌儿,我知道王佑泽这是开始打怀旧牌了,心理防线已经快崩溃了。我的感性想跟他再续前缘,我的理智说,怎么可能。

经历了那胡思乱想的三年,还有和肖文这半年的莫名折腾,对于感情我没有任何安全感可言了。我也希望我和肖文没有从朋友变成过情侣关系，但这种关系是不可逆转的。失去朋友比失去恋人更痛苦，其实我应该坚守我高中时候的定位，我们就是朋友，那该多好。可是，没有后悔药可以吃。一生时光有限，所有的失望和失意都无所谓了，以后顶多为自己哭，为曾经做过的一些蠢事、说过的一些蠢话、爱过的烂人，可这就是青春吧。

于是我疾步向前超越了他，制止了他这种满是套路的行为。

"打住，打住，你现在卖唱我这可没准备零钱啊。"

"姑娘随便点评两句，免费。"

"自恋。"

"也行，就当褒奖了。"

我白了他一眼，坐台阶上抱着膝。

"对不起，"他翻越到广场最中央的舞台上，用力大声喊，"我知道谢云昔这几年辛苦撑着公司很不容易，我知道谢云昔每年都给山区孩子捐款，我知道谢云昔每年教师节去拜访我的老师，我知道谢云昔去过我的家乡看望过我的父母，我知道我没有办法忘记那个善良要强的姑娘。我辜负过她，可以给我机会把她找回来吗？"

呃……这么多个排比句，对于一个内敛的人，还真够费心思的。

我呆呆地坐在下面，看着台上那个模糊的黑影。睫毛沾满了雾气，眼睛湿润了。他的声音在黑夜里格外空旷，那个我对面像小学生做检讨的人，让我的思绪飘回到很久以前，有点儿恍惚。

那时候，他还是那个在很多学校晚会上，沉着稳重、妙语连珠的主持人。不对，表情不对，应该是我们一起玩成语接龙游戏、故意输给我的那个人，然后接受惩罚站在那里。那张俊朗而干净的脸，一直温情地凝视着得意扬扬扮演惩罚者的女孩儿。多年前的那个心无城府的女孩儿看着他，一会儿就心疼了，她笑嘻嘻地张开双臂跑过去，宛如天使张开翅膀，扑进他怀里，说，好啦，好啦，惩罚结束，我们回去吧。

"王佑泽，我知道你很好，你一直都没有变，这几年我误会你了，你吃过的苦比我想象中的多得多。你还是几年前的你，可是我，这半年经历了这些事情以后，已经爱不起了，我连自己都厌弃。我感觉不管是和你在一起，还是和肖文在一起，都像我们三个人在谈恋爱，那感觉特别酸爽，百般滋味。我有心理阴影，所以我不敢重新来过，以后的以后，顺其自然，就等命运安排吧……"

他温良地说："我愿意给你时间，陪你一起等。命运不会让好女孩儿一直孤单。"

"哎哟别煽情了，好马都不吃回头草，就做普通朋友，这辈子，我认命。走吧，冷死了。"我朝那个黑暗中的身影喊道。

但是那天之后，我们关系好像和缓很多。

王佑泽在那段时间里，变身天气预报员，未来三天的天气走势、穿衣指数、洗车指数等都在每天早上八点我起床的时候雷打不动地发短信来，周六日推迟两个小时。偶尔也会煲一罐汤送到公司，顺便帮我写新品文案，晚上打一个电话只为道一声晚安，偶尔写不下去了会跟我讨论小说情节，周末一起去看刘妈，围着湖边散步。

只是再不提感情。

很多过去的情感，像风干的海带，在时光里慢慢地舒展，呈现生命的姿态。

周末，朴腾腾找过我一次。接到她的电话我还挺意外的。她在电话里一串接一串银铃般的笑声，笑得我特别莫名其妙。她补充道，放心，我不是找你吵架的。

在我们楼下的咖啡厅,她喝着卡布奇诺,翻着财经杂志。穿了一双平底豆豆鞋,普通的毛衣外套,紧身牛仔裤。没有化妆,那大长腿,还是令人好生羡慕。

"你自己来的?不是来秀恩爱的?"我环顾了一下四周没看到肖文。自从上次一聚,我就自动屏蔽了他们俩来自各个渠道的消息,也很少回我妈那儿,我怕遇见肖文尴尬。掐指一算日子,他爸爸应该早被捞出来了,抱上检察院的大粗腿,官复原职不是目标,连升三级都说不定。

她伸了一个慵懒的腰,轻描淡写:"我们分手了。"

"嗯?这么快他就……"这过了河,桥拆得快了点儿吧。

"别误会,是我把他甩了。跟你们可不一样,轮不到他甩我。"

我没有接话,低头吃着点心。怎么把我自己还给绕进去了。

她抿了一口咖啡,自顾自地说:"这么说吧,除了高中的时候年少无知,成年以后,我从来没有爱过他。你一定很好奇为什么那天聚会,我要当他的面儿说那么酸倒牙的话吧。我就是要他在同学聚会上出尽风头,然后再告诉他事实的真相。站得越高摔得越狠,这个道理你应该懂。他入戏了,真以为我傻到会想方设法救他爸。哈哈,他以为他是谁?天底下姑娘都随便追,随便上?怎么那么不要脸!他跟你说的那些话我站在树后面听得清清楚楚,渣男心理昭然若揭。于是我将计就计,他想利用我救他的爸爸,我就利用这个机会让他知道姑奶奶不是好惹的。人生哪来那么多一帆风顺,尽如他意,姑娘都任他利用,摆布?

"所以,他爸爸没有救出来?你没有帮他?"我还是惊讶地质问出来。

朴腾腾揉捏着纸巾,轻描淡写道:"没有啊,我为什么要帮他。且不说我爸从不会徇私枉法,就是他肖文也不值得我这么做。我妈说爱情是不会拿条件来交换的,用条件交换来的也不是爱情。我怎么会为了一个渣男玷污我爸头上的国徽?事情在网上发酵那么大,谁敢轻易抹平?这家人真够幼稚的。结局就是,他爸爸贪污受贿、滥用职权,证据确凿,根据《刑法》规定,已经判刑了。是几年我记不清了,反正出来什么都不是了,肖文的官二代梦也做到头了,这就是他应得的,看他以后还有什么资本泡妞。这就是不尊重女性的下场。"

"你,你,你到底为什么这么做?"我虽然之前也怨恨过肖文,也痛恨贪污腐败,但是听到这个消息心里还是很震惊、心痛。

"哎,我呀到底给我朋友唐悠悠报了仇。她被甩的时候哭得那叫一个伤心,我一问才知道是肖文那个渣男,而且出轨的新欢竟然是你。老同学我没想到啊,你还喜欢撬墙角。我一开始本来是打算连你一起报复,也算进我的计划里,替我姐们儿出气。你在乎事业,我就想方设法毁你最爱的事业,还没实施呢,结果发现问题在肖文身上,随便点拨两句,他就真把你甩了。看你难受的劲儿,觉得你应该也是受害者,他爸的事儿算老天爷帮我,所以这就是天意。"

唐悠悠?唐……唐小姐。原来如此。

朴腾腾走之前还给我灌了一碗鸡汤。

她说她一点儿都不偏激,不愤世嫉俗,只是心疼她的好朋友而已。她马上要到保险公司当精算师了。她说她算过,广州这座城市也是一道恋爱数学题,还尤其难解。广州有一千万人口,男女对半,跟我们年纪相仿的占十分之一,年纪相仿的人中跟我们经济基础差不多的占十分之一,经济基础差不多又跟我们三观相同的占十分之一,三观相同又愿意结婚的占十分之一,身边能碰到合适机会的占十分之一,你想想这另一半多稀有?能遇到自己喜欢且喜欢自己的人,过一段不凑合的婚姻,挺难。

末了,她说:"现在你知道,为什么大部分人的婚姻都只能算凑合了吧。如果没有我插一杠子,你是不是也差点儿上了肖文的贼当,跟他凑合了呢?"

我哑然。

"还有,想收购你们公司的,也是我妈妈的朋友。差一点儿啊就给你老巢端了。冯重阳应该也蒙在鼓里,抱歉了。按理说,我抢了你男朋友,你应该生气才对,你上次还劝我别犯傻,还让肖文别利用喜欢的人,我直觉你是个好姑娘,自力更生又有是非分辨能力,如果你愿意,我们可以做个好朋友,很好很好的那种,反正我以后也在这座城市了。"

一时有很多种情绪无法言表。

她走后,我静静地发了半天呆。

最后还是决定给肖文打电话,谁知已经停机了。我给他充了话费,然后再发短信过去,大概是问他在哪里,让他好好的,不要想太多,如果有需要,我和疯子一直在。可是等了几天,他也没有回我。

这一次他没有留任何线索,连疯子都不知道他的去向,就这样淡出了我们的生活。

日子像流水一般缓缓流过,快年底了,大家把工作重心都放在了年尾总结上。我们跟供应商、工厂结完账,还有很丰厚的结余,欣然拿出一部分给员工做福利。这一年我个人成长很快,电商也发展飞速。我们把实体店招商项目停掉以后,几乎全部精力都拿来做淘品牌。从后面运营来看,算是走对了这一步棋,因为电商快速崛起对实体店的冲击太大了,我们也没有那么多精力分散。我和主管们一起研究淘宝和搜索引擎,每天开会跟各种报表数据打交道,收集商品的浏览量、转化率、下单买家数、搜索引到访客、收藏和加购的数据等,然后根据这些数据进行总结,更有针对性地优化单品和页面,做好服务,争取把淘品牌做大做强。忙碌了一年,很值得,不过也该歇歇了。

遗憾的是刘妈没有熬到过年就走了。

接到病危通知的那天,我们几个都赶到了医院。她吸着氧气,人瘦得像一张单薄的纸,安静地铺在病床上,枯瘦如柴的手一直拉着小尾巴不放,试图张了几次嘴,那是她最牵挂的人,也许她在可惜没能等到小尾巴成家立业的那一天。

范璐和另外一个同学在赶来广州的路上。再一次的生死离别之际,气氛异常凝重。我站在床尾,鼻子很酸,眼泪一刻不停地往外涌,心一直揪着似的疼,脑子里有很多上学时候的画面,包括刘妈说过的话,刘妈做过的菜,刘妈亲手帮我修改过的错别字。王佑泽红着眼圈一直静默地看着她,好像要把她的样子刻在脑子里。

她还是走了,带着无尽的眷恋。

过完头七,范璐就该回杭州了。大家心情都不好,就约着找地方坐一下,喝杯酒聊聊天。

王佑泽似乎还没有从刘妈去世的悲痛中缓过神来,一路都是沉默寡言。车开得飞快,他还燃了一支烟。我坐在副驾驶座上,一边小声提醒王佑泽慢点儿,一边侧过头跟坐在后面的几个同学有一搭没一搭地聊工作,看看有没有合作机会。小尾巴跟范璐在另外一辆车上。我特意这样安排,是觉得这个时候也许只有范璐能让小尾巴感觉稍许慰藉。

我们到达目的地等了十几分钟了也没见小尾巴他们,我赶紧打了电话给范璐,她没接。又坐了一会儿,王佑泽电话响了,来电显示名字是范璐,当时王佑泽去洗手间了,我就接了起来。她上气不接下气地说,阿泽,你在哪儿啊?能不能现在过来一趟?我听见电话里范璐的声音有点儿带哭腔儿,就追问到底怎么了。她一听我的声音,愣了一下,才告诉我车撞到公交车站牌了。我心一惊,问清地址,赶紧和王佑泽驱车赶了过去。

路上王佑泽又给范璐打了一个电话,大概是安慰她不要害怕,人没事就好,我们一会儿就到了。挂了电话沉声问我,小尾巴有驾照吗?他应该没有喝酒吧?我摇摇头说不知道。王佑泽大概以为我不悦,轻轻地问:"怎么了?是不是太累了?"

我偏头问:"你还记得刘妈托我问范璐和小尾巴的事情吗?你觉得他俩有戏吗?"

他不假思索地答:"没戏。凭我对范璐的了解,小尾巴不是她喜欢的类型。"

"哦,那凭你对她的了解,她喜欢什么类型的?"我故意加重了"凭你"这两个字的语气,其实只是调侃了一下。

他也很配合地笑了一下,皓齿微露。车窗外霓虹映照,灯光勾勒,竟让人心驰神往。

他淡然地说:"我只关心某人喜欢的类型。其实,范璐真的是个好女孩,去山里支教真的需要非常大的勇气和毅力才行。来来回回去了很多人,但是范璐是坚持最久的一个女生。我都佩服她。我一直把她当妹妹一样看,我也真心希望她有个好归宿。"

赶到现场,交警已经处理完毕,明天回交警队接受处罚。已经报了保险,因为太晚,勘查员还没来。借着昏黄的路灯我上前查看了一下,车的前保险杠已经撞毁了,右侧大灯也报废了,很多刮花的痕迹,站牌已经倒在路边。小尾巴坐着台阶上耷拉着脑袋抽烟,范璐惊魂未定地抱着包缩在车后排,伴随着小声的抽噎。晚上寒风瑟瑟,四个车窗大开,此情此景怪凄凉的。看见王佑泽,她马上从车里跳出来,眼泪汪汪地扑到他的怀里呜呜地哭起来。

她唯一信赖的人就是王佑泽了,她曾为了他在条件那么艰苦的地方待那么久,这是多大的精神支撑才可以做到。气氛有点儿凝固,本来我拿了一包纸巾准备递给她,又退了回来。

我走过去挨着小尾巴坐下,地上一小排烟头,还被他摆出了一个圆圈的造型。

"唉,这么多根了,别抽了啊。我知道你心烦,借烟消愁愁更愁。"

"你知道这是什么意思吗？"不等我回答，小尾巴幽幽地说，"这是句号。代表告别过去，结束的意思。过完年我就回北京踏实工作、努力拼搏，开始新的人生了。这也是我妈在天之灵期望看到的结果吧。"

"这里是你的根啊，如果有空儿，放假还是要回来看看咱妈，跟她汇报汇报成绩。她这一辈子桃李满天下，最喜欢跟学生打成一片，最爱家里热闹了。"

"嗯，知道。还有，帮我安慰一下范璐，我真不是故意的。"

"是不是这几天太累了，犯困？这大马路这么宽，你能开到站台上也真是个人才。"

"没有，我和范璐一开始还好好的，后来争执了几句，她情绪有点儿激动，非要半路下车。我担心她的安全，把车门锁死了，她就给了我一巴掌，方向一下子就偏了。"

我戚戚然："啊？这样啊。我真是好心办成了坏事，本来还想你俩一路，给你俩创造机会呢。可是，有什么好争的？"

"呵，我要回北京了，我们以后见面的机会不多了，所以跟她挑明了。她说她有喜欢的人，就算一辈子不能跟那个人在一起也不会勉强自己跟不喜欢的人在一起。我就问她我哪里不好，她说我这么问就是心智不成熟。我说你对别人男朋友心存幻想，破坏别人的感情思想就成熟了？她就生气了说她没有，然后闹着要下车，我不让下她就给了我一巴掌。这一巴掌也算扇醒了我过去对她存在的所有幻想，所以画个句号。倒是你，注意看好你家王师兄。"

我朝车的方向看了看，他们面对面聊着天，一个双手插兜，一个搓着手发抖。到底也没跟小尾巴解释我和王佑泽就是普通朋友关系。

等他们聊完都后半夜了，满天的星辰，这在城里真的很少见，突然感觉生活就是一种妙不可言的幻境。

王佑泽欲言又止，我自顾自地说着社会新闻，提醒他以后开车注意交通安全。

到楼下王佑泽帮我开了车门，我刚道了晚安要上楼，他伸手拉住我。

"你怎么不问，到底发生了什么？"

"小尾巴都告诉我了车祸的经过，我已经知道了。"

"我说的不是这个。我是说……"他揉了揉鼻子。

"我并不关心你们之间的私事。两个人不就是需要沟通吗？你把心里想法明明白白告诉她就行了。如果你们真成了，我替你们高兴。"

"姑娘脸上有两个大写的字——吃醋。"

"师兄脸上也有两个大写的字——自恋。"

他勾了勾嘴角赏了我一个温柔的脑瓜崩儿。

"哦，对了，还有一件事跟你商量一下，我还有一个心事未了。"

"什么？"

"我想回山里看看孩子们。年底我的工作也告一段落，马上要过年了，不知道他们怎么样了。经常会梦见，怕他们冻着，我答应过要送他们新年礼物。"

"去吧去吧，这是好事。你早想好了要去吧，他们好幸福，都有礼物，啧啧，我们这些苦命的人却没有啊。"

"也有，我已经准备好了，你等着就是。从今往后每一年，我都要亲口跟你说新年快乐，都要送礼物。"

"嗯，师兄果然识大体，好男人。那我，就不客气了。"

"不情之请，一起去看看我战斗过的地方？"他提起那里一脸的骄傲，眼睛里都闪烁着光芒。

我眨了眨眼睛，仔细想了一下，应道："好吧，等公司开完年会，我和你一起，去看看那些孩子们，看看那里到底有什么魔力把你留了三年。"

年底公司分红，我把属于肖文家的那一份准备好，送到他们家。家里只有刘群阿姨在，姥姥回东北老家了。

说明来意后，刘阿姨反应很平静，她不像以前那么咋咋呼呼的了，感觉历尽沧桑般的冷静。

她说："阿云，谢谢你，他姥姥说我不在家那段日子，多亏你们照应了，我特别想登门感谢，又不好意思。"

这样的小事儿，居然能让刘群记在心里了，真是不容易。

我们寒暄了一会儿，她说要准备做饭了，喊我爸妈一起过来吃。我说不用了，都是邻居以后机会多呢，需要照应的地方，一定不要客气。

又沉默了一会儿，我问："阿姨，阿文他还好吗？有没有联系方式？"

阿姨堆着浅浅笑的脸慢慢收回："他，唉，还行吧。去北京了，叫，叫北漂吧。这些年从来没有吃过苦，没离开过家，去锻炼一下也好。他说混出个样来再联系你，反正先不管他了，人各有命富贵在天。阿云啊，我……"

"阿姨，您有话直说，没事儿。"

"我心里特别不是滋味，我越琢磨越觉得以前那样对你太不应该了。你看你又孝顺，又精明能干，我觉得我以前真是有病，病得不轻才会那么排斥你。我们家变成这样，也都是怪我，我老后悔了，如果遭报应也应该报应在我头上。你说说现在可咋整，我天天吃不好睡不香……"

我安慰道："阿姨，您别这么说，好好养身体，后悔也没用。我以前也有做得不对的地方，您多担待。过了这一劫，以后都会顺的。"

她擦了一下眼泪，问："你有什么打算啊，闺女？"

"哦，春节我报了个旅行团带爸妈出国转转，散散心。您没事帮我们看着点门儿。"

她连忙点头答应。

走的时候我把卡和公司报表放到刘群阿姨手上,她摩挲了几下,又放回我手里,甚至没有看报表,也没问多少钱。

她语重心长地说:"以前是阿姨错了,不该那样对你。经历过老肖的事情,我终于想明白了,钱不是万能的,有时候能带来灾难。钱没了可以再赚,人没了良心要受一辈子谴责。你不是一直给山里孩子捐钱吗?以前我还嘲笑你,现在想通了,拿这钱去给山里孩子买书本吧,阿姨就算是行善积德了。我相信你能把这件事办好。"

这下轮到我瞠目结舌了。我没想到肖叔叔的事情,让她的思想改变了这么大,简直是翻天覆地,像换了一个人。让我一下子百感交集,整个人怅然若失又欣喜若狂。

塞翁失马,焉知非福。

跟旅行社签完去欧洲行的合同,我妈就开始准备出国的行李,光羽绒服长短款就买了三件,没事儿头插冰箱里适应零下的温度。我忘记告诉她,我们要去的国家气温都是至少十五摄氏度以上,非常暖和,装备都用不上。

临去山里之前,我们把越野车塞得满满的,学习用品、棉衣、鞋子、食物。我妈看后排还可以再塞点儿东西,母爱瞬间泛滥,火速买了几十斤香肠和腊肉非要我们一并带上,只留前排勉强坐下两个人。她担心山里的孩子过年吃不上这些,千叮咛万嘱咐。

那天的皇历上写着,宜嫁娶,赴任,求医,求嗣。忌出行。

我跟王佑泽说,要不然改天去吧。他说,迷信。这本来就自相矛盾啊,不出行,怎么嫁娶?怎么求医?怎么赴任?

说得也是。

他的脸上写着即将看到孩子们的兴奋,我也不好继续扫兴。突然联想到他这么喜欢孩子，将来也一定是个好爸爸吧。

离开市区，走高速，王佑泽说如果不堵车，还有五小时就可以到达目的地。

我一路叽叽喳喳地说个不停，王佑泽说别高兴太早，还有几公里山路要走，保留点儿体力。

我立刻噤声，无聊地闭上眼睛听一档气象节目。广播里说，一进入阳历新年，地球的天气就进入了"失调模式"。从1月6日开始，罕见的低温就横扫了美国中东部，给美国本土过半地区带去低温及大风天气，多个地区接近或刷新当地低温纪录。中国气象局国家气候中心气候监测室的监测显示，此次的低温事件在北美的低温史上可以排到第四位。

我们省在经历了一个有气象记录以来第二冷的前半冬后，今年头三个月总体气温也都将偏低。在今天，广东局部会出现霜冻，路上会出现结冰现象，事故多发，谨慎出行。

王佑泽看着雾气霭霭的天，叹气道："很多农作物要冻死了，对于老百姓来说真是祸不单行。"

我睁眼瞥了他一下，说："还真是瞎操心，谁能跟老天爷对着干啊！还是专心开车吧，路滑。"

傍晚，车停在山脚下。看着崎岖蜿蜒的山路，我倒吸了一口凉气。

他交代道："到这里信号就非常差了。村支部电话没有人接，车也上不去，你在车上等我，我先到村里喊几个村民来搬东西。"

我环视了一下静谧的四周，打着寒战："你快点儿啊，这深山老林，我害怕。也不知道有没有土匪强盗啊。你一个小时能不能回得来？"

他笑："怎么，分开一会儿会想我？还是怕我不回来啊？"

我撇嘴:"回不回来是你的事情,等不等你可是我的事情。给你一个小时,一个小时回不来,我可就连车带东西一起消失。"

他想了想,挑了最重的一背包礼物背上,说先带给孩子们分一分,省得他们失望。并一再嘱咐,如果有陌生人过来,就在车里坐好,锁好车门,冷要开暖风,他会尽快回来接我。

山里天黑得早,五点多夜幕就已经降下来了。不远处茂密的树林里不时传来不明动静,叫人心惊胆战的。想着王佑泽和村民快回来了,一边忐忑一边欢欣。

也许是路途的奔波劳累,终于有了几丝睡意,不舍得开暖风耗油,就把王佑泽的外套盖身上了,衣服上尚保留着他的味道。刚闭上眼,听见窗外渐渐传来脚步声,我下意识擦窗户上的霜,却望见是路人,脚步声又远了,不知道怎么的,有些失落。还真应他所说,分开一会儿居然会很想他。

脑子里不觉浮现他的样子,或静或动,或笑或语,想他明媚盈亮的眼眸,笑容如昙花初开,虽然安静,却让人觉得光芒大盛。

也许我该放下心里的负担和矫情,尝试和他重新开始。这算不算给他的一份新年礼物呢?

这样美美地想着,眼皮越来越沉,刚准备合上眼睛眯一会儿,电话响了。

信号真不是一般的差。

"云……昔……"

一听到他的声音,我积攒的那么一丁点儿睡意很快就烟消云散了,我轻快地"嗯"了一声,静待下文。

没有声音,只有一声接一声急促的呼吸。

"喂,喂,王佑泽,你是不是跟孩子们一叙旧就忘了时间了?我告诉你啊,你信不信,我这就开车返回广州了啊,让你人车两失。"

"新,新年……快……乐……"

"这种时候,拜什么年哪!喂,喂,你走到哪里了?到底什么时候回来啊?我有些害怕,也不知道是狼是狗,反正那叫声挺瘆人的……赶快马不停蹄地滚回来啊!"

"你,还有,什么新年……愿望?"

我:"……"

他在说什么?文艺青年都这么不靠谱儿吗?天寒地冻的还在电话里撩妹。

"给,给你……唱歌吧,这样你就,就不害怕了。"

我:"……"

> 因为相信你从未离去才不曾绝望
> 至少有爱帮我在心底圆谎
> 把距离铺成一条河
> 从此后用天涯相隔
> 你在何方都一样
> 因为要做一个有心的人会注定悲伤
> ……
> 盼下辈子再遇上
> 梦死醉生烟花烫
> 烟花烫烟花烫……

唱到最后都走音了,像磁带绞住了,我刚想嘲笑一番,听筒里传来"咔嚓"一声,就再也没有任何动静了。我喂,喂,喂了半天,郁闷挂断,再回拨过去,对方已经不在服务区。

这个奇怪的电话让我从心底陡然涌起一种不好的预感,后背一阵凉意,额头也攀爬上汗珠。我发疯一样拿着手机打开手电筒冲上山。哈气成霜的晚上,我深一脚浅一脚地沿着石子路奔跑,在丛林里呼叫。

  王佑泽,王佑泽——
  王佑泽,死哪儿去了?你是不是故意逗我玩儿的?你快出来啊。
  王佑泽,我以后不恶作剧捉弄你了,不欺负你了。你别报复我啊!
  王佑泽,以后打赌我都让你赢,这次就别吓我了好不好?
  王佑泽,我愿意陪你走情侣路,我愿意陪你回老家看雪,我愿意再等你三年。
  王佑泽,我不骂你是王八蛋了,不说你写的书是烂狗屎,我同意和你重新开始。你听到没有,你回答我啊,呜呜呜呜呜……
  王佑泽……

  白霜铺满灌木丛,踩上去沙沙的,特别滑,只能手脚并用。皮肤裸露的地方都被树枝划破,虽然是零下的气温,浑身却火辣辣地热和疼,满头大汗,后背黏糊糊的。不记得摔了多少跟头,也忘了害怕。
  也不知道就这样走了多久,喊了多少声,筋疲力尽,嗓子已经干得冒烟,发不出任何声音。远处突然出现火把,有人的呼喊声,我依稀听见他们喊的是王老师——
  我用尽全力奔跑起来,赶到半山腰跟他们会合。半个小时前,村支书接到王佑泽的求救电话,让他们来山下找一个叫谢云昔的女孩儿。
  那种不好的预感越来越强烈。
  我恳求村民继续找王佑泽,然后连滚带爬下山,驾车带村支书到五公里外找到派出所报案,请求救援。
  当晚八点二十六分,村民在山谷里发现王佑泽。
  他的头部、腹部受伤,由于失血过多而导致昏迷,被紧急送往县医院抢救。村民连夜赶来排队给他献血。

第二天,派出所勘查了事发现场,还原了整个过程。

因为霜冻路滑,王佑泽背着重重的背包重心不稳,不小心踩落山石,跌落五米深的山谷,被枯树拦腰挂在树桠上。他尝试过自救,挣扎中,有一根被压断的手指粗的树枝斜插进他的腹腔。在失去意识之前,他打了三个电话:村支书、他妈妈、谢云昔。

原谅我,原谅我,那个场景我只敢回忆一次。

他忍受着剧烈的疼痛,死神疯狂地拖拽他,呼吸越来越困难,他就这样卡在生死的临界,打出他认为的最后时刻、最重要的几个电话。

如果当时我知道会发生那样的意外,就算爬,我也会跟在他身后,就算死,也要死在一起。

两天三夜,我未敢合眼。他静默地躺在重症监护室里,我只能在外面干着急。医生说,72小时是黄金期,他只是轻微脑震荡,还有自主呼吸意识,而且没有伤到大的动脉,醒过来应该没有太大问题。

我哭得昏天黑地、泪满衣衫。

说点儿愉快的吧。

我在他的包里找到一本书,《给x姑娘的一百封情书》,作者言尽。

散发着墨香的扉页上写着:给那个细腻如水又坚韧如石的姑娘,她抱起来很温暖,啰唆起来很烦,在身边有些讨厌,可是这几年我却甚是想念。

他在书里结尾说,愿闯入我心里、一直不曾离去的这个姑娘,你好好的。

那一刻,我干涸的眼睛好像重逢一汪清泉。像宿命般,他预知我看到这本书的时候,能得到多么大的安慰。

发烧的长夜,痛哭过后的清晨,耳边都会响起他在电话里,忍着剧痛,笑着对我说,新年快乐!无论以后的以后有多不相信一切的美好和阳光,无论还要经历多少欢笑悲哀和苦难，长夜漫漫，只有靠着这唯一的信念，不哭不闹，好好活着。

我按照书上的电话，联系到编辑暖。

她低沉而苍凉的声音传过来："这是他给你的新年礼物，他说你曾经抱怨在他书里只是一个字母 x，被一笔带过，没有存在感。你一直不知道吧，他这20万多字都是写给你一个人的。字字走心，用了他三年的时光。

王佑泽，这一次，我不知道你还要我等你多久。但是不管多久，我都等你。我说话算话。

还好，他醒过来了，谢天谢地，老天爷也眷顾好人。

多少年以后，我都清晰地记得他醒过来，环顾了一下四周，虚弱地说出第一句话，憋了半天，说："云，云昔，好久不见……是范璐叫你来的吧？呵，别哭，我没事。"

我捂着嘴，破涕为笑。

然后他看着围在床边个个眼泪汪汪的孩子，开始用沙哑的声音点名：小石头，磊磊，亮亮，满意，阿花……

医生边给他做检查，他边问："我感觉不咳嗽了，只是腹部有点儿疼。我的肺炎应该好了吧，我要求出院，学生们还等着我上课。哎，医生……"

走廊上。

我焦急地问医生："黄主任，他的脑神经确定没有受到影响吗？肺炎怎么回事？"

小石头插嘴道："姐姐，一年前王老师得了肺炎，就是在这里住院的，我和妈妈来送饭。"

医生回答："抱歉，现在还回答不了你，我们要先给病人做一系列的检查，然后请市里的专家会诊。"

两天后得到会诊结果。这个结果……让人喜忧参半。

"一个人受到外部刺激或者脑部受到碰撞，遗忘了一些自己不愿意记得或者潜意识里想要忘记的事情，叫选择性失忆。通过观察，他这种情况呢，是忘记了坠崖事件之前的一段连续经历，叫连续性失忆。这是选择性失忆症的类型之一，不常见。请家属不要刺激患者，强迫他回忆。"

我还能说什么呢？幸亏是某一段经历，如果是某一个人呢？他忘记的这一年也是我觉得最混乱无章的日子，感情纠葛最多的日子。如果可以选择遗忘，我也宁愿忘掉算了。

他的记忆停留在一年前。

那么在王佑泽的世界里，我们重逢的场面不是在签售会，我也没有穿婚纱，没有肖文横在中间，我没有哭过那么多次，刘妈还会每月一次跟他书信往来，范璐也还是他支教的同事，我还为梦想努力打拼着，他也还是会给我写从没打算让我知道的情书……

我们的重逢宁静而温馨，他说他因为肺炎住院，躺在医院的病床上，刚刚梦见我来看他，然后一睁眼就看见了我真的来看他了。我捧着书，读他写的书，他觉得幸福得像做梦，如果知道住院能见到我，早生病了。

我得抽空儿去问问医生，这种失忆的副作用就是会变成贫嘴吗？

他气息微弱："范璐呢？"

我柔声回答："替你上课去了，你好好休息吧。孩子们在准备期末考试。"

"刘妈呢？她还好不好？"

"好。"

"肖文呢？对你好不好？"

我想了一下，说：当然好，只是他工作调到北京去了，我不想异地恋，所以把他踹了，哈哈。疯子和他的模特女友好得跟一个人似的，快要结婚了。我爸妈，很好。身边的人还有谁，你都问一遍了。

"那你呢？云昔你，这几年好不好？"那两道浓眉泛起柔柔的涟漪，苍白无血的脸上挂着招牌式笑意。

"好不好的，跟你有关系吗——反正我已经暗示你我是单身了。"

"岁月静好，你还是原来的模样。多年前我在学校的梦想，是写几本小说，娶最爱的人，现在终于要全部实现了。"

"娶谁？范璐学姐吗？"我抬眸笑，故意问。

他直视天花板，目光飘远："我知道谢云昔这几年辛苦撑着公司不容易，我知道她每年都给山区孩子捐款，我知道她去过我的家乡看望过我的父母，我知道这几年她过得很辛苦，我知道我辜负过她，我没有办法忘记那个善良要强的姑娘。我曾经弄丢过她，我要把她找回来，谁拿什么，我都不换。"

这段话，好熟悉的台词。

"云昔，等我好了，我想陪你再走一次情侣路，去一次学校的播音室，陪你回一趟老家看雪，陪你去佛罗伦萨，陪你待在山里，陪你开公司，陪你做你喜欢的一切事情，如果你愿意，我想陪你过完这一生，用你喜欢的方式。"

"别话痨了，我愿意的。"

就在昨天，他又臭不要脸地拿出这本书来显摆。翻到某页，声情并茂地用他自认为很磁性的声线朗诵：

"云昔，你还记得吗？有一次我们一起爬山，路过寺庙，你说我们每人许一个愿望。你告诉我，你许的是，咫尺天涯，只求闭眼可见。你一直问我许的愿望是什么，跟你有没有关系，我现在告诉你吧,我对佛说,今生一定要有云昔在身边。"

哎,鸡皮疙瘩掉一地,文艺青年写的信还真特么的文艺,酸倒牙。
我说:"老王,那什么,唱首《烟花烫》吧。"
他怔了一下,旋即意味深长地笑,并未开口。
故事的最后,也算圆满了。先写到这里吧,我们要去接小小云儿放学了。